慢慢，走走又停停

沈从文 著

走走又停停

沈从文的旅行

江西人民出版社
Jiangxi People's Publishing House
全 国 百 佳 图 书 出 版 社

图书在版编目（CIP）数据

慢慢，走走又停停 : 沈从文的旅行 / 沈从文著. --
南昌 : 江西人民出版社，2019.5（2023.4重印）
　ISBN 978-7-210-11200-6

Ⅰ. ①慢… Ⅱ. ①沈… Ⅲ. ①散文集－中国－现代
Ⅳ. ①I266

中国版本图书馆CIP数据核字(2019)第040984号

慢慢，走走又停停：沈从文的旅行

沈从文 / 著

责任编辑 / 冯雪松

出版发行 / 江西人民出版社

印刷 / 天宇万达印刷有限公司

版次 / 2019年5月第1版

2023年4月第3次印刷

880毫米×1230毫米　1/32　8印张

字数 / 180千字

ISBN 978-7-210-11200-6

定价 / 49.80元

赣版权登字-01-2019-60

如有质量问题，请寄回印厂调换。联系电话:0318-5302229

人生如旅行，
我亦是风景。

目录

湘西往事

在私塾

君，你能明白逃学是怎样一种趣味么？

说不能，那是你小时的学校办得太好了。但这也许是你不会玩。一个人不会玩他当然不必逃学。

我是在八岁上学以后，学会逃学起，一直到快从小学毕业，顶精于逃学，为那长辈所称为败家子的那种人，镇天到山上去玩的。

在新式的小学中，我们固然可以随便到操场去玩着各样我们高兴的游戏，但那铃，在监学手上，喊着闹着就比如监学自己大声喝吓，会扫我们玩耍的兴致。且一到讲堂，遇到不快意功课，那还要人受！听不快意的功课，坐到顶后排，或是近有柱子门枋边旁，不为老师目光所瞩

的较幽僻地方，一面装为听讲一面把书举起掩脸打着盹，把精神蓄养复元，回头到下课时好又去大闹，君，这是一个不算最坏的方法。照例学校有些课目应感谢那研究儿童教育的学者，编成的书又真能使我们很容易瞌睡，如像地理、历史、默经等。不过我们的教员，照例教这些功课的人，是把所有教音乐、图画的教员不有的严厉，占归为自己所有。又都像有天意这些人是选派下来继续旧日塾师的威风，特别凶。所有新定的处罚，也像特为这几门功课预备。不逃学，怎么办？在旧式塾中，逃学是挨打，不逃也挨打。逃学必在发现以后才挨打，不逃学，则每天有一打以上机会使先生的戒尺敲到头上来。君，请你比较下，是逃好还是不逃好？并且学校以外有戏看，有澡洗，有鱼可以钓，有船可以划，若是不怕腿痛还可以到十里八里以外去赶场，有狗肉可以饱吃。君，你想想。在新式学校中则逃学纵知道也不过记一次过，以一次空头的过，既可以免去上无聊功课的麻烦，又能得恣意娱乐实惠，谁都高兴逃学！

　　到新的小学中去读书，拿来同在外游荡打比，倒还是逃学为合算点，说在私塾中能待下去，真信不得！在私塾中这人不逃学，老实规矩地念书，日诵幼学琼林两页半，温习字课十六个生字，写影本两张，这人是有病，不能玩，才如此让先生折磨。若这人又并无病，那就是呆子。呆子固不必天生，父亲先生也可以用一些谎话，去注入到小孩脑中，使他在应当玩的年龄，便日思成圣成贤，这人虽身无疾病，全身的血却已中毒了。虽有坏的先生坏的父母因为想儿子成病态的社会上名人，不惜用威迫利诱，治他的儿子，这儿子，还能心野不服管束，想方设法离开这势力，顾自走到外边去浪荡，这小孩的心，当是顶健全的心！一个十三岁以内的人，能到各处想方设法玩他所欢喜的玩，对于人生知识全不措意，只知发展自己的天真，于一些无关实际大人生活事业上，建设、创造，认识他所引为大趣味的事业，这是正所以培养这小子！往常的人没有理解到这事，越见小孩心野越加严，学塾家庭越严则小孩越觉得要玩，一个好的孩子谓为全从严厉反面得的影响而有所造就，也未尝不可！

也不要人教，天然会，是我的逃学本能。单从我爱逃学上着想，我就觉得现行教育制度应当改革地方就很多了。为了逃学，我身上得到的殴挞，比其他处到我环境中的孩子会多四五倍，这证明我小时的心的浪荡不羁的程度，真比如今还要凶。虽挨打，虽不逃学即可以免去，我总认玩上一天挨打一顿是值得的事。图侥幸的心也未尝不有，不必挨打而又可以玩，再不玩，我当然办不到！

你知道我是爱逃学的一人，就是了。我并且不要你同情似的说旧式私塾怎样怎样的不良。我倒并不曾感觉到这私塾不良待遇阻遏了我什么性灵的营养。

我可以告你是我怎样地读书，怎样地逃学，以及逃开塾中到街上或野外去时是怎样地玩，还看我回头转家时得到报酬又是些什么。

君，我把我能记得很清楚的一段学校生活原原本本说给你听吧。

先是我入过一个学馆，先生是女的，这并不算得入学，只是因为妈初得六弟，顺便要奶娘带我随同我的姐上学罢了。这除了我每日上学，是为一些比我大七岁八岁的大姐的女同学，背着抱着从西门上学，有次这些女人中，不知是谁个，因为爬西门坡的石级爬倦，流着泪的情形，我依稀还明白外，其他茫然了。

我说我能记得的那个。

这先生，是我的一个姨爹。使你容易明白就是说：师母同我妈是两姊妹，先生女儿是我的表姐。大家全是熟人！是熟人，好容易管教，我便到这长辈家来磕头作揖称学生了。容易管教是真的。但先生管教时也容易喊师母师姐救驾，这可不是我爹想到的事了。

学馆是仓上。也就是先生的家。关于仓，在我们地方是有两个，全很大，又全在西门。这仓是常平仓还是标里的屯谷仓？我到如今还不能很明白。

不过如今试来想：若是常平仓，这应属县里，且应全是谷米不应空，属县里则管仓的人应当是戴黑帽像为县中太爷喝道的差人，不应是穿号褂的老将，所以就说它是标里屯粮的屯仓，还相近。

仓一共总是两排，拖成两条线，中间留出一条大的石板路。仓是一共有多少个这时也并不能再记清楚了。仓中有些是贴有一个大"空"字，有些则上锁，且有谷从旁边露出，则还很分明。

我说学馆在仓上，不是的。仓仍然是仓，学馆则是管仓的衙门。不消说，衙门是在这两列仓的头上！到学馆应从这仓前过，仓延长有多长，这道也延长有多长。在学馆，背完书，经先生许可，出外面玩一会儿，也就是在这大石板上玩！这长的路上，有些是把石头起去种有杨柳的，杨柳像摆对子的顶马，一排一排站在路两旁，都很大，算来当有五六十株。这长院子中，到夏天还有胭脂花、指甲草，以及六月菊牵牛之类，这类花草大约全是师母要那守仓老兵栽种的，因为有人不知冒冒失失去折六月菊喂蛐蛐，为老兵见到，就说师母知道会要骂人的。

到清明以后，杨柳树全绿，我们再不能于放晚学后到城上去放风筝，长院子中给杨柳荫得不见太阳，则仓的附近，便成了我们的运动场。仓的式样是悬空的，有三尺左右高的木脚，下面极干爽，全是细的沙，因此有时胆大一点的学生，还敢钻到仓底下去玩。先有一个人，到仓底去说是见有兔的巢穴在仓底大石础旁，又有小花兔，到仓底乱跑，因此进仓底下去看兔窟的就很多了。兔，这我们是也常常在外面见到的，有时这些兔还跑出来到院中杨柳根下玩，又到老兵栽的花草旁边吃青草，可是无从捉。仓的脚既那么高，下面又有这东西的家，纵不能到它家中去也可以看看它的大门，进仓去，我们只需腰躬着就成，我自然因了好奇也到仓底下玩过了！当到先生为人请去有事时，由我出名去请求四姨，让我们在先生回馆以前，玩一阵，大家来到院中捉老鼠，玩"朦朦口"的游戏，仓底下成了顶好地方。从仓外面瞧里面，弄不清，里面瞧外又极分明。遇到充猫儿是胆小的人时，他不敢进去，则明知道你在那一个仓背后也奈何你不得。这罢下仓底下说来真可算租界！

怎么学馆又到这儿来？是清静，为一事，先生同时在衙门做了点事情，与仓上有关，就便又管仓，又为一事。

到仓上念书，一共是十七个人。我在十七个人中，人不算顶小。但是小。我胆子独大。胆子大，也并不是比别人更不怕鬼，是说最不惧先生。虽说照家中教训，师为尊，我不是不尊。若是在什么事上我有了冤枉，到四姨跟前一哭，回头就可以见到表姐请先生进去，谁能断定这不是进去挨四姨一个耳光呢？在白天，大家除了小便是不能轻易外出到院子中玩的。院中没有人，则兔子全大大方方来到院中石板路上溜达，还有些是引带三匹四匹小黑兔，就如我家奶娘引带我六弟八弟到道门口大坪里玩一个样：我们为了瞧看这兔子，或者吓吓这些小东西一次，每每借小便为名，好离开先生。我则故意常常这样办。先生似乎明知我不是解溲，也让我。关于兔子我总不明白，我疑心这东西耳朵是同孙猴子的"顺风耳"一样：只要人一出房门，还不及开门，这些小东西就溜到自己家去，深怕别人就捉到它耳。我们又听到老兵说这兔见他同师母时并不躲，也无恐怕意，因为是人熟，只把我们同先生除外：这话初初是不信，到后问四姨，是真的，有些人就恨起这些兔子来了。见这人躲见那人又不，正像乡下女人一样的乖巧可恨的。恨虽然是恨，但毕竟也并无那捉一匹来大家把它煮吃的心思，所以二三十匹兔子同我们十七个学生，就共同管领这条仓前的长路：我们玩时它们藏在穴口边伸出头看我们的玩，到我们在念书时，它们又在外面恣肆跑跳了。

我们把这事也共同议论过：白天的情形，我们是同兔子打伙一块坪来玩，到夜，我们全都回了家，从不敢来这里玩，这一群兔子，是不是也怕什么，就是成群结队也不敢再出来看月亮？这就全不知道了。

仓上没有养过狗，外面狗也不让它进来，老兵说是免得吓坏了兔子。大约我们是不会为先生吓坏的，这为家中老人所深信不疑，不然我们要先生干吗？

我们读书的秩序，为明白起见，可以做个表。这表当如下：

早上	背温书，写字，读生书，背生书，点生书	散学
吃早饭后	写大小字，读书，背全读过的温书，点生书	过午
过午后	读生书，背生书，点生书，讲书，发字带认字	散学

这秩序，是我应当遵守的。过大过小的学生，则多因所读书不同，应当略为变更。但是还有一种为表以外应当遵守的，却是来时对夫子牌位一揖，对先生一揖，去时又得照样办。回到家，则虽先生说应对爹妈一揖，但爹妈却免了。每日有讲书一课，本是为那些大学生预备的，我却因为在家得妈每夜讲书听，因此在馆也添上一门。功课似乎既比同我一样大小年龄的人为多，玩的心情又并不比别人少，这样一来可苦了我了！

在这仓上我照我列的表每日念书念过一年半，到十岁。

《幼学琼林》是已念完了。《孟子》念完了，《诗经》又念了三本。

但我上这两年学馆究竟懂了些什么？让姨爹以先生名义在爹面去极力夸奖，我真不愿做这神童事业！爹也似乎察觉了我这一面逃学一面为人誉为神童的苦楚，知道期我把书念好是无望，终究还须改一种职业，就抖气把我从学馆取回，不理了。爹不理我一面还是因为他出门，爹既出门让娘来管束我，我就到了新的县立第二小学了。

不逃学，也许我还能在那仓上玩两三年吧。天知道我若是再到那类塾中我这时变到成个什么样的人！

神童有些地方倒真是神童，到这学塾来，并不必先生告我，却学会无数小痞子的事情了。泅水虽是在十二岁才学会，但在这塾中，我就学会怎样在洗了澡以后设法掩藏脚上水泡痕迹去欺骗家中，留到以后的采用。我学会爬树，我学会钓鱼……我学会逃学，来做这些有益于我身心给我深的有用的经验的娱乐，这不是先生所意料，却当真是私塾所能给我的学问！我还懂得一种打老虎的毒药弩，这是那个同兔子无忤的老兵，告我有用知识的一种：只可惜是没有地方有一只虎让我去装弩射它的脚，不然我还可以在此事业上得到你们所想不到的光荣！

我逃学，是我从我姨爹读书半年左右才会的。因为见他处置自由到外面玩一天的人，是由逃学的人自己搬过所坐板凳来到孔夫子面前，擒着打二十板屁股，我以为这是合算的事，就决心照办的在校场看了一天木傀儡社戏。按照通常放学的时间，我就跑回家中去，这日家中人刚要吃饭，显然回家略晚了，却红脸。

到吃饭时，一面想到日里的戏，一面想到明天到塾见了先生的措辞，就不能不少吃一碗了。

"今天被罚了，我猜是！"姑妈自以为所猜一点不错，就又立时怜惜我似的，说是："明天到四姨处去告四姨，要姨爹对你松点。"

"我的天，我不好开口骂你！"我为她一句话，把良心引起，又恨这人对我的留意。我要谁为我向先生讨保？我不能说我不是为不当的罚所苦，即老早睡了。

第二天到学校，"船并没有翻"。问到怎么误了一天学，说是家里请了客。请客即放学，这成了例子，我第一次就采用这谎语挡先生。

归到自己位上去，很以为侥幸，就是在同学中谁也料不到我也逃一天学了。

当放早学时，同一个同街的名字叫作花灿的一起归家。这人比我大五岁，一肚子的鬼。他自己常说，若是他做了先生，戒尺会得每人为预备一把；但他又认为他自己还应预备两把！别人抽屉里，经过一次搜索已不敢把墨水盒子里收容蛐蛐，他则至少有两匹蛐蛐是在装书竹篮里。我们放早学，时候多很早，规矩定下来是谁个早到谁就先背书，先回家，因此大家争到早来到学塾。早来到学塾，难道就是认真念书么？全不是这么回事。早早地赶到仓上，天还亮不久，从那一条仓的过道上走过，会为鬼打死！"早来"只是早早地从家中出来，到了街上我们可以随意各以其所好的先上一种课。这时在路上，所遇到的不外肩上挂着青布褂裤赶场买鸡的贩子，同到就在空屠桌上或冷灶旁过夜的担脚汉子，然而我们可以把上早学得来的点心钱到卖猪血豆腐摊子旁去吃猪血豆腐，吃过后，再到杀牛场上看杀牛。并且好的蛐蛐不是单在天亮那刚才叫吗？你若是在昨晚已把书念得很有把握，乘此出城到塘湾去捉二十匹大青头蟋蟀再回，时间也不算很迟。到不是产蟋蟀的时候，我们还可以到道尹衙门去看营兵的操练，就便走浪木，盘杠子，以人作马互相骑到马上来打仗，玩够了，再到学塾去。一句话说，起来得早我们所要也是玩！照例放学时，先生为防备学生到路上打架起见，是一个一个地出门，山门以后仍然等候着，则不是先生所料到的事了。我们如今也就是这样。

"花灿，时候早，怎么玩？"

"看鸡打架去。"

我说好吧，于是我们就包绕月城，过西门坡。

散了学，还很早，不再玩一下，回到家去反而会为家中人疑心逃学，是这大的聪明花灿告我的。感谢他，其他事情为他指点我去做的还多呢。这个时候本还不是吃饭的时候，到家中，总不会比到街上自由，真不应就忙着回家。

这里我们就不必看鸡打架，也能各挟书篮到一种顶好玩有趣的地方去开心！在这个城里，一天顶热闹的时间有三次：吃早饭以前这次，则尤合我们的心。到城隍庙去看人斗鹌鹑，虽不能挤拢去看，但不拘谁人把打败仗的鸟放飞去时，瞧那鸟的飞，瞧那输了的人的脸嘴，便有趣！再不然，去到校场看人练藤牌，那用真刀真枪砍来扪去的情彤，比看戏就动人得多了。若不嫌路远，我们可包绕南门的边街，瞧那木匠铺新雕的菩萨上了金没有。走边街，还可以看泻铸犁头，用大的泥锅，把钢融成水，把这白色起花的钢水倒进用泥做成敷有黑烟子的模型后，待会儿就成了一张犁。看打铁，打生铁的拿锤子的人，不拘十冬腊月全都是赤起个膊子，吃醉酒了似的舞动着那十多斤重的锤敲打那砧上的铁。那铁初从炉中取出时，不用锤敲打也嗖嗖地响，一挨锤，便就四散地飞花，使人又怕又奇怪。君，这个不算数，还有咧。在这一个城圈子中我们可以流连的地方多着，若是我是一辈子小孩，则一辈子也不会对这些事物

感生那厌倦!

你口馋，又有钱在道门口那个地方就可以容留你一世，橘子、花生、梨、柚、薯，这不算!烂贱喷香的炖牛肉不是顶好吃的一种东西?用这牛肉蘸盐水辣子，同米粉在一块吃，有名的牛肉张便在此。猪肠子灌上糯米饭，切成片，用油去煎去炸，回头可以使你连舌子也将咽下。杨怒三的猪血绞条，坐在东门的人还走到这儿来吃一碗，还不合胃口?卖牛肉巴子的摊子他并不向你兜揽生意，不过你若走过那摊子边请你顶好搭着鼻，不然你就为这香味诱惑了。在全城出卖的碗儿糕，他的大本营就在路西，它会用颜色引你口饧——反正说不尽的!我将来有机会，我再用五万字专来为我们那地方一个姓包的女人所售的腌莴苣风味，加一种简略介绍，把五万字来说那莴苣，你去问我们那里的人，真要算再简没有!

这里我且说是我们怎样走到我

们所要到的斗鸡场上去。

　　没有到那里以前，我们先得过一个地方，是县太爷审案的衙门：衙门前面有站人的高木笼，不足道。过了衙门是一个面馆。面馆这地方，我以为就比学塾妙多了！早上面馆多半是正在赶面，一个头包青帕满脸满身全是面粉的大师傅骑在一条大木杠上压碾着面皮，回头又用大的宽的刀子齐手风快地切剥，回头便成了我们过午的面条，怪！面馆过去是宝华银楼，遇到正在烧嵌时，铺台上，一盏用一百根灯草并着的灯顶有趣地很威风地燃着，同时还可以见到一个矮肥银匠，用一个小管子含在嘴上像吹哨那样，用气迫那火的焰，又总吹不熄，火的焰便转弯射在一块柴上，这是顶奇怪的融银子方法！还有刻字的，在木头上刻，刻反字全不要写，大手指上套了一个小皮戒子，就用那戒子按着刀背乱划。谁明白他是从哪学来这怪玩艺儿呢？

　　到了斗鸡场后大家是正围着一个高约三尺的竹篾圈子，瞧着圈内鸡的拚命的。人满满密密地围上数重，人之间，没有罅，没有缝。连附近的石狮上头也全有人盘据了。显

然是看不成了。但我们可以看别的逗笑的事情。我们从别人大声喊加注的价钱上面也就明白一切了。

在鸡场附近，陈列着竹子织就各式各样高矮的鸡笼，有些笼是用青布幕着，则可以断定这其中有那骠壮的战士。乘到别人来找对手做下一场比武时，我们就可瞧见这鸡身段颜色了。还有鸡，刚才败过仗来的，把一个为血所染的头垂着在发迷打盹。还有鸡，蓄了力，想打架，忍耐不住的，就拖长喉咙叫。

还有人既无力又不甘心的"牛"才更有意思，胁下挟着脏书包，或是提着破书篮，脸上不是有两撇墨就少不了黄鼻液痕迹。这些牛，太关心圈子里战争，三三两两绕着圈子打转，只想在一条大个儿身子的人胁下腿边挤进去。不成功，头上给人抓了一两把，又睐着眼向这抓他摸他的人做生气模样，复自慰地同他同伴说，去去去，我已看见了，这里的鸡全不会溜头，打死架，不如到那边去瞧破黄鳝有味！

我们也就是那样的到破黄鳝的地方来了。

活的像蛇一样的黄鳝，满盆满桶的挤来挤去，围到这桶欣赏这小蛇的人，大小全都有。

破鳝鱼的人，身子矮，下脖全是络腮胡，曾帮我家做过事，叫岩保。

黄鳝这东西，虽不闻咬人，但全身滑腻腻的使人捉不到，算一种讨厌东西。岩保这人则只随手伸到盆里去，总能擒一条到手。看他捐着这黄鳝的不拘哪一部分用力在盆边一磕，黄鳝便规规矩矩在他手上不再挣，复次岩保在这东西头上就为嵌上一粒钉，把钉固到一块薄板上，这鳝卧在板上让他用刀划肚子，又让他剔背，又让他切成一寸一段放到碗里去，也不喊，也不叫，连滑也不滑，因此不由人不佩服岩保这武艺！

"你瞧，你瞧，这东西还会动呢。"花灿每次发见的，总不外乎是这些事情。鳝的尾，鳝的背脊骨，的确在刮下来以后还能自由地屈曲。但老实说，我总以为这是很脏的，虽奇怪也不足道！

我说："这有什么巧？"

"不巧么？瞧我。"他把手去拈起一根尾，就顺便去喂在他身旁的另一个小孩。

"花灿你是这样欺人是丑事！"我说，我又拖他，因为我认得这被弄的孩子。

他可不听我的话。小孩用手拒，手上便为鳝的血所污。小孩骂。

"骂？再骂就给吃一点血！"

"别人又并不惹你！"小孩是莫可奈何，屈于力量下面了。

花灿见已打了胜仗，就奏凯走去，我跟到。

"要他尝尝味道也骂人！我不因为他小我就是一个耳光。"

我说，将来会为人报仇。我心里从此厌花灿，瞧不起他了。

若有那种人，欲研究儿童逃学的状况，在何种时期又最爱逃学，我可以贡献他一点材料，为我个人以及我那地方的情形。

"春夏秋冬"最易引起逃学欲望是春天。余则以时季秩序，而递下，无错误。

春天爱逃学，一半是初初上学，心正野，不可驯；一半是因春天可以放风筝，又可大众同到山上去折花。论玩应当数夏天，因为在这季里可洗澡，可钓鱼，可看戏，可捉蛐蛐，可赶场，可到山上大树下或是庙门边去睡。但热，逃一天学容易犯，且因热，放学早，逃学是不必，所以反比春天可以少逃点学了。秋天则有半月或一月割稻假，不上学。到冬天，天既冷，外面也很少玩的事情，且快放年学，是以又比秋天自然而然少挨一点因逃学而得来的挞骂了。

我第一次逃学看戏是四月。第二次又是。第二次可不是看戏，却同到两人，走到十二里左右的长宁哨赶场。这次糟了。不过就因为露了马脚，在被两面处罚后，细细拿来同所有的一日乐趣比较，天平朝后面的一头坠，觉得逃学是值得，索性逃学了。

去城十二里，或者说八里，一个逢一六两日聚集的乡场，算是附城第二热闹的乡场。出北门，沿河走，不过近城跳石则到走过五里名叫堤溪的地方，再过那堤溪跳石。过了跳石又得沿河走。走来走去终于就会走进一个小小石砦门，到那哨上了。赶场地方又在砦子上手，稍远点。

这里场，说不尽。我可以借一篇短短文章来为那场上一切情形下一种注解，便是我在别一时节写成的那篇市集。不过这不算描写实情。实在详细情形我们哪能说得尽？譬如虹，这东西，到每个人眼中都放一异彩，又温柔，又美丽，又近，又远，但一千诗人聚拢来写一世虹的诗，虹这东西还是比所有的诗所蕴蓄的一切还多！

单说那河岸边泊着的小船。船小像把刀，狭长卧在水面上，成一排，成一串，互相挤挨着，把头靠着岸，正像一队兵。君，这是一队虽然大小同样，可是年龄衣服枪械全不相同的杂色队伍！有些是灰色，有些是黄色，有些又白得如一根大葱。还有些把头截去，成方形，也大模大样不知羞耻地搀在中间。我们具了非凡兴趣去点数这些小船，数目结果总不同。分别城乡两地人，是在衣服上着手，看船也应用这个方法；不过所得的结论，请你把它反过来。"衣服穿得如时漂亮是住城的人，纵穿绸着缎，总不大脱俗，这是乡巴佬"，这很对。这里的船则那顶好看的是独为上河苗人所有。篙桨特别的精美，船身特别的雅致，全不是城里人所能及的事！

请你相信我，就到这些小船上，我便可以随便见到许多我们所引为奇谈的酋长同酋长女儿！

这里的场介于苗族的区域，这条河，上去便是中国最老民族托身的地方。再沿河上去，一到乌巢河，全是苗人了。苗人酋长首领同到我们地方人交易，这场便是一个顶适中地点。他们同他女儿到这场上来卖牛羊和烟草，又换盐同冰糖回去。百分人中少数是骑马，七十分走路。其余三十分，则全靠坐那小船地来去。就是到如今，也总不会就变更多少。当我较大时，我就懂得要看苗官女儿长得好看的，除了这河码头上，再好没有地方了。

船之外，还有水面上漂的，是小小木筏。木筏同类又还有竹筏。筏比船，可以占面积较宽，筏上载物似乎也多点。请你想，一个用山上长藤扎缚成就的浮在水面上走动的筏，上面坐的又全是一种苗人，这类人的女的头上帕子多比斗还大，戴三副有饭碗口大的耳环，穿的衣服是一种野蚕织成的峒锦，裙子上面多安钉银泡（如普通战士盔甲），大的脚，踢拖着花鞋，或竟穿用稻草制成的草履。男的苗兵苗勇用青色长竹撑动这筏时，这些公主郡主就锐声唱歌，君，这是一幅怎样动人的画啊！人的年龄不同，观念亦随之而异，是的确，但这种又妩媚，又野蛮，别有风光的情形，我敢自信直到我老遇着也能仍然具着童年的兴奋！望到这筏的走动，那简直是一种梦中的神迹！

我们还可以到那筏上去坐！一个苗酋长，对待少年体面一点的汉人，他有五十倍私塾先生和气。他的威风同他的尊严，不像一般人来用到小孩子头上。只要活泼点，他会请你用他的自用烟管，（不消说我们却用不着这个），还请你吃他田地里公主自种的大生红薯，和甘蔗，和梨，只全把你当客一般看待，顺你心所欲！若有小酋长，就可以同到这小酋长认同年老庚。我疑心，必是所有教书先生的和气殷勤，全为这类人取去，所以塾中先生就如此特别可怕了。

从牲畜场上，可以见到的小猪小牛小羊小狗到此也全可以见到。别人是从这傍码头的船筏运来到岸上去卖，买来的人也多数又赖这样小船运回，各样好看的狗牛是全没有看厌时候！且到牲畜场上别人在买牛买羊，有戴大牛角眼镜的经纪在傍，你不买牛就不能够随意扳它的小角，更谈不到骑。当这小牛小羊已为一个小酋长买好，牵到河边时，你去同他办交涉，说是得试试这新买的牛的脾气，你摩它也成，你戏它也成。

还有你想不想过河到对面河岸庙里去玩？若是想，那就更要从这码头上搭船了。对河的庙有狗，可不去，到这边，也就全可以见到。在这岸边玩，可望到对河的水车，大的有十床晒谷簟大，小的也总有四床模样：这水车，走到他身边去时，你不留心就会给它洒得一身全是水！车为水激动，还会叫，用来引水上高坎灌田，这东西也不会看厌！

我们到这场上来，老实说，只耽在这儿，就可过一天。不过同伴是做烟草生意的吴三义铺子里的少老板，他怕到这儿太久，会碰到他铺子里收买烟草的先生，就走开这船舶了。

"去，吃狗肉去！"那一个比我大四岁的吴少义，这样说。

"成。"这里还有一个便是他的弟，吴肖义。

吃狗肉，我有什么不成？一个少老板，照例每日得来的点心钱就比我应得的多三倍以上，何况约定下来是赶场，这高明哥哥，还偷得有二十枚铜元呢。我们就到狗肉场去了。

在吃狗肉时，不喝酒并不算一件丑事。不过通常是这样：得一面用筷子挟切成小块的狗肉在盐水辣子里打滚，一面拿起土苗碗来抿着包谷烧，这一来当然算内行了一点。

大的少义知道这本经，就说至少各人应喝一两酒。承认了。承认了结果是脸红头昏。

到我约有十四岁，我在沅州东乡怀化地方当兵时，我明白吃狗肉喝酒的真味道，且同辈中就有人以樊哙自居了。君，你既不曾逃过学，当然不曾明白逃学到乡场上吃狗肉的风味！

只是一两酒，我就不能照料我自己。我这吃酒是算第一次。各人既全是有一点飘飘然样子，就又拖手到鸡场上去看鸡。三人在卖小鸡场上转来转去玩，蹲到这里看，那里看，都觉得很好。卖鸡的人也多半是小孩同妇女。光看又不买，就逗他们笑，说是来赶场看鸡，并非买。这种嘲笑在我们心中生了影响。

"可恶的东西，他以为我们买不起！"

那就非买不可了。

小的鸡，正像才出窠不久，比我们拳头大小，全身的毛都像绒。颜色只黑黄两样，嘴巴也如此。公母还分不清楚。七只八只关在一个细篾圆笼子里啾啾地喊叫，大约是欠①它的娘！这小东西若是能让人抱到它睡，就永远不放手也成！

---

① 欠：方言。想念、挂念之意。

十多年后一个生鸡子，卖到十个当十的铜元，真吓人。当那时，我们花十四个铜子，把一群刚满月的小鸡（有五只呀）连笼也买到手了。钱由吴家兄弟出，约同到家时，他兄弟各有两只，各一黑一黄，我则拿那一只大嘴巴黑的。

把鸡买得我们着忙到家捧鸡去同别人的小鸡比武，想到回家了。我们用一枝细柴，作为杠，穿过鸡笼顶上的藤圈，三人中选出两人来担扛这宝物，且轮流交换，哪一个空手，哪一个就在前开道。互相笑闹说是这便是唐三藏取经，在前开道的是猪八戒。我们过了黄风洞，过了烂柿山，过了流沙河，过了……终于走到大雷音。天色是不早不迟，正是散学的时间。到这城，孙猴子等应当分伙了。

这一天学逃得多么有意思——且得了一只小鸡呢。是公鸡，则过一阵便可以捉到街上去同人的鸡打；是母鸡，则会为我生鸡蛋；在这一只小鸡身上我就做起无涯涘的梦来了。在手上的鸡，因了孤零的失了伴，就更吱吱啾啾叫，我并不以为讨厌。正因为这样，到街上走着，为一般小孩注意，我心上就非常受用！

看时间不早，我走到一个我所熟的土地堂去向那庙主取我存放的书篮。书篮中宽绰有余，便可以容鸡。但我不。我把握在手上好让人见到！

将要到家我心可跳了。万一今天四姨就到我家玩，我将说些什么？万一大姐今天曾往仓上去，找表姐，这案也就犯上了。鸡还在手上，还在叫，先是对这鸡亲洽不过，这时又感到难于处置这小鸡了。把鸡丢了吧，当然办不到。拿鸡进门设若问到这鸡是从什么地方来，就说是吴家少老板相送的，但再盘问一句不会露出马脚么？我跨躇不知如何是好。

一个八九岁的孩子作伪总不如十多岁人老练，且纵能日里掩过，梦中的呓语，也会一五一十数出这一日中的浪荡！

我在这时非常愿有一个熟人正去我家我就同他一起回。有一个熟人在一块时，家中为款待这熟人，把我自然而然就放过去了。但在我家附近徘徊多久却失望。在街上耽着，设或遇到一个同学正放学从此处过，保不了到明天就去先生处张扬，更坏！

不回也不成。进了我家大门我推开二门，先把小鸡从二门罅塞进去，探消息。这小鸡就放声大喊大叫跑向院中去。这一来，不进门，这鸡就会为其他大一点的鸡欺侮不堪！

姐在房中听到院中有小鸡叫声，出外看，我正掷书篮到一旁来追小鸡。

"哪得来这只小鸡？"

"瞧，这是吴少老板送我的！"

"妙极了。瞧，欠他的娘呢。"

"可不是，叫了半天了啊。"

我们一同蹲在院中石地上欣赏这鸡，第一关已过，只差见妈了。

见了妈也很平常，不如我所设想的注意我行动，我就全放心，以为这次又脱了。

到晚上，是睡的时候了，还舍不得把鸡放到姐为我特备的纸盒子里去。爹忽回了家。第一个是喊我过去，我一听到就明白事情有八分不妙。喊过去，当然就搭讪着走过我家南边院子去！

"跪倒！""是。"过去不敢看爹脸上的颜色，就跪倒。爹像说了这一声以后，又不记起还要说些什么了，顾自去抽水烟袋。在往常，到爹这边书房来时节，爹在抽烟就应当去吹煤子，以及帮他吹去那活动管子里的烟灰。如今变成阶下囚，不能说话了。

我能明白我自己的过错！我知道我父亲这时正在发我的气！我且揣测得出这时窗外站有两个姐同姑母奶娘等等在窗下悄听！父亲不作声，我却呜呜地哭了。

见我哭了一阵，父亲才笑笑地说：

"知道自己过错了么？"

"知道了。"

"那么小就学得逃学！逃学不碍事，你不愿念书，将来长大去当兵也成，但怎么就学得扯谎？"

父亲的声音，是在严肃中还和气到使我想抱到他摇，我想起我一肚子的巧辩却全无用处，又悔又恨我自己的行为，尤其是他说到逃学并不算要紧，只扯谎是大罪，我还有一肚子的谎不用！我更伤心了。

"不准哭了，明白自己不对就去睡！"

在此时，在窗外的人，才接声说是为父亲磕头认错，出来吧。打我也许使我好受点。我若这一次挨一点打，从怕字上着想，或者就不会再有第二次这样情形了。虽说父亲不打不骂，这样一来我慢慢想起在小小良心上更不安，但一个小孩子有悔过良心，同时也就有玩的良心；当想玩时则逃学，逃学玩够以后回家又再来悔过——从此起，我便用这方法度过我的学校生活了。

家中的关隘，虽已过，还有学校方面在。我在临睡以前私下许了一个愿，若果这一次的逃学能不为先生知道，则今天得来这匹小鸡到长大时我就拿它来敬神。大约神嫌这鸡太小了，长大也不是一时的事，第二天上学，是由奶娘伴送，到仓上见到先生以后，犹自喜全无破绽，待一会，吴家两弟兄由其父亲送来，我晓得糟了。

我不敢去听吴老板同先生说的是什么话。到吴老板走去后，先生送客回来即把脸沉下，临时脸上变成打桐子的白露节天气。

"昨天那几个逃学的都给我站到这一边来！"

先生说，照先生吩咐，吴家两兄弟就愁眉愁眼站过去，另外一个虽不同我们在一块也因逃学为家中送来的小孩也就站过去。

"还有呀！"他装作不单是喊我，我就顺便认为并不是唤我，仍不动声色。

"你们为我记记昨天还有谁不来？"这话则更毒。先生说了以后就有学生指我，我用眼睛去瞪他，他就羞羞怯怯作狡猾的笑。

"我家中有事。"口上虽是这样说，脸上则又为我说的话做一反证，我恨我这脸皮薄到这样不济事。但我又立时记起昨晚上父亲说得逃学罪名比扯谎为轻，就身不由己地走到吴肖义的下手站着了。

"你也有份吗？"姨爹还在故意恶作剧呀。

我大胆地期期艾艾说是正如先生所说的一样。先生笑说好爽快。

照规矩法办，到我头上我总有方法。我又在打主意了。

先命大吴自己搬板凳过来，向孔夫子磕头，认了错，爬到板凳上，打！大吴打时喊、哭、闹，打完以后又逞值价作苦笑。

先生把大吴打完以后，就遣归原座，又发放另一个人。小吴在第三，先生的板子，轻得多，小吴虽然也喊着照例地喊，打十板，就算了。这样就轮到我的头上来了。板子刚上身，我就喊：——

"四姨呀！师母呀！打死人了！救！打死我了！"

救驾的原已在门背后，一跳就出来，板子为攫去。虽不打，我还是在喊。大家全笑了。先生本来没多气，这一来，倒真生气了。为四姨抢去的是一薄竹片子，先生乃把那梼木戒方捏着，扎实在我屁股上捶了十多下，使四姨要拦也拦不及。我痛极，就杀猪样乱挣狂嗥。本来设的好主意，想免打，因此倒挨了比别人还凶的板子，不是我所料得到的事！

到后我从小吴处，知道这次逃学是在场上给一个城里千总带兵察场见我们正在狗肉摊子上喝酒，回城告给我们两人的父亲。我就发誓愿说将来要在长成大人时约人把这千总打一顿出气。不消说这千总以后也没有为我们打过，城里千总就有五六个，连姓名我们还分不清楚这人是谁呀。

每日那种读死书，我真不能发现一丝一厘是一个健全活泼童子所需要的事。我要玩，却比吃饭睡觉似乎还重要。父亲虽说不读书并不要紧，比扯谎总罪小点，但是他并不是能让我读一天书玩耍一天的父亲！间十天八天，在头一天又把书读得很熟，因此邀二姐做保驾臣，到父亲处去，说，明天请爹让我玩一天吧，那成。君，间十天八天，我办得到吗？一个月中玩十五天读十五天书，我还以为不足。把一个月屯出三天来玩那我只好闷死了。天气既渐热，枇杷已黄熟，山上且多莓，到南华山去又可以爬到树上去饱吃樱桃，为了这天然欲望驱使，纵到后来家中学堂两边都以罚跪为惩治，我还是逃学！

因为同吴家兄弟逃学，我便学会劈甘蔗，认鸡种好坏，滚钱。同一个在河边开水碾子房的小子逃学，我又学会了钓鱼。同一个做小生意的人儿子逃学，我就把掷骰子呼么喝六学会了。

这不算是学问么，君？这些知识直到如今我并不忘记，比《孟子·离娄》用处怎样？我读一年书，还当不到我那次逃学到赶场，饱看河边苗人坐的小船以及一些竹木筏子印象深。并且你哪里能想到狗肉的味道？

也正因逃学不愿读书，我就真如父亲在发现我第一次逃学时所说的话，到五年后真当兵了。当兵对于我这性情并不坏。当了兵，我便得放纵地玩了。不过到如今，我是无学问的人，不拘到什么研究学术的机关去想念一点书，别人全不要。说是我没有资格，中学不毕业，无常识，无根柢，这就是我在应当读书时节没有机会受教育所吃的亏。为这事我也非常痛心，又无法说我这时是应当读书且想读书的一人，因为现在教育制度不是使想读书的人随便可读书，所以高深的学问就只好和我绝缘，这就算是我玩的坏的结果了。不应当读书时代为旧的制度强迫我读书，到自己觉悟要读书时新的制度又限制我把我除外，（以前不怕挞，可逃学，这时则有些学问你纵有自学勇气，也不能在学校以外全懂。）我总好像同一切成规天然相反，我真为我命运莫名其妙了。

在另一个时我将同你说我的赌博。

——一个退伍的兵的自述之一——

十二月于北京窄而霉斋

清乡所见

　　据传说快要清乡去了，大家莫不喜形于色。开差时每人发了一块现洋钱，我便把钱换成铜元，买了三双草鞋，一条面巾，一把名叫"黄鳝尾"的小尖刀，刀靶还缚了一片绸子，刀鞘还是朱红漆就的。我最快乐的就是有了这样一把刀子，似乎一有了刀子可不愁什么了。我于是仿照那苗人连长的办法，把刀插到裹腿上去，得意扬扬地到城门边吃了一碗汤圆，说了一阵闲话，过两天便离开辰州了。

我们队伍共约两团。先是坐小船上行，大约走了七天，到我第一次出门无法上船的地方，再从旱路又走三天，便到了沅州所属的东乡榆树湾。这一次我们既然是奉命来到这里清乡，因此沿路每每到达一个寨堡时，就享受那堡中有钱地主用蒸鹅肥腊肉款待，但在山中小路上，却受了当地人无数冷枪的袭击。有一次当我们从两个长满小竹的山谷狭径中通过时，啪的一声枪响，我们便倒下了一个。听到了枪声，见到了死人，再去搜索那些竹林时，却毫无什么结果。于是把枪械从死去的身上卸下，砍了两根大竹子缚好，把他抬着，一行人又上路了。二天路程中我们部队又死去了两个，但到后我们却杀了那地方人将近两千。

　　到地后我们便与清乡司令部一同驻扎在天后宫楼上。一到第二天，各处团总来拜见司令供办给养时，同时就用绳子缚来四十三个老实乡下人，当夜过了一次堂，每人照呈案的罪名询问了几句，各人按罪名轻重先来一顿板子、一顿夹棍，有二十七个在刑罚中画了供，用墨涂在手掌上取了手模。第二天，我们就簇拥了这二十七个乡下人到市外田坪里把头砍了。

　　第一次杀了将近三十个人，第二次又杀了五个。从此一来就成天捉人。把人从各处捉来时，认罪时便写上了甘结，承认缴纳清乡子弹若干排，或某种大枪一支，再行取保释放。无力缴纳捐款，或仇家乡绅方面业已花了些钱运动必须杀头的，就随随便便列上一款罪案，一到相当时日，牵出市外砍掉。认罪了的虽名为缴出枪械子弹，其实则无枪无弹，照例作价折钱，枪每支折合一百八十元，子弹每排一元五角，多数是把现钱派人挑来。钱一送到，军需同副官点验数目不错后，当时就可取保放人。

关于杀人的记录日有所增，我们却不必出去捉人，照例一切人犯大多数由各乡区团总地主送来。我们有时也派人把团总捉来，罚他一笔钱又再放他回家。地方人民既异常蛮悍，民三左右时一个黄姓的辰沅道尹，在那里杀了约两千人，民六黔军司令王晓珊，在那里又杀了三千左右，现时轮到我们的军队做这种事，前后不过杀一千人罢了！

那地方上行去沅州县城约九十里，下行去黔阳县城约六十里。一条河水上溯可至黔省的玉屏，下行经过湘西重要商埠的洪江可到辰州。

那地方照例五天一集，到了这一天，便有猪牛肉和其他东西可买。我们用钱雇来的本地侦探，且常常到市集热闹人丛中去，指定了谁是土匪处派来的奸细，于是捉回营里去一加搜查，搜出了一些暗号，认定他是从土匪方面派来的探事奸细时，即刻就牵出营门，到那些乡下人往来最多的桥头上，把奸细头砍下来，在地面流一滩腥血。人杀过后，大家欣赏一会儿，或用脚踢那死尸两下，踹踹他的肚了，仿佛做完了一件正经工作，有别的事情的，便散开做事去了。

住在这地方共计四个月，有两件事在我记忆中永远不能忘去。其一是当场集时，常常可以看到两个乡下人因仇决斗，用同一分量同一形色的刀互砍，直到一人躺下为止。我看过这种决斗两次，他们方法似乎比我那地方所有的决斗还公平。另外一件是个商会会长年纪极轻的女儿，得病死去埋葬后，当夜便被本街一个卖豆腐的年轻男子从坟墓里挖出，背到山洞中去睡了三天，方又送回坟墓去。到后来这事为人发觉时，这打豆腐的男子，便押解过我们衙门来，随即就地正法了。临刑稍前一时，他头脑还清清楚楚，毫不胡涂，也不嚷吃嚷喝，也不乱骂，只沉默地注意到自己一只受伤的脚踝。我问他："脚被谁打伤的？"他把头摇摇，仿佛记起一件极可笑的事情，微笑了一会儿，轻轻地说："那天落雨，我送她回去，我也差点儿滚到棺材里去了。"我又问他："为什么你做这件事？"他依然微笑，向我望了一眼，好像当我是个小孩子，不会明白什么是爱的神气，不理会我。但过了一会儿，又自言自语轻轻地说："美得很，美得很。"另一个兵士就说："疯子，要杀你了，你怕不怕？"他就说："这有什么可怕的。你怕死吗？"那兵士被反问后有点儿害羞，就大声恐吓他说："癞狗肏的，你不怕死吗？等一会儿就要杀你这癫子的头！"那男子于是又柔弱地笑笑，便不作声了。那微笑好像在说："不知道谁是癫子。"我记得这个微笑，十余年来在我印象中还异常明朗。

桃源与沅州

全中国的读书人，大概从唐朝以来，命运中注定了应读一篇《桃花源记》，因此把桃源当成一个洞天福地。人人皆知道那地方是武陵渔人发现的，有桃花夹岸，芳草鲜美。远客来到，乡下人就杀鸡温酒，表示欢迎。乡下人皆避秦隐居的遗民，不知有汉朝，更无论魏晋了。千余年来，读书人对于桃源的印象，既不怎么改变，所以每当国体衰弱发生变乱时，想做遗民的必多，这文章也就增加了许多人的幻想，增加了许多人的酒量。至于住在那儿的人呢，却无人自以为是遗民或神仙，也从不曾有人遇着遗民或神仙。

桃源洞离桃源县二十五里。从桃源县坐小船沿沅水上行，船到白马渡时，上南岸走去，忘路之远近乱走一阵，桃花源就在眼前了。那地方桃花虽不如何动人，竹林却很有意思。如椽如柱的大竹子，随处皆可发现前人用小刀刻画留下的诗歌。新派学生不甘自弃，也多刻下英文字母的题名。竹林里间或潜伏一二篦径壮士，待机会霍地从路旁跃出，仿照《水浒传》上英雄好汉行为，向游客发个利市。桃源县城则与长江中部各小县城差不多，一入城门最触目的是推行印花税与某种公债的布告。城中有棺材铺，官药铺，有茶馆酒馆，有米行脚行，有和尚道士，有经纪媒婆。庙宇祠堂多数为军队驻防，门外必有个武装同志站岗。土栈烟馆皆照章纳税，受当地军警保护。代表本地的出产，边街上有几十家玉器作坊，用珉石染红着绿，琢成酒杯笔架等物，货物品质平平常常，价钱却不轻贱。另外还有个名为"后江"的地方，住下无数公私不分的妓女，很认真经营她们的业务。有些人家在一个菜园平房里，有些却又住在空船上，地方虽脏一点，倒富有诗意。这些妇女使用她们的下体，安慰军政各界，且征服了往还沅水流域的烟贩、木商、船主以及种种过路人。挖空了每个顾客的钱包，维持许多人生活，促进地方的繁荣。一县之长照例是个读书人，从史籍上早知道这是人类一种最古的职业，没有郡县以前就有了它们，取缔既与"风俗"不合，且影响到若干人生存，因此就很正当地定下一些规章制度，向这些人来抽收一种捐税（并采取了个美丽名词叫作"花捐"），把这笔款项用来补充地方行政、保安，或城乡教育经费。

桃源既是个有名地方，每年自然有许多"风雅人"，心慕古桃源之名，二三月里携了《陶靖节集》与《诗韵集成》等物，来到桃源县访幽探胜。这些人往桃源洞赋诗前后，必尚有机会过后江走走。由朋友或专家引道，这家那家坐坐，烧匣烟，喝杯茶。看中意某一个女人时，问问行市，花个三元五元，便在那龌龊不堪万人用过的花板床上，压着那可怜妇人胸膛放荡一夜。于是纪游诗上多了几首无题诗，"巫峡神女""汉皋解佩""刘阮天台"等等典故，一律被引用到诗上去。看过了桃源洞，这人平常若是很谨慎的，自会觉得应当即早过医生处走走，于是匆匆地回家了。至于接待过这种外路"风雅人"的妓女呢，前一夜也许陆续接待过了三个麻阳船水手，后一夜又得陪伴两个贵州省牛皮商人。这些妇人照例说不定还被一个水手、一个县公署执达吏、一个公安局书记，或一个当地小流氓，长时期包定占有，客来时那人往烟馆过夜，客去后再回到妇人身边来烧烟。

妓女的数目占城中人口比例数不小。因此仿佛有各种原因，她们的年龄都比其他都市更无限制。有些人年在五十以上，还不甘自弃，同十六七岁孙女辈前来参加这种生活斗争，每日轮流接待水手同军营中火夫。也有年纪不过十四五岁，乳臭尚未脱尽，便在那儿服侍客人过夜的。

她们的技艺是烧烧鸦片烟，唱点流行小曲，若来客是粮子上跑四方人物，还得唱唱军歌党歌与电影明星的新歌，应酬应酬，增加兴趣。她们的收入有些一次可得洋钱二十三十，有些一整夜又只得三毛五毛。这些人有病本不算一回事。实在病重了，不能做生活挣饭吃，间或就上街到西药房去打针，六零六三零三扎那么几下，或请走方郎中配副药，朱砂茯苓乱吃一阵，只要支持得下去，总不会坐下来吃白饭。直到病倒了，毫无希望可言了，就叫毛伙用门板抬到那类住在空船中孤身过日子的老妇人身边去，尽她咽最后那一口气。死去时亲人呼天抢地哭一阵，罄所有请和尚安魂念经，再托人赊购副四合头棺木，或借"大加一①"买副薄薄板片，土里一埋也就完事了。

桃源地方已有公路，直达号称湘西咽喉的武陵（常德），每日皆

---

① 大加一：一种利率与贷款等额的高利贷。

有八辆十辆新式载客汽车，按照一定时刻在公路上奔驰。距常德约九十里，车票价钱一元零。这公路从常德且直达湖南省会的长沙，汽车路程约四点钟，车票价约六元。公路通车时，有人说这条公路在湘省经济上具有极大意义，对于黔省出口特货运输可方便不少。这人似乎不知道特货过境每次必三百担五百担，公路上一天不过十几辆汽车来回，若非特货再加以精制，每天能运输特货多少？关于特货的精制，在各省严厉禁烟宣传中，平民谁还有胆量来做这种非法勾当。假若在桃源县某种铺子里，居然有人能够设法购买一点黄色粉末药物，仔细问问也就会明白那货物的来源，且明白出产地并不是桃源县城，运输出口时或用轮船直往汉口，却不需藉公路汽车转运长沙。

真可称为桃源名产的，是家鸡同鸡卵。街头巷尾无处不可以发现这种冠赤如火庞大庄严的生物。凡过路人初见这地方鸡卵，必以为鸭卵或鹅卵。其次，桃源有一种小划子，轻捷、稳当、干净，在沅水中可称首屈一指。一个外省旅行者，若想从湘西的永绥、乾城、凤凰研究湘边苗族的分布状况，或想从湘西往四川的酉阳、秀山调查桐油的生产，往贵州的铜仁调查朱砂水银的生产，往玉屏调查竹科种类，注意造箫制纸的工业，皆可在桃源县魁星阁下边，雇妥那么只小船，沿沅水溯流而上，直达目的地，到地时取行李上岸落店，毫无何等困难。

一只桃源小划子上照例要个舵手，管理后梢，调动船只左右。张挂风帆，松紧帆索，捕捉河面山谷中的微风。放缆拉船，量度河面宽窄与河流水势，伸缩竹缆。另外还要个拦头人，上滩下滩时看水认容口，出事前提醒舵手躲避石头、恶浪与洑流，出事后点篙子需要准确、稳重。这种人还要有胆量、有气力、有经验。张帆落帆皆得很敏捷地拉桅下绳索。走风船行如箭时，便蹲坐在船头上打吆喝呼啸，嘲笑同行落后的船只。自己船只落后被人嘲骂时，还要回骂；人家唱歌也得用歌声作答。两船相碰说理时，不让别人占便宜。动手打架时，先把篙子抽出拿在手上。船只掮入急流乱石中，不问冬夏，皆得敏捷而勇敢地脱光衣袴，向急流中跳去，在水里尽肩背之力使船只离开险境。掌舵的因事故不尽职，就从船顶爬过船尾去，做个临时舵手。船上若有小水手，还应事事照料小水手，指点小水手。更有一份不可推却的职务，便是在一切过失上，应与掌舵的各据小船一头，相互辱宗骂祖，继续使船前进。小船除此两人以外，尚需要个小水手居于杂务地位，淘米、烧饭、切菜、洗碗，无事不做。行船时应荡桨就帮同荡桨，应点篙就帮同持篙。这种小水手大都在学习期间，应处处留心，取得经验同本领。除了学习看水、看风、记石头、使用篙桨以外，也学习挨打挨骂。尽各种古怪希奇字眼儿成天在耳边响着，好好的保留在记忆里，将来长大时再用它来辱骂旁人。上行无风吹，一个人还得负了纤板，曳着一段竹缆，在荒凉河岸小路上拉船前进。小船停泊码头边时，又得规规矩矩守船。关于他们经济情势，舵手多为船家长年雇工，平均算来合八分到一角钱一天。拦头工有长年雇定的，人若年富力强多经验，待遇同掌舵的差不多。若只是短期包来回，上行平均每天可得一毛或一毛五分钱，下行则尽义务吃白饭而已。至于小水手，学习期限看年龄同本事来，学习期间有些人每天可得两分钱作零用，有些人在船上三年五载吃白饭。一个不小心，闪不知被自己手中竹篙弹入乱石激流中，泅水技术又不在行，淹死了，船主方面写的有字据，生死家长不能过问。掌舵的把死者剩余的一点衣服交给亲长说明白落水情形后，烧几百钱纸手续便清楚了。

　　一只桃源划子，有了这样三个水手，再加上一个需要赶路，有耐心，不嫌孤独，能花个二十三十的乘客，这船便在一条清明透澈的沅水上下游移动起来了。在这条河里在这种小船上作做客，最先见于记载的一人，应当是那疯疯癫癫的楚逐臣屈原。在他自己的文章里，他就说道："朝发汪渚兮，夕宿辰阳。"若果他那文章还值得称引，我们尚可以就"沅有芷兮澧有兰"与"乘舲上沅"这些话，估想他当年或许就坐了这种小船，溯流而上，到过出产香草香花的沅州。沅州上游不远有个白燕溪，小溪谷里生芷草，到如今还随处可见。这种兰科植物生根在悬崖罅隙间，或蔓延到松树枝桠上，长叶飘拂，花朵下垂成一长串，风致楚楚。花叶形体较建兰柔和，香味较建兰淡远。游白燕溪的可坐小船去，船上人若伸手可及，多随意伸手摘花，顷刻就成一束。若崖石过高，还可以用竹篙将花打下，尽它堕入清溪洄流里，再用手去溪里把花捞起。除了兰芷以外，还有不少香草香花，在溪边崖下繁殖。那种黛色无际的崖石，那种一丛丛幽香眩目的奇葩，那种小小洄旋的溪流，合成一个如何不可言说迷人心目的圣境！若没有这种地方，屈原便再疯一点，据我想来，他文章木必就能写得那么美丽。

什么人看了我这个记载，若神往于香草香花的沅州，居然从桃源包了小船，过沅州去，希望实地研究解决《楚辞》上几个草木问题。到了沅州南门城边，也许无意中会一眼瞥见城门上有一片触目黑色。因好奇想明白它，一时可无从向谁去询问。他所见到的只是一片新的血迹，并非古迹。大约在清党前后，有个晃州姓唐的青年，北京农科大学毕业生，用党务特派员资格，率领了两万以上四乡农民肩持各种农具，上城请愿。守城兵先已得到长官命令，不许请愿群众进城。于是两方面自然发生了冲突。一面是旗帜、木棒、呼喊与愤怒，一面是一尊机关枪同四支步枪。街道那么窄，结果站在最前线上的特派员同四十多个青年学生与农民，便全在城门边牺牲了。其余农民一看情形不对，抛下农具四散吓跑了。那个特派员的身体，于是被兵士用刺刀钉在城门木板上示众三天。三天过后，便抛入屈原所称赞的清流里喂鱼吃了。几年来本地人派捐拉夫，在应付差役中把日子混过去，大致把这件事也慢慢地忘掉了。

桃源小船载客载到沅州府，把客人行李扛上岸，讨得酒钱回船时，这些水手必乘兴过皮匠街走走。那地方同桃源的后江差不多，住下不少经营最古职业的人物。地方既非商埠，价钱可公道一些。花四百钱关一次门，上船时还可以得一包黄油油的上净烟丝，那是十年前的规矩。照目前百物昂贵情形想来，一切当然已不同了，出钱的花费也许得多一点，收钱的待客也许早已改用美丽牌代替上净丝了。

或有人在皮匠街蓦间水手，对水手发问："弄船的，'肥水不落外人田'，家里有的你让别人用，用别人的你还得花钱，这上算吗？"

那水手一定会拍着腰间麂皮抱兜，笑眯眯地回答说："大爷，'羊毛出在羊身上'，这钱不是我桃源人的钱，上算的。"

他回答的只是后半截，前半截却不必提。本人正在沅州，离桃源远过八百里，桃源那一个他管不着。

便因为这点哲学，水手们的生活，比起风雅人来似乎洒脱多了。若说话不犯忌讳，无人疑心我袒护无产阶级，我还想说，他们的行为，比起风雅人来也实在还道德得多。

一九三五年三月作于北京

鸭窠围的夜

天快黄昏时落了一阵雪子，不久就停了。天气真冷，在寒气中一切皆仿佛结了冰。便是空气，也像快要冻结的样子。我包定的那一只小船，在天空大把撒着雪子时已泊了岸，从桃源县沿河而上这已是第五个夜晚。看情形晚上还会有风有雪，故船泊岸边时便从各处挑选好地方。沿岸除了某一处有片沙岨宜于泊船以外，其余地方皆黛色如屋的大石头。石头既然那么大，船又那么小，我们皆希望寻觅得到一个

能作小船风雪屏障，同时要上岸又还方便的处所。凡是可以泊船的地方早已被当地渔船占去了。小船上的水手，把船上下各处撑去，钢钻头敲打着沿岸大石头，发出好听的声音，结果这只小船，还是不能不同许多大小船只一样，在正当泊船处插了篙子，把当作锚头用的石碇抛到沙上去，尽那行将来到的风雪，摊派到这只船上。

这地方是个长潭的转折处，两岸皆高大壁立的山，山头上长着小小竹子，长年翠色逼人。这时节两山只剩余一抹深黑，赖天空微明为画出一个轮廓。但在黄昏里看来如一种奇迹的，却是两岸高处去水已三十丈上下的吊脚楼。这些房子莫不俨然悬挂在半空中，藉着黄昏的余光，还可以把这些希奇的楼房形体，看得出个大略。这些房子同沿河一切房子有共通相似处，便是从结构上说来，处处显出对于木材的浪费。房屋既在半山上，不用那么多木料，便不能成为房子吗？半山上也用吊脚楼形式，这形式是必需的吗？然而这条河水的大宗出口是木料，木材比石块还不值价。因此，即或是河水永远涨不到处，吊脚楼房子依然存在，似乎也不应当有何惹眼惊奇了。但沿河因为有了这些楼房，长年与流水斗争的水手，寄身船中枯闷成疾的旅行者，以及其他过路人，却有了落脚处了。这些人的疲劳与寂寞是从这些房子中可以一律解除的。地方既好看，也好玩。

河面大小船只泊定后，莫不点了小小的油灯，拉了篷。各个船上皆在后舱烧了火，用铁顶罐煮饭。饭焖熟后，又换锅子熬油，哗的把菜蔬倒进热锅里去。一切齐全了，各人蹲在舱板上三碗五碗把腹中填满后，天已夜了。水手们怕冷怕动的，收拾碗盏后，就莫不在舱板上摊开了被盖，把身体钻进那个预先卷成一筒又冷又湿的硬棉被里去休息。至于那些想喝一杯的，发了烟瘾得靠靠灯，船上烟灰又翻尽了的，或一无所为，只是不甘寂寞，好事好玩想到岸上去烤烤火谈谈天的，便莫不提了桅灯，或燃一段废缆子，摇着晃着从船头跳上了岸，从一堆石头间的小路径，爬到半山上吊脚楼房子那边去，找寻自己的熟人，找寻自己的熟地。陌生人自然也有来到这条河中来到这种吊脚楼房子里的时节，但一到地，在火堆旁小板凳上一坐，便是陌生人，即刻也就可以称为熟人了。

这河边两岸除了停泊有上下行的大小船只三十左右以外，还有无数在日前趁融雪涨水放下形体大小不一的木筏。较小的上面供给人住宿过夜的棚子也不见，一到了码头，便各自上岸找住处去了。大一些的木筏呢，则有房屋，有船只，有小小菜园与养猪养鸡栅栏，有女眷，有孩子。

黑夜占领了全个河面时，还可以看到木筏上的火光，吊脚楼窗口的灯光，以及上岸下船在河岸大石间飘忽动人的火炬红光。这时节岸上船上皆有人说话，吊脚楼上且有妇人往黯淡灯光下唱小曲的声音，每次唱完一支小曲时，就有人笑嚷。什么人家吊脚楼下有匹小羊叫，固执而且柔和的声音，使人听来觉得忧郁。我心中想着，"这一定是从别一处牵来的，另外一个地方，那小畜生的母亲，一定也那么固执地鸣着吧。"算算日子，再过十一天便过年了。"小畜生明不明白只能在这个世界上活过十天八天？"明白也罢，不明白也罢，这小畜生是为了过年而赶来应在这个地方死去的。此后固执而又柔和的声音，将在我耳边永远不会消失。我觉得忧郁起来了。我仿佛触着了这世界上一点东西，看明白了这世界上一点东西，心里软和得很。

但我不能这样子打发这个长夜。我把我的想象，追随了一个唱曲时清中夹沙的妇女声音到她的身边去了。于是仿佛看到了一个床铺，下面是草荐，上面摊了一床用旧帆布或别的旧货做成脏而又硬的棉被，搁在被盖上面的是一个木托盘，盘中有一把小茶壶，一个小烟匣，一块石头，一盏灯。盘边躺着一个人。唱曲子的妇人，或是袖了手捏着自己的膀子站在吃烟者的面前，或是靠在男子对面的床头，为客人烧烟。房子分两进，前面临街，地是土地，后面临河，便是所谓吊脚楼。这些人房子窗口既一面临河，可以凭了窗口呼喊河下船中人，当船上人过了瘾，胡闹已够，下船时，或者尚有些事情嘱托，或有其他原因，一个晃着火炬停顿在大石间，一个便凭立在窗口，"大老你记着，船下行时又来！""好，我来的，我记着的。""你见了顺顺就说：会呢，完了；孩子大牛呢，脚膝骨好了。细粉捎三斤，冰糖捎三斤。""记得到，记得到，大娘你放心，我见了就说：会呢，完了，大牛呢，好了。细粉来三斤，冰糖来三斤。""杨氏，杨氏，一共四吊七，莫错账！""是的，放心呵，你说四吊七就四吊七，年三十夜莫会要你多的！你自己记着就是了！"这样那样的说着，我一一皆可听到，而且一面还可以听着在黑暗中某一处咩咩的羊鸣。我明

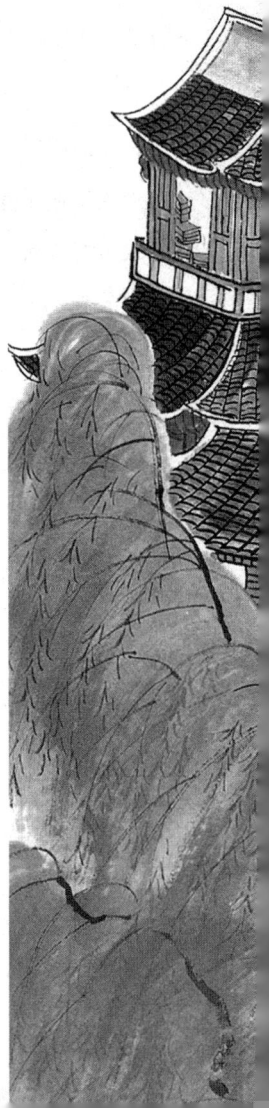

白这些回船的人是上岸吃过"荤烟"了的。

我还估计得出，这些人不吃"荤烟"，上岸时只去烤烤火的，到了那些屋子里时，便多数只在临街那一面铺子里。这时节天气太冷，大门必已上好了，屋里一隅或点了小小油灯，屋中土地上必就地掘了浅凹，烧了些树根柴块。火光煜煜，且时时刻刻爆炸着一种难于形容的声音。火旁矮板凳上坐有船上人、木筏上人，有对河住家的熟人。且有虽为天所厌弃还不自弃的老妇人，闭着眼睛蜷成一团蹲在火边，悄悄地从大袖筒里取出一片薯干、一枚红枣，塞到嘴里去咀嚼。有穿着肮脏身体瘦弱的孩子，手擦着眼睛傍着火旁的母亲打盹。屋主人有为退伍的老军人，有翻船背运的老水手，有单身寡妇，藉着火光灯光，可以看得出这屋中的大略情形，三堵木板壁上，一面必有个供养祖宗的神龛，神龛下空处或另一面，必贴了一些大小不一的红白名片。这些名片倘若有那些好事者加以注意，用小油灯照着，去仔细检查，便可以发现许多动人的名衔，军队上的连附、上士、一等兵，商号中的管事，当地的团总、保正、催租吏，以及照例姓滕的船主，洪江的木簰商人，与其他人物，无所不有。这是近十年来经过此地若干人中一小部分的题名录。这些人各用一种不同的生活，来到这

个地方，且同样的来到这些屋子里，坐在火边或靠近床边，逗留过若干时间。这些人离开了此地后，在另一世界里还是继续活下去，但除了同自己的生活圈子中人发生关系以外，与一同在这个世界上其他的人，却仿佛便毫无关系可言了。他们如今也许死掉了，水淹死的，枪打死的，被外妻用砒霜谋杀的，然而这些名片却依然将好好的保留下去。也许有些人已成了富人名人，成了当地的小军阀，这些名片却仍然写着催租人、上士等等的衔头。……除了这些名片，那屋子里是不是还有比它更引人注意的东西呢？锯子、小捞兜、香烟大画片、装干栗子的口袋……

提起这些问题时使人心中很激动。我到船头上去眺望了一阵。河面静静的，木筏上火光小了，船上的灯光已很少了，远近一切只能藉着水面微光看出个大略情形。另外一处的吊脚楼上，又有了妇人唱小曲的声音，灯光摇摇不定，且有猜拳声音。我估计那些灯光同声音所在处，不是木筏上的簰头在取乐，就是水手们、小商人在喝酒。妇人手指上说不定还戴了从常德府为水手特别捎带来的镀金戒指，一面唱曲一面把那只手理着鬓角，多动人的一幅画图！我认识他们的哀乐，这一切我也有份。看他们在那里把每个日子打发下去，也是眼泪也是笑，离我虽那么远，同时又与我那么相近。这正是同读一篇描写西伯利亚的农人生活动人作品一样，使人掩卷引起无言的哀戚。我如今只用想象去领味这些人生活的表面姿态，却用过去一分经验，接触着这种人的灵魂。

羊还固执地鸣着。远处不知什么地方有锣鼓声音，那是禳土酬神还愿巫师的锣鼓。声音所在处必有火燎与九品蜡^①，照耀争辉。眩目火光下有头包红布的老巫师独立作旋风舞，门上架上有黄钱，平地有装满了谷米的平斗。有新宰的猪羊伏在木架上，头上插着小小纸旗。有行将为巫师用口把头咬下的活生公鸡，缚了双脚与翼翅，在土坛边无可奈何地躺卧。主人锅灶边则热了满锅猪血稀粥，灶中正火光熊熊。

　　邻近一只大船上，水手们已静静地睡下了，只剩余一个人吸着烟，且时时刻刻把烟管敲着船舷。也像听着吊脚楼的声音，为那点声音所激动，忽然按捺自己不住了，只听到他轻轻地骂着野话，擦了支自来火，点上一段废缆，跳上岸往吊脚楼那里去了。他在岸上大石间走动时，火光便从船篷空处漏进我的船中。也是同样的情形吧，在一只装载棉军服向上行驶的船上，泊到同样的岸边，躺在成束成捆的军服上面，夜既太长，水手们爱玩牌的皆蹲坐在舱板上小油灯光下玩天九，睡既不成，便胡乱穿了两套棉军服，空手上岸，藉着石块间还未融尽残雪返照的微光，一直向高岸上有灯光处走去。到了街上，除了从人家门罅里露出的灯光成一条长线横卧着，此外一无所有。在计算中以为应可见到的小摊上成堆的花生，用哈德门长烟匣装着干瘪瘪的小橘子，切成小方块的片糖，以及在灯光下看守摊子把眉毛扯得极细的妇人（这些妇人无事可做时还会在灯光下做点针线的），如今什么也没有。既不敢冒昧闯进一个人家里面去，便只好又回转河边船上了。但上山时向灯光凝聚处走去，方向不会错误。下河时可糟了。糊糊涂涂在大石小石间走了许久，且大

---

① 九品蜡：供祭神用蜡烛，九品即九只。同时按一定方式组合排列，或一字式，或品字式等。

声喊着才走近自己所坐的一只船。上船时，两脚全是泥，刚攀上船舷还不及脱鞋落舱，就有人在棉被中大喊："伙计哥子们，脱鞋呀！"把鞋脱了还不即睡，便镶到水手身旁去看牌，一直看到半夜。——十五年前自己的事，在这样地方温习起来，使人对于命运感到惊异。我懂得那个忽然独自跑上岸去的人，为什么上去的理由！

等了一会，邻船上那人还不回到他自己的船上来，我明白他所得的必比我多了一些。我想听听他回来时，是不是也像别的船上人，有一个妇人在吊脚楼窗口喊叫他。许多人都陆续回到船上了，这人却没有下船。我记起"柏子"。但是，同样是水上人，一个那么快乐地赶到岸上去，一个却是那么寂寞地跟着别人后面走上岸去，到了那些地方，情形不会同柏子一样，也是很显然的事了。

为了我想听听那个人上船时那点推篷声音，我打算着，在一切声音皆已安静时，我仍然不能睡觉。我等待那点声音。大约到午夜十二点，水面上却起了另外一种声音。仿佛鼓声，也仿佛汽油船马达转动声，声音慢慢的近了，可是慢慢的又远了。这是一个有魔力的歌唱，单纯到不可比方，也便是那种固执的单调，以及单调的延长，使一个身临其境的人，想用一组文字去捕捉那点声音，以及捕捉在那长潭深夜一个人为那声音所迷惑时节的心情，实近于一种徒劳无功的努力。那点声音使我不得不再从那个业已用被单塞好空罅的舱门，到船头去搜索它的来源。河面一片红光，古怪声音也就从红光一面掠水而来。日里隐藏在大岩下的一些小渔船，原来在半夜前早已静悄悄地下了拦江网。到了半夜，把一个从船头伸在水面的铁蓝，盛上燃着熊熊烈火的油柴，一面敲着船舷各处走去。身在水中见了火光而来与受了柝声吃惊四窜的鱼类，便在这种情形中触了网，成为渔人的俘虏。

　　一切光，一切声音，到这时节已为
黑夜所抚慰而安静了，只有水面上那一分
红光与那一派声音。那种声音与光明，正
为着水中的鱼与水面的渔人生存的搏战，
已在这河面上存在了若干年，且将在接连
而来的每个夜晚依然继续存在。我弄明白
了，回到舱中以后，依然默听着那个单调
的声音。我所看到的仿佛是一种原始人与
自然战争的情景。那声音，那火光，皆近
于原始人类的武器！

　　不知在什么时候开始落了很大的雪，
听船上人嘟哝着，我心想，第二天我一定
可以看到邻船上那个人上船时节，在岸边
雪地上留下那一行足迹。那寂寞的足迹，
事实上我却不曾见到，因为第二天到我醒
来时，小船已离开那个泊船处很远了。

　　　　　　　　　　作于一九三四年

新 湘 行 记

—— 张八寨二十分钟

　　汽车停到张八寨，约有二十分钟耽搁，来去车辆才渡河完毕。溪水流到这里后，被四围群山约束成个小潭，一眼估去大小直径约半里样子。正当深冬水落时，边沿许多部分都露出一堆堆石头，被阳光雨露漂得白白的，中心满潭绿水，清莹澄澈，反映着一碧群峰倒影，还是异常美丽。特别是山上的松杉竹木，挺秀争绿，在冬日淡淡阳光下，更加形成一种不易形容的清寂。汽车得从一个青石砌成的新渡口用一只方舟渡过，码头如一个畚箕形，显然是后来人设计，因此和自然环境还不十分谐和。潭上游一点，还有个老渡口，尚有只老式小渡船，由一个掌渡船的拉动横贯潭中的水面竹缆索，从容来回渡人。这种摆渡画面，保留在我记忆中不下百十种。如照风景画习惯，必然作成"野渡无人舟自横"的姿势，搁在靠西一边白石滩头，才像符合自然本色。因为不知多少年来，经常都是那么搁下，无事可为，镇日长闲，和万重群山一道在冬日阳光下沉睡！但是这个沉睡时代已经过去了。大渡口终日不断有满载各种物资吼着叫着的各式货车，开上方舟过渡。此外还有载客的班车，车上坐着新闻记者，电影摄影师，音乐、歌舞、文物调查工作者，画师，医生……以及近乎挑牙虫卖膏的，陆续来去。近来因开放农村副业物资交流，附近二十里乡村赴乡场和到州上做小买卖的人，也日益增多。小渡船就终日在潭中来回，盘载人货，没有个休息时。这个觉醒是全面的。八十二岁的探矿工程师丘老先生，带上一群年轻小伙子，还正在湘西各县爬山越岭，预备用槌子把有矿藏的山头一一敲醒。许多在地下沉睡千万年的煤、铁、磷、汞，也已经有了一部分被唤醒转来。

　　小船渡口东边，是一道长长的青苍崖壁，西边有个裸露着大片石头的平滩，平滩尽头到处点缀一簇簇枯树。其时几个赶乡场的男女农民，肩上背上挑负着箩箩筐筐，正沿着悬崖下脚近水小路走向渡头。渡船上有个梳双辫女孩子，攀动缆索，接送另外一批人由西往东。渡头边水草间，有大群白鸭于仕水中自得其乐地游泳。悬崖罅缝间绿茸茸的，崖顶上有一列过百年的大树，大致还是照本地旧风俗当成"风水树"保留下来的。这些树木阅历多，经验足，对于本地近十年新发生的任何事情似乎全不吃惊，只静静地看着面前一切。初初来到这个溪边的我，环境给我的印象和引起的联想，不免感到十分惊奇！一切陌生一切又那么熟悉。这实在和许多年前笔下涉及的一个地方太相像了，因之对它仿佛相熟的可能不只我一个人。正犹如千年前唐代的诗人，宋代的画家，彼此虽生不同时，却由于一时偶然曾经置身到这么一个相似自然环境中，而产生了些动人的诗歌或画幅；一首诗或者不过二十八个字，一幅画大小

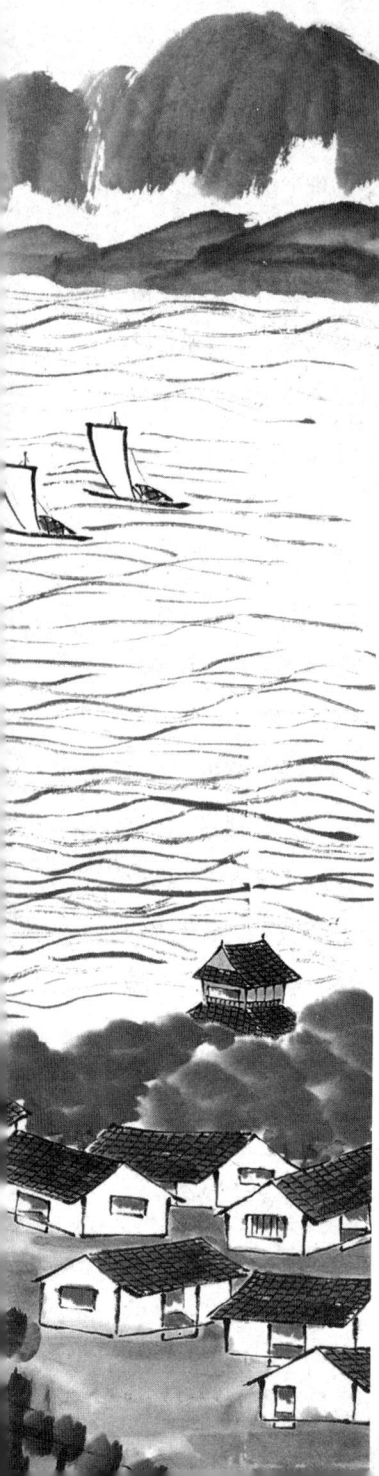

不过一方尺，留给后人的印象，却永远是清新壮丽，增加人对于祖国大好河山的感情。至于我呢，手中的笔业已荒疏了多年，忽然又来到这么一个地方，记忆习惯中的文字不免过于陈旧了，触目景物人事却十分新。在这种情形下，只有承认手中这支拙劣笔，实在无可为力。

我为了温习温习四十年前生活经验，和二十四五年前笔下的经验，因此趁汽车待渡时，就沿了那一列青苍苍崖壁脚下走去，随同那几个乡下人一道上了小渡船。上船以后，不免有些慌张，心和渡船一样只是晃。临近身边那个船上人，像为安慰我而说话：

"慢慢的，慢慢的，站稳当点。你慌哪样！"

几个乡下人也同声说："不要忙，不要忙，稳到点！"一齐对我善意望着。显然的事，我在船中未免有点狼狈可笑，已经不像个"家边人"样子。

大渡口路旁空处和园坎上，都堆得有许多竹木，等待外运。老楠竹多锯削成扁担大小长片，三五百缚成一捆。我才明白在北行火车上，经常看到满载的竹材，原来就是从这种山窝窝里运出去，往东北西北支援祖国工矿建设的。木材也多经过加工处理，纵横架成一座座方塔，百十根作一堆，显明是为修建湘川铁路准备的。令我显得慌张的，并不尽是渡船的摇动，却是那个站在船头、嘱咐我不必慌张、自己却从从容容在那里当家做事的弄船女孩子。我们似乎相熟又十分陌生。世界上就真有这种巧事，原来她比我二十四年前写到的一个小说中人翠翠，虽晚生十来岁，目前所处环境却仿佛相同，同样在这么青山绿水中摆渡，青春生命在慢慢长成。不同处是社会变化大，见世面多，虽然对人无机心，而对自己生存却充满信心。一种"从劳动中得到快乐增加幸福"成功的信心。这也正是一种新型的乡村女孩子共同的特征。目前一位有一点与众不同，只是所在背景环境。

她大约有十四五岁的样子，除了胸前那个绣有"丹凤朝阳"的挑花围裙，其余装束神气都和一般青年作家笔下描写到的相差不多。有张长年在阳光下曝晒、在寒风中冻得黑中泛红的健康圆脸，双辫子大而短，是用绿胶线缚住的，还有双真诚无邪神光清莹的眼睛。两只手大大的、粗粗的，在寒风中也冻得通红。身上穿一件花布棉袄子，似乎前不多久才从百货公司买来，稍微大了一点。这正是一种共通常见的形象，内心也必然和外表完全统一。真诚、单纯、素朴，对本人明天和社会未来都充满了快乐的期待及成功信心，而对于在她面前一切变化发展的新事物，更充满亲切好奇热情。文化程度可能只读到普通小学三年级，认得的字还不够看完报纸上的新闻纪事，或许已经做了寨里读报组小组长。新的社会正在起着深刻变化，她也就在新的生活教育中逐渐发育成长。目前最大的野心，是另一时州上评青年劳模，有机会进省里，再到京里，看看天安门和毛主席。平时一面劳作一面想起这种未来，也会产生一种永远向前的兴奋和力量。生命形式即或如此单纯，可是却永远闪耀着诗歌艺术的光辉，同时也是诗歌艺术的源泉。两手攀援缆索操作的样子，一看就知道是个内行，巴渡船应当是她一家累代的职业。我想起合作化，问她一月收入时，她却笑了笑，告给我：

"这是我伯伯的船，不是我的。伯伯上州里去开会。我今天放假，赶场来往人多，帮他忙替半天工。"

"一天可拿多少工资分？"

"这也算钱吗？你这个人——"她于是抿嘴笑笑，扭过了头，面对汤汤流水和水中白鸭，不再答理我。像是还有话待我自己去体会，意思是："你们城里人会做生意，一开口就是钱。什么都卖钱。一心只想赚钱，别的可通通不知道！"她或许把我当成省里食品公司的干部了。我不免有一点儿惭愧起自心中深处。因为我还以为农村合作化后，"人情"业已去尽，一切劳力交换都必须变成工资分计算。到乡下来，才明白还有许多事事物物，人和人相互帮助关系，既无从用工资分计算，也不必如此计算；社会样样都变了，依旧有些好的风俗人情变不了。我很满意这次过渡的遇合，提起一句俗谚"同船过渡五百年所修"，聊以解嘲。同船几个人同时不由笑将起来，因为大家都明白这句话意思是"缘法凑巧"。船开动后，我于是换过口气请教，问她在乡下做什么事情还是在学校读书。

她指着树丛后一所瓦屋说："我家住在那边！"

"为什么不上学？"

"为什么？区里小学毕了业，这边办高级社，事情要人做，没有人，我就做。你看那些竹块块和木头，都是我们社里的！我们正在和那边村子比赛，看谁本领强，先做到功行圆满。一共是二百捆竹子，一百五十根枕木，赶年下办齐报到州里去。村里还派我办学校，教小娃娃，先办一年级。娃娃欢喜闹，闹翻了天我也不怕。"

我随她手指点望去，第二次注意到堆积两岸竹木材料时，才发现靠村子码头边，正有六七个小顽童在竹捆边游戏，有两个已上了树，都长得团头胖脸。其中四个还穿着新棉袄子。我故意装作不明白问题，"你们把这些柱头砍得不长不短，好竹子也锯成片片，有什么用处？送到州里去当柴烧，大材小用，多不合算！"

她重重盯了我一眼，似乎把我底子全估计出来了，不是商业干部是文化干部，前一种太懂生意经，后一种太不懂。"嗨，你这个人！竹子木头有什么用？毛主席说，要办社会主义，大家出把力气，事情就好办。我们湘西公路筑好了，木头、竹子、桐油、朱砂，一年不断往外运。送到好多地方去办工厂、开矿，什么都有用……"末了只把头偏着点点，意思像是"可明白？"

我不由己地对着她翘起了大拇指，译成本地语言就是"大脚色"。又问她今年十几岁，十四还是十五？不肯回答，却抿起嘴微笑。好像说"你猜吧"。我再引用"同船过渡"那句老话表示好意，说得同船乡下人都笑了。一个中年妇人解去了拘束后，便插口说："我家五毛子今年进十四岁，小学二年级，也砍了三捆竹子，要送给毛主席，办社会主义。两只手都冻破了皮，还不肯罢手歇气。"巴渡船的一位听着，笑笑的，爱娇的，把自己两只在寒风中劳作冻得通红的手掌，反复交替摊着，"怕什么？比赛罗。人家苏联多远运了大机器来，在等着材料砌房子。事情不巴忙①做，可好意思吃饭？自家的事不做，等谁做！"

"是嘛，自家的事情自家做；大家做，就好办。"

新来汽车在渡口嘟嘟叫着。小船到了潭中心，另一位向我提出了个新问题："同志，你是从省里来的？可见过武汉长江大铁桥？什么时候完工？"

"看见过！那里有万千人笼夜②赶工，电灯亮堂堂的，老远只听到机器哗喇哗喇地响，真热闹！"

"办社会主义就是这样，好大一条桥！"

"你们难道看见过大铁桥？"

……说下去，我才知道她原来有个儿子在那边做工，年纪二十一岁，是从这边电厂调去的，一共去七个人。下乡电影队来放映电影时，大家都从电影上看过大桥赶工情形，由于家里有子侄辈在场，都十分兴奋自豪。我想起自治州百七十万人，共有三百四十万只勤快的手，都在同一心情下，为一个共同目的而进行生产劳动，长年手足贴近土地，再累些也不以为意。认识信念单纯而素朴，和生长在大城市中许多人的复杂头脑，及专会为自己好处做打算的种种乖巧机伶表现，相形之下真是无从并提。

小船恰当此时，訇地碰到了浅滩边石头上，闪不知船滞住了。几个人于是又不免摇摇晃晃，而且在前仆后仰中相互笑嚷起来："慢点嘛，慢点嘛，忙那样！又不是看戏做前排，忙那样！"

女孩子一声不响早已轻轻一跃跳上了石滩，用力拉着船绳，倾身向

---

① 巴忙：亦作霸蛮，湖南方言，意为做事超越应有限度。

② 笼夜：连夜。

后奔，好让船中人起岸，待让另一批人上船。一种责任感和劳动的愉快结合，留给我个要忘也不能忘的印象。

我站在干涸的石滩间，远望来处一切。那个隐在丛树后的小小村落，充满诗情画意。渡口悬崖罅缝间绿茸茸的，似乎还生长有许多虎耳草。白鸭子已游到潭水出口处石坝浅滩边去了，远远的只看见一簇簇白点子在移动。我想起种种过去，也估计着种种未来，觉得事情好奇怪。自然景物的清美，和我另外一时笔下叙述到的一个地方，竟如此巧合。可是生存到这里的人，生命的发展却如此不同。这小地方和中国任何其他乡村一样，正起着深刻的变化。第一声信号还在十年前，即那个青石板砌成的畚箕形渡口边，小孩子游戏处，曾有过一辆中型客车在此待渡，有七个地方高级文武官员坐在车中，一阵枪声下同时死去。这是另外一时那个"爱惜鼻子的朋友"告给我的。这故事如今可能只有管渡船的老人还记住，其他人全不知道，因为时间晃晃快过十年了。现在这个小地方，却正不声不响，一切如随同日月交替、潜移默运地在变化着。小渡船一会儿又回到潭中心去了。四围光景分外清寂。

在一般城里知识分子面前，我常常自以为是个"乡下人"，习惯性情都属于内地乡村型，不易改变。这个时节，才明白意识到，在这个十四五岁真正乡村女孩子那双清明无邪眼睛中看来，却只是个寄生城市里的"蛀米虫"，客气点说就是个"十足的、吃白米饭长大的城里人"。对于乡下的人事，我知道的多是百八十年前的老式样。至于正在风晴雨雪里成长，起始当家做主的新人，如何当家做主，我知道的实在太少了。

一九五七年五月作

到北海去

到北海去

铃子叮叮当当摇着，一切低起头到书桌边办公的同事们，思想都为这铃子摇到午饭时的馒头上去了。我呢，没有馒头，也没有什么足以使我神往的食物。馆子里有的是味道好的东西，可是却如像忘了为我预备的。大胆地进去吧。进去不算一回事，不用壮胆也可以，不过进去以后又怎么出来呢？借到解一个手，或是说伙计伙计，为我再来一碟辣子肉丁，赶快赶快！让我去买几个苹果来下下酒吧，于是，一溜出来，扯脚忙走，只要以后莫再从这条路过去。但是，到你口上说着……买几个苹果……想溜时，那伶精不过的伙计，看破了你的计划，不声不色地跟到出来，在他那一双鬼物眼睛下，又怎么个跑法呢？还莫冒险吧。……有个时候怕须要这个，但此时且莫做这不老实的事。

于是，恍恍惚惚出了办公室，出了衙门，跳上那辆先已雇就在门外等候着的洋车。

这于他的的确确都是梦一般模糊！衙门是今天才上。他觉得今天的衙门同昨天的衙门似乎是两个，纵分明知道门前冲天匾是一样地挂着。昨天引见他给厅长那个传达先生，对他脸不烂了，昨天在窗子下许许地冷笑着那几个公丁先生，今天当他第一次伏上办公室书桌时，却带有和善可亲的意思来给他恭恭敬敬递一杯热茶。……

似乎都不同，似乎都立时对他和气起来，而这和气面孔他昨天搜寻了半天也搜寻不到一个。

使他敢于肯定昨天到的那个地方，就是今天到的地方的，只有桌子上用黄铜圆图钉钉起四角，伏伏贴贴爬到桌面上那水红色方吸水纸。昨天这纸是这么带有些墨水痕迹，爬到桌上，意思如在说话，小东西，你来了！好好，欢迎欢迎。这里事不多，咱们谈天相亲的日子多着呢，……今天仍然一样，红起脸来表示欢迎诚意。不过当他伏在它身上去察视时，吸墨纸上却多渍了三小点墨痕，不知谁个于他昨天出门时在那上面喂了这些墨给它。哈哈！朋友，你怎么也不是昨天那么干净？呵呵，小东西，我职务是这样，虽然不高兴，但没有法，况且，这些恶人又把我四肢钉在桌上，使我转动不得，他们喂我墨吃，有什么法子可拒绝？小东西，这是命！命里只合吃墨，所以在你见我以后又被人喂了一些墨了！虽说这些已经发酸了的墨我不很高兴吃它，但无法的事。像你，当你上司刚才进房来时一样：自然而然，用他的地位把你们贴在板凳上的屁股悬起来，你们是勉强，不勉强也不行。我如你一样，无可如何。

吸墨纸同他接谈太久，因此这第一日上衙门的他竟找不出空闲时间来同这办公厅中同事们说应酬话。

车子同他，为那中年车夫拖拉着，颠簸于后门一带不平顺的石子路上。

这时的北京城全个儿都在烈日下了。走路的一切人，都如发疟疾似的心里难受。警察先生，本为太阳逼到木笼子里去躲避，但太阳还不相容；接着又赶进去，他们显然是藏无可藏了，才又硬着头皮出来，把腰边悬挂在皮带上那把铁铗（其实论用处还不及铁铗）似的指挥刀敲着电车道钢轨，口中胡乱吆喝着。他常常以为自己是世界上再无聊没有的人，如今见了这位警察先生，才知道比自己还无意思。

"忙怎的？慢慢儿也还赶得到——你有什么要紧事做，所以想赶快拉到吧？"他觉得车夫为了得两吊钱便如此拼命地跑，是不合理。

"先生，多把我两个子儿，我就快点。"

这答话显然车夫是错会了意思，以为车座嫌他过慢了，故找出快的条件来送到他耳中。

因这错误引起了他对人类的憎恶来。"狗，你为两个子儿也鞭策得喘气，那么二十个子简直可以换你一斤肉一碗血了！……"但他口上却说：慢点也不要紧，左右是消磨，洋车上、北海、公寓，同时消磨这下半天的时光。

"先生去北海，有船可坐，辅币一毛。"大概车夫已听到座上的话了，从喘气中抽出空闲来说。

车夫脾气也许是一样的吧，尤其是北京的：他们天生都爱谈话，都会谈话。间或他们谈话的中肯处，竟能使你在车座上跳起来。我碰到的车夫，有几个若是他那时正穿起常礼服，高据讲台之一面，肆其雄谈时，我竟将无条件地承认他是一个什么能言会说的代议士了。我见过许多口上只会那么的结结巴巴学者，我听过论救国谓须懂五行水火相生，明脉经，忌谈革命的学者。今日的中国，学者过多，也许是积弱的一种重要原因吧！

"有船吧，一毛钱不贵——你坐过船不曾？"

"不，不，我们哪有力量进去呢，哈哈，一毛，二十二枚，从交道口拉沙滩儿大楼还只有十八枚，好家伙，一毛钱过一次渡！"

"那你生长北京连船也不曾见过了？——"

"不，不，我上年子还亲自坐过洋船的，到天津，送我老爷到天津。是我为他拉包月车时候。他姓宋，是司法部参事吧。"他仍然从喘气中匀出一口气来说话。过去的生活，使他回忆亦觉快适，说到天津时，他的兴致显得很想笑一阵的神气。"咦！那洋船又不大！有像新世界那么高的楼三层，好家伙！三层——四层；不，先生，究竟是三层四层这时我记不起了。……那个锚，在船头上那铁锚，黑漆漆的，怕不有五六千斤吧，好家伙！"

他，车夫，意思是以为不能肯定所见的洋船有几层楼，恐车座对他所说不相信，故又引出一个黑漆漆的大铁锚来证明，然而这铁锚的斤两究难估计，故终于不再作声，又自个默默地奔他的路。

"这不一定。大概三层四层——以至于五六层都有。小的还只有一层；再小的便像普通白屋子一样，没有楼，你北京地方房子不是很少有楼的吗？"

这话又勾动了健谈的话匣子，少不得又要匀出一口气来应付了。

"对啦！天津日本租界过去那小河中——我是在那铁桥上见到的——一排排泊着些小舢子，那据说是叫洋舢子。小到同汽车不差什么，走动时也很快，只听见咯咯咯和汽车号筒一样，尾子上出烟，烟拖在水面上成一条线……那贵吧，比汽车，先生？"

"不知道。"

"外国人真狠，咱们中国人造机器总赶不上别人，……他们造机器运到中国来赚咱们的钱，所以他们才富强……"

话只要你我爱听，同车夫扯谈，不怕是三日三夜，想他完也是不会完的！但是，这时有件东西要塞住他的口了。他因加劲跑过一辆粪车刚撒过娇的路段，于是单用口去喘气。

他开始去注意马路上擦身而过的一切。

女人，女人，女人，一出来就遇到这些敌人，一举目就见到这些鬼物，花绸的遮阳把他的眼睛牵引到这边那边，而且似乎每一个少年女人切身过去时，都能同时把他心带去一小片儿。"呵呵，这成什么事？我太无聊了！我病太深了！我灵魂当真非像景天那么找人去修补一下不可！但他所修补的嘴内的门牙，是鼻子上的小骨片，是腹上的盲肠，——我呢？我是灵魂，是像水玻璃般脆薄东西，是像破了的肥皂泡：景天的病，协和百多个大夫中随意抓一个出来即可治好，我的医生到什么地方去找？呵呵，医生哟！病入膏肓的我，不应再提到医治了！……"手帕子又掩着他的眼睛了，有一种青春追捉不到的失望悲哀扼着了他的心。

这是一条新来代替昨天为鼻血染污了的丝质手巾，有蓝的缘边与小空花，这手巾从他的朋友手中取来时，朋友的祝告是：瘦躴①弟用这手巾，满满的装一包欢喜还我吧。当时以为大孩子虽然是大孩子，但明天到他家时为买二十个大苹果送他，大概苹果中就含有欢喜的意义了。明天就是这样空着还他吧，告他欢喜已有许多沾在这巾上。

一九二五年八月五日作

————————

① 躴（lāng）：方言，意为瘦小。

北平的印象和感想

——油在水面，就失去了粘腻性质，转成一片虹彩，幻美悦目，不可仿佛。人的意象，亦复如是。有时平匀敷布于岁月时间上，或由于岁月时间所作成的幕景上，即成一片虹彩，具有七色，变易倏忽，可以感觉，不易揣摩。生命如泡沤，如露亦如电，惟其如此，转令人于生命一闪光处，发生庄严感应。悲悯之心，油然而生。

十月已临，秋季行将过去。迎接这个一切沉默但闻呼啸的严冬，多少人似乎尚毫无准备。从眼目所及说来，在南方有延长到三十天的满山红叶黄叶，满地露水和白霜。池水清澄，明亮，如小孩子眼睛。这些孩子上早学的，一面走一面哈出白气，两手玩水玩霜不免冻得红红的，于是冬天真来了。在北方则大不相同。一星期狂风，木叶尽脱，只树枝剩余一二红点子，柿子和海棠果，依稀还留下点秋意。随即是负煤的脏骆驼，成串从四城涌进。（从天安门过身时，这些和平生物可能抬起头，用那双忧愁小眼睛望望新油漆过的高大门楼，容许发生一点感慨："你东方最大的一个帝国，四十年，什么全崩溃下来了。这就是只重应付现实缺少高尚理想的教训，也就是理想战胜事实的说明。而且适用于任何时代任何民族。后来者缺少历史知识，还舍不得这些木石堆积物，重新装饰，用它来点缀政治，这有何用？"也容许正在这时，忽然看到那个停于两个大石狮前面的一件东西，八个或十个轮子，结结实实。一个钢铁管子，斜斜伸出。一切虽用一片油布罩上，这生物可明白那是一种力量，另外一种事实——美国出品坦克。到这时，感慨没有了。怕犯禁忌似的，步子一定快了一点，出月洞门转过南池子，它得上大图书馆卸煤！）还有那个供屠宰用的绵羊群，也挤挤挨挨向四城拥进。说不定在城门洞前时，正值一辆六轮大汽车满载新征发的壮丁由城内驶出来。这一进一出，恰证实古代哲人一生用千言万语也说不透彻的"圣人不仁"和"有生平等"。——于是冬天真来了。

就在这个时节，我回到了相去九年的北平。心情和二十五年前初到北京下车时相似而不同。我还保留二十岁青年初入百万市民大城的孤独心情在记忆中，还保留前一日南方的夏天光景在感觉中。这两种绝不

相同的成分，为一个粮食杂货店中收音机放出的京戏给混合后，第一眼却发现北平的青柿和枣子已上市，共同搁在一辆手推货车上，推车叫卖的"老北京"已白了头。在南方时常听人作新八股腔论国事说，"此后南京是政治中心，上海是商业中心，北平是文化中心。"话说得虽动人，实并不可靠。政治中心照例拥有权势，商业中心照例拥有财富，这个我相信。然而权势和财富都可以改作"美国"，两个中心原来就和老米①不可分！至于文化中心，必拥有知识才得人尊敬，必拥有文物足以刺激后来者怀古感今而敢于寄托希望于未来。北平的知识分子的确算得比中国任何一个城市还丰富，不过北京城既那么高，每个人家的墙壁照例那么多而厚，知识可能流注交换，但可能出城？不免令人怀疑。历史的伟大在北平文物上，即使不曾保留全部，至少还保留 部分。可是追究追究保留下来的用处，能不能激发一个中国年轻人的生命热忱，或一种感印、思索，引起他向过去和未来一点深刻的爱？由于爱，此后即活得更勇敢些，坚实些，也合理些？实在使人怀疑。若所保留下来的庄严伟大和美丽，既缺少对于活人教育的能力，只不过供星期天或平常日子游人赏玩，或军政要人宴客开会，游人之

---

① 老米：即老美（国）。

一部分，说不定还充满游猎兴趣，骑马牵狗到处奔窜，北平的文物即保留得再多，作用也就有限。给予多数人的知识，不过是让人知道前一代胡人统治的帝国，奴役人民二百年，用人民血汗劳力建筑有多大的花园，多大的庙宇宫殿，此外可谓毫无意义可言。一个美国游览团团员，具有调查统制中国兴趣的美国军官的眷属，格利佛老太太，阿丽司小姐，可以用它来平衡《马可孛罗游记》①所引起她灵魂骚乱的情感（这情感中或许还包含她来中国偶然嫁一蒙古王子的愿望）。一个中国人，假如说，一个某种无知自大的中国人，不问马夫或将军，他也许只会觉得他占领征服了北京城，再也不会还想到他站到的脚下，还有历史。在一个惟有历史却无从让许多人明白历史的情形下，北平的文化价值，如何使中国人对之表示应有的尊敬，北平有知识的人，教育人的人，实值得思索，值得重新思索，北平的价值和意义，似乎方有希望让少数学生稍稍知道！

北平入秋的阳光，事实上也就可教育人。从明朗阳光和澄蓝天空中，使我温习起住过近十年的昆明景象。这时节的云南，风雨季大致已经过去，阳光同样如此温暖美好，然而继续下去，却是一切有生机的草木无形死去。我奇怪八年的沦陷，加上新的种种忌讳，居然还有成群的白鸽，敢在用蓝天作背景寒冷空气中自由飞翔。微风刷动路旁的树枝，卷起地面落叶，窸窸窣窣如对于我的疑问有所回答："凡是在这个大城上空绕绕大小圈子的自由，照例是不会受干涉的。这里原有充分的自由，犹如你们在地面，在教室或客厅中。""你这个话可是存心有点？""不，鲁迅早死了。讽刺和他同时死去了已多年。""我完全否认

---

① 《马可孛罗游记》：亦作《马可波罗游记》。

你这种态度""可是你必然完全同意我说及的事实。"这个想象的对话很怪，我疑心有人窃听。试各处看看，没有一个"人"。

街上到处走的是另外一种人。我起始发现满街每个人家屋檐下的一面国旗，提醒这是个节日，随便问铺子中人，才知悉和尊师重道有关，当天举行八年来第一回的祭孔大典，全国将在同一日举行这个隆重典礼。我重新关心到苏州平江府那个大而荒凉的文庙，这一天，文庙两廊豢养的几十匹膘壮日本军马，是不是暂时会由那一排看马的病兵牵出，让守职二十年饿得瘦瘿瘿的苏中苏小那一群老教师，也好进孔庙行个礼；且不至于想到用讲堂作马厩而情感脆弱露出酸态？军马即可暂时牵出，正殿上那些央数身分不明的蝙蝠，又如何处理？可有人乐意接收，乐意保管，更乐意此后即不再交出，马虎过去？万千蝙蝠既占据大成殿的全部，听其自然，又哪能使师道尊严？中国孔庙廊庑用来养马的，一定不止平江府，曲阜那一座可能更不堪。这也正象征北平南京师道在仪式上虽被尊敬，其余还有多少地方的师道，却仍在军马与蝙蝠之中讨生活，其无从生活也可想而知。

我起始在北平市大街上散步。想在散步处地面发现一二种小虫蚁，具有某种不同意志，表现到它本身奇怪造形上，斑驳色彩上，或飞鸣宿食性情上。但无满意结果。人倒很多，汽车、三轮车、洋车、自行车上面都有人。和上海最大不同，街路宽阔而清洁，车辆上的人都似乎不必担心相互撞碰。可是许多人一眼看去，样子都差不多，睡眠不足，营养不足。吃得胖胖的特种人物，包含伟人和羊肉馆掌柜，神气之间便有相通处。俨然已多少代都生活在一种无信心、无目的、无理想情形中，脸上各部官能因不曾好好运用，都显出一种疲倦或退化神情。另外一种即是油滑，市侩、乡愿、官僚、侦探特有的装作憨厚混合谦虚的油滑。他也许正想起从某某猪太郎转手的某注产业的数目；他也许正计划如何用过去与某某龟太郎活动的方式又来参加什么文化活动，也许还得到某种新的特许……然而从深处看，这种人却又一例还有种做人的是非与义利冲突，"羞耻"与"无所谓"冲突，而遮掩不住的凄苦表情。在这种人群中散步，我当然不免要胡思乱想。我们是不是还有方法，可以使这些人恢复正常人的反应，多有一点生存兴趣，能够正常地哭起来，笑起来？我们是不是还可望另一种人在北平市不再露面，为的是他明白羞耻二字的含义，自己再也不好意思露面？我们是不是对于那些更年轻的一辈，从孩子时代起始，在教育中应加强一点什么成分，如营养中的维他命，使他们生长中的生命，待发展的情绪，得到保护，方可望能抗抵某种抽象恶性疾病的传染？方可望于成年时能对于腐烂人类灵魂的事事物物，具有一点抵抗力？

我们似乎需要"人"来重新写作"神话"。这神话不仅综合过去人类的抒情幻想与梦，加以现世成分重新处理。应当综合过去人类求生的经验，以及人类对于人的认识，为未来有所安排。有个明天威胁他、引诱他。也许教育这个坐在现实滚在现实里的多数，任何神话都已无济于事。然而还有那个在生长中的孩子群，以及从国内各地集中在这个大城的青年学生群，很显明的事，即得从宫殿、公园、学校中的图书馆或实验室以外，还要点东西，方不至于为这个大城中的历史暮气与其他新的有毒不良气息所中，失去一个中国人对人生向上应有的信心，要好好的活也能够更好地活的信心！

在某种意义上说来，这个信心更恰当名称或叫作"野心"。即寄生于这一片黄土上年轻的生命，对重造社会重造国家应有的野心。若事实上教书的，做官的，在一切社会机构中执事服务的，都吓怕幻想，吓怕理想，认为是不祥之物，决不许与现实生活发生关系时，北平的明日真正对人民的教育，恐还需要寄托在一种新的文学运动上。文学运动将从一更新的观点起始，来着手，来展开。

想得太远，路不知不觉也走得远了些。一下子我几乎撞到一个拦路电网上。你们可曾想得到，北平目前到处还需要一些无固定性的铁丝网，或火力网，点缀胜利一年后的古城？

两个人起始摸我的身上，原来是检查。从后方昆明来的教师，似不必要受人做这种不愉快的按摩表示敬意！但是我不曾把我身份说明，因为这是个尊师重教的教师节，免得我这个"复杂"头脑和另一位"统一"头脑中，都要发生混乱印象。

好在我头脑装的虽多，身上带的可极少，所以一会儿即通过了。回过头看看时，正有两个衣冠整齐的绅士下车，等待检查，样子谦和而恭顺。我知道，这两位近十年中一定不曾离开北京，因为困辱了十年，已成习惯，容易适应。

北平的冬天来了，许多人都担心御冬的燃料大有问题。北平缺少的十分严重的不仅是煤。煤只能暖和身体，无从暖和这个大城市中过百万人的疲惫僵硬的心！我们可想起零下三十度的一些地方，还有五十万人不怕寒冷在打仗？虽说这是北平城外很远地方发生的事，却是一件真实事情，发展下去可能有二十万壮丁的伤亡，千百万人民的流离转徙，比缺煤升火炉还严重得多！若我们住在北平城里的读书人，能把缺煤升大火炉的忧虑，转而体会到那零下三十度的地方战事之如何近于不必要，则据我私意，到十二月我们的课堂即再冷一些，年轻学生也不会缺课，或因无火炉而感到埋怨。读书人纵无能力制止这一代战争的继续，至少还可以鼓励更年轻一辈，对国家有一种新的看法，到他们处置这个国家一切时，决不会还需要用战争来调整冲突和矛盾！如果大家苦熬了八年回到了北平，连这点兴趣也打不起，依然只认为这是将军、伟人、壮丁、排长们的事情，和自己全不相干，沉默也即是一种否认，很可能我们的儿女，就免不了有一天以此为荣，反而去参加热闹。张家口那方面，目前即有不少我们的子侄我们的学生。我们是鼓励他们做无望流血，还是希望他们重新做起？显然两者都不济事，时间太迟了。他们的弟妹又在长成，又在那里"受训"。为人父或教人子弟的，实不能不把这些事想得远一点，深一点，因为目前的事和明日的事决不可分。战事如果是属于知识以外某种不健康情感的迸发与排泄，即不免有传染性，有继续性。当前的国力浪费，即种因于近三十年北平城所拥有的知识的孤立，以及和另外任何一处所拥有的武力，各自存在，各自发展。熟习历史的，教人时既从不参证过历史上"知识"的意义、作用和可能，纵不能代替武力，也还可平衡武力。过去事不曾给我们以教训，而对未来知所防止。所以三五个壮士一天内用卡车装走了清华园一批物品。三个专家半年努力也即恢复不了旧观。五十万人在东北在西北的破坏，若尚不能引起我们的关心，北平的文物和知识，恐当真的就只能供第五颗原子弹做新武器毁旧文明能力的测验！住身北平教育人的似乎还需要一点教育，这教育即从一个无煤的严冬起始。

一九四六年八月九日作

春游颐和园

北京建都有了八百多年历史。劳动人民用他们的勤劳和智慧，在北京城郊建造了许多规模宏大建筑美丽的宫殿、庙宇和花园，留给我们后一代。花园建筑规模大，花木池塘富于艺术巧思，设备精美在世界上也特别著名的，是二百多年前乾隆时在西郊建筑的"圆明园"。这个著名花园，是在九十多年前就被帝国主义者野蛮军队把园里面上千栋房子中各种重要珍贵文物及一切陈设大肆抢劫后，有意放一把火烧掉了的。花园建筑时间比较晚的，是西郊的颐和园。部分建筑乾隆时虽然已具规模，主要建筑群却在一百年前才完成。修建这座大园子的经济来源，是借口恢复国防海军从人民刮来的几千万两银子，花园作成后，却只算是帝王一家人私有。

直到北京解放，这座大花园才真正成为人民的公共财产。颐和园的游人数字是个证明：一九四九年全年游人二十六万六千八百多，一九五五年达到一百七十八万七千多人。二十年前游颐和园的人，常常觉得园里太大太空阔。其实只是能够玩的人太少，所以到处总是显得空空的。颐和园那条长廊，虽然已经长约三里路，现在每逢星期天游人就挤得满满的，即再加宽加长一两倍，怕也还是不够用。

春天来，颐和园花木都逐渐开放了，每天除了成千上万来看花的游人，还有许多自城郊学校的少先队员，到园中过队日郊游，进行各种有益身心的活动。满园子里各处都可见到红领巾，各处都可听到建设祖国接班人的健康快乐的笑语和歌声。配合充满生机一片新绿丛中的鸟语花香，颐和园本身，因此也显得更加美丽和年青！

凡是游颐和园的人，在售票处购买一册介绍园中景物的说明书，可得到极多帮助。只是如何就可用比较经济的时间，把颐和园重要地方都逛到呢？我想就我个人过去几年在这个大园子里转来转去的经验，和园子里建筑花木在春秋佳日给我的印象，提出一点游园的参考意见。

我们似可把颐和园分成五个大单位去游览。

第一是进门以后的建筑群。这个建筑群除中部大殿外，计包括北边的大戏楼和西边的"乐寿堂"，以及西边前面一点的"玉澜堂"。"玉澜堂"相传是光绪被慈禧太后囚禁的地方，院子和其他建筑隔绝自成一个小单位。到这里来的人，还可从入门口的说明牌子，体会到近六十年历史一鳞一爪。参观大戏台，得往回路向东走。这个戏台和中国近代歌剧发展史有些联系，六十年以前，中国京戏最出色的演员谭鑫培、杨小楼，都到这台上演过戏。戏台上下分三层，还有个宽阔整洁的后台和地下室，准备了各种机关布景。例如表演孙悟空大闹天宫或白蛇传水漫金山寺节目时，台上下到必要时还会喷水冒烟。演员也可以借助于技术设备，一齐腾空上升，或潜入地下，隐现不易捉摸。戏台面积比看戏的殿堂大许多，原因是这些戏主要是演给帝王和少数皇亲贵族官僚看的。演员百余人在台上活动，看戏的可能只三五十人。社会在发展中，六十年过去了，帝王独夫和这些名艺人十九都已死去。为人民爱好的艺术家的绝艺，却继续活在人们记忆中，及后辈热忱学习发展中。由大戏楼向西可到"乐寿堂"。这是六十年前慈禧做生日的地方。颐和园陈设中，有许多十九世纪显然见出半殖民地化的开始的恶俗趣味处，就多是当时在广东、上海等通商口岸办洋务的奴才，为贡谀祝寿而做来的。也有些是帝国主义者为侵略中国的敲门砖。还有晚清一种黄绿釉绘墨彩花鸟，多用紫藤和秋葵做主题，横写"天地一家春"的款识的大小瓷器，也是这个时期的生产。"乐寿堂"庭院宽敞，建筑虽不特别高大，却显得气魄大方。本院和西边一小院，春天时玉兰和海棠都开得格外茂盛。

第二部分是长廊全部和以"排云殿""佛香阁"为主体，围绕左右的建筑群。这是目下

全个园子建筑最引人注意部分，也是全园的精华。有很多建筑小单位，或是一个四合院，或是一组列房子，布置得都十分讲究。花木围廊，各具巧思。

但是从整体或部分说来，这个建筑群有些只是为配风景而做的，有些宜近看，有些只合远观。想总括全部得到一个整体印象，得租一只小游船，把船直向湖中心划去，再回过头来，看看这个建筑群，才会明白全部设计的用心处。因为排云殿后面隙地不多，山势太陡，许多建筑不免挤得紧一点。如东边的琼岛春阴转轮藏，西边的另一个小建筑群，都有点展布不开。正背后的佛香阁，地势更加迫促。虽亏得聪明的建筑工人，出主意把上佛香阁的路分作两边，做之字形盘旋而上，地势还是过于迫促。更向西一点的"画中游"部分建筑，也由于地面窄狭，做得格外玲珑小巧。必须到湖中看看，才明白建筑工人的用意，当时这部分建筑，原来就是为配合全山风景做成的。船到湖中心时向南望，在一平如镜碧波中的龙王庙和十七孔虹桥，都若十分亲切地向游人招手："来，来，来，这里也很有意思。"从这里望万寿山，距离虽远了点，可是把那些建筑不合理印象也忽略了。

第三部分就是湖中心那个孤岛上的建筑群，"龙王庙"是主体。连接龙王庙和东墙柳阴路全靠那条十七孔白石虹桥，长年卧在万顷碧波中，背景是一片北京特有的蓝得透亮的天空，真不愧叫作人造的虹。这条白石桥无论是远看、近看，或把船摇到下边仰起头来看，或站在桥上向左右四方看，都令人觉得满意。桥东岸边有一只铜牛，是两百年前铸铜工人的创作。

第四部分是后山一带，建筑废址并不少，保存完整的房子却不多。

很显明是经过历史事变的痕迹没有修复过来。由后湖桥边的苏州街遗址，到上山的一系列殿基，直到半山上的两座残塔，据传说也是在圆明园被焚的同时毁去的。目下重要的是有好几条曲折小山路，清静幽僻，最宜散步。还有好几条形式不同的白石桥和新近修理的赤栏木板桥，湖水曲折地从桥下通过，划船时极有意思。

第五部分是东路以谐趣园为中心的建筑群，靠西上山有"景福阁"，靠北紧邻是"霁清轩"。这一组建筑群和前山大不相同，特征是树木比较多，地方比较僻静。建筑群包括有北方的明敞（如景福阁）和南方的幽趣（如霁清轩）两种长处。谐趣园主要部分是一个荷花池子，绕着池子有一组长廊和建筑。谐趣园占地面积不大，那个荷花池子，夏天荷花盛开时，真是又香又好看。欢喜雀鸟的，这里四围树林子里经常有极好听的黄鸟歌声。啄木鸟声音也数这个地区最多。夏六月天雨后放晴时，树林间的鸟雀欢呼飞鸣，更是一种活泼生机。地方背风向阳处，长年有竹子生长。由后湖引来的一股活水，到此下坠五公尺，因此做成小小瀑布，夏天水发时，水声哗哗，对于久住北方平地的人，看到这些事物引起的情感，很显然都是新的。"霁清轩"地位已接近园中后围墙，建筑构造极其别致，小院落主要部分是一座四面明窗当风的轩，一株盘旋而上的老松树，一个孤立的亭子，以及横贯院中的一道小小溪流。读过《红楼梦》的人，如偶然到了这个地方，会联想起当年书中那个女尼妙玉的住处。还有史湘云醉眠芍药茵的故事，也可能会在霁清轩大门前边一点发生。这个建筑照全部结构说来，是比《红楼梦》创作时代略早一点。有人到过谐趣园许多次，还不知道面前霁清轩的位置，可知这个建筑的布置成功处。由谐趣园宫门直向上山路走，不多远还有个

"乐农轩"，虽只是平房一列，房子前花木却长得极好。杏花以外丁香、梨花都很好。"景福阁"位置在半山上，这座"亚"字形的大建筑，四面窗子透亮，绕屋平台廊子都极朗敞。遇着好机会，我们可能会在这里看到一些面孔熟悉的著名文艺工作者、电影、歌剧、话剧名演员……他们也许正在这里和国际友人举行游园联欢会，在那里唱歌跳舞。

颐和园最高处建筑物，是山顶上那座全部用彩琉璃砖瓦拼凑做成的无梁殿。这个建筑无论从工程上和装饰美术上说来，都是一个伟大的创作。是近二百年前的建筑工人和烧琉璃窑工人共同努力为我们留下的一份宝贵遗产。在建筑规模上，它并不比北海那一座琉璃殿壮丽，但从建筑兼雕塑整体性的成就说来，无疑和北京其他同类创作，如北海及故宫九龙壁、香山琉璃塔等等，都值得格外重视。上山的道路很多：欢喜热闹不怕累，可从排云殿后抱月廊上去，再从那几百磴"之"字形石台阶爬到"佛香阁"，歇歇气，欣赏一下昆明湖远近全景，再从后翻上那个琉璃牌楼，就到达了。欢喜冒险好奇的，又不妨从后山上去。这一路得经过几层废殿基，再钻几个小山洞。行动过于活泼的游客，上到山洞边时，头上脚下都得当心一些，免得偶然摔倒。另外东西两侧还有两条比较平缓的山路可走，上了点年纪的人不妨从东路上去。就是从景福阁向上走去。半道山脊两旁多空旷，特别适宜于远眺，南边是湖上景致，北边园外却是村落自然景色，很动人。夏六月还是一片绿油油的庄稼直延长到西山尽头，到秋八月后，就只见无数大牛车满满装载黄澄澄的粮食向合作社转运。村庄前后也到处是粮食堆垛。

从北边走可先逛长廊，到长廊尽头，转个弯，就到大石舫边了。

除大石舫外，这里经常还停泊有百多只油漆鲜明的小游艇出租。欢喜划船的游人，手劲大，可租船向前湖划去，一直过西蜂腰桥再向南，再划回来。比较合式的是绕湖心龙王庙，就穿十七孔桥回来。那座桥远看只觉得美丽，近看才会明白结构壮丽，工程扎实，让我们加深一层认识了古代造桥工人的聪明和伟大。船向回划可饱看颐和园万寿山正面全部风景，从各个不同角度看去，才会发现绕前山那道长廊，和长廊外临水那道白石栏杆，不仅发生单纯装饰效果，且像腰带一样把前山建筑群总在一起，从水上托出，设计实在够聪明巧妙。欢喜从空旷湖面转入幽静环境的游人，不妨把船向后湖划去。后湖水面窄而曲折，林木幽深，水中大鱼百十成群，对小船来去既成习惯，因此也不大存戒心。后湖在秋天在一个极短时期中，水面常常忽然冒出一种颜色金黄的小莲花，一朵朵从水面探头出来约两寸来高，花不过一寸大小，可是远远的就可让我们发现。至近身时我们才会发现花朵上还常常歇有一种细腰窄翅黑蜻蜓，飞飞又停停，彼此之间似相识又似陌生。又像是新认识的好朋友，默默地又亲切地贴近时，还像有些腼腆害羞。一切情形和安徒生童话中的描写差不多，可是还更美丽一些，一时还没有人写出。这些小小金丝莲，一年只开花三四天，小蜻蜓从湖旁丛草间孵化，生命也极短暂。我们缺少安徒生的诗的童心，因此也难更深一层去想象体会它们生命中的悦乐处。见到这种花朵时，最好莫惊动采折。由石舫上山路，可经过"画中游"，这部分房子是有意仿造南方小楼房式做成，十分玲珑精致，大热天住下来不会太舒服，可是在湖中却特别好看。走到"画中游"才会明白取名的用意。若在春天四月里，园中好花次第开放，一切松柏杂树新叶也放出清香，这些新经修理装饰得崭新的建筑物，完全包

裹在花树中，使得我们不能不对于创造它和新近修理它的木工、瓦工、彩画油漆工，以及那些长年在园子里栽花种树的工人，表示敬意和感谢。

颐和园还有一个地区，也可以作为一个游览单位计算，就是后山沿围墙那条土埂子。这地方虽若近在游人眼前，可是最容易忽略过去。这条路是从谐趣园再向北走，到后湖尽头几株大白杨树面前时，不回头，不转弯，再向西一直从一条小土路走上小土山。那是一条能够满足游人好奇心的小路，一路走去可从荆槐杂树林子枝叶罅隙间清清楚楚看到后山后湖全景。小土埂上还种得好些有了相当年月的马尾松，松根凸起处，间或会有一两个年青艺术家在那里作画。地方特别清静，不会有人来搅扰他的工作。更重要还是从这里望出去，景物凑紧集中，如同一个一个镜框样子。若是一个有才能的画家，他不仅会把树石间色彩鲜明的红领巾，同水上游人种种活动，收入画布，同时还能够把他们表示新生生命的笑语和歌声同样写入画中。

游 二 闸

到晚来，料不到的是天会骤变。天空响雷，催来了急雨。人坐在灯下，听到院中雷声雨声的喧闹，像是两人正在那里争持一种两可的意见，怀想着二闸，及二闸一切，正因为有雨声雷声，人反而更觉寂寞了。

这时的二闸，是不是也正落着像有人在半空用瓢浇下的雨？是使人关心的事。无论雨是否落到了二闸与否，凡是日间在闸下，那些赤精了身体，钻到水瀑下面去摸游客掷下铜子的小孩，想来大概都全回家了。家中有着弟妹的，或者还正将着日间从水里摸到的铜子，炫耀给那弟弟妹妹看。弟妹伸手要，但不成，"这是自己的"，于是，抱在妈的手上的孩子哭了。于是，做母亲的赏哥哥一掌，于是也哭。从这种推想下，我便依稀听到一种急剧的短而促的孩子的哭声，深深悔我当时的吝啬。在我多掷下铜子数枚，不过少坐一趟车，在别人家庭，不是就可以免掉那不必起的争端么？也许其中还有那缺少父母瞻依的孤儿，这时就正把从我们手下得来的铜子，向小铺子买了烧饼在那庙门下嚼吧。也许在这些孩子当中，有着那病瘫的母亲，其中孩子的一个，这时就正在他母亲炕前跪着呈奉那一枚铜子，领受那病人瘦手在脸部抚摩吧。也许有空手转家去的孩子，到家时，正为父亲责着，说是生来无用，抢不得一钱，挨着骂，低头在灶边吃窝窝头。也许还有用这钱供家中赎当。……在各式各样的想象下，都使我悔不多给这些孩子一点钱。我且奇怪起我自己来，为什么当时明见到这些人伸手，就能毅然不理且装着滑稽口吻向这些人连说回头见！若这些孩子，这时还能想到游客中的我们，对于希望的不足，对我有所抱怨意思，也是自然而且应该的事情。因为我就把这愤怨常常抛给到世上许多人头上，尤其是女子。那些孩子没有得到不相干人的钱，同我在许多不相干的世人面前没有得到爱情温暖一个样，只是孩子或者还不懂怨人。

孩子们，对这雷雨是喜悦还是忧愁？也使我关心。落了雨，瀑益大，来二闸玩看瀑的人当益多，则可以从各种娱乐游客的技艺中多得些铜子，看来孩子们，便应高兴庆祝互相感谢这天气的骤变了。

然而一落雨，河里的水当更冷。天气已近到深秋，适宜于裸着身子在瀑下钻来爬去的时期似乎已过去。纵有多数游人乐于把钱掷到瀑里去，下水淘摸不已变成一件苦事么？并且，跟着这秋来的便是那能将一切凝成冰冻的冬天，到了瀑水溪河全结了薄冰，以后这些孩子们，又将什么来自乐兼以供游二闸人发笑？推冰车冰船吧，这又不是一个不到十二岁的孩子们的事。如果这时我还有那往游二闸的兴趣。大概见着他们就都只是三三两两住在二闸左右的人家，似乎站在闸堤旁缩成一团很无聊地望那冬景了。没有一个是称得起为中产小康的，那萧条景色，到春天还没有能改变过来，这些孩子们，自然也不会有受教育机会了。运河恢复清以来旧观，已是本地人所不敢梦想的事。二闸纵有着一点空名，足以在春夏二季吸引一些好事的人的游踪，然二闸在天然淘汰下，亦只有日复萧条的一法了！这些孩子，眼见的还有着那比自己更小的一辈，是正在那极力地向上，学着泅水学着打汆子①，以图来年夏季的发财。大一点的，将渐渐长大，若不与做农相宜，总是仍然在划船赶骡两种职业上找到他的终身浪荡生活。但小一点的，到可以从高堤坎上翻觔斗下掷的年龄，又来供谁开心？并且，那新补了父兄划船职业的纤手舵手青年男子，对于他的事业是不是还能像今天那掌舵汉子对于生活的乐观？到那时，船上所载的，总不外乎粪肥、稻草、干柴、芦苇束之类，要再像此时的白脸新衣的学生，花两毛钱的费用，到这船上来嗅这微臭的空气，把船在这从北京流出的阳沟水面上缓缓地驶行，是办得到的事么？……

单是从 个小小地方着想，思量到国内许多种人许多事业，在社会进化过程中得到的消沉灭亡的结果情形，又见到这一类人无可奈何的只能在这旧的事业上在这一小块地方，造成他自己终生的命运，心中为着一种异样惨戚所浸溺，觉到要哭了。

到了二闸玩一天，要像许多许多人，记那一个城里人下乡的记录，且夸饰着说是秋来天色草木如何如何美，这在我是不可能的事。北京的天气，是不拘何时都很容易见到那种四望无边如同一块月蓝竹布天幕

---

① 打汆子：即潜水。

的，今天则似乎这竹布是从一个大学生的大衫上裁下（尤其是这个学生所选功课是理科），因为好些处所是镶嵌着别的颜色如像浅灰爱国布的补疤以及俨然为实验室内酸类所蚀的白色痕迹的。因为昨夜的雨把空气滤过一道。空中无灰尘，所以有微风，人也不难受。公寓中房偏东，太阳早上晒不着，觉颇冷，一出城，则疑心这是春天刚完的初夏，背当着太阳，就渐次地发热了。

沿着铁轨从崇文门到东便门，又沿着运河从东便门到了二闸，是用脚走去的。陪着我走的，有也频同频的伴。我们在今年来算是这次顶走得最远的散步了。在另一个时期中，我能负背囊全套及子弹二十八排，另外加扛一支曼里夏五响枪，每日随到大队走八十里路，并且一连是六天，把我自己以及一个头等兵的家业从我本乡运到川东去。这事情，在近来谈及，真是不知不觉就要采用一点骄傲朋友兼自炫其英雄的口气了。因为自从来到北京后，我的生活只给了我在桌边尽呆的机会，按照那"一种能力久久不用便归消灭"的一条自然规律，我的行路本事在我自己看来就已为早全失去了。"架实一点走直路，"我将说，我到此以后，有洋车可坐，脚已走不动路了，这从我自己试验可得，有些时节由银闸东头到北头吃饭，我真乐意花八个子儿去坐车。不过今天居然走到了二闸，腿膝又还似乎并不十分倦，我又觉得在我还不至于如那剃了头发的。

多少我总保留一些旧日的本领！

走到了，一切同前年，水同两岸的房子，全是害着病一样。若是单把这些破旧房子陈列在眼前，教人分不出时季。冬天这些门前也是有着那粪肥味与干草味，小小的成群飞着的虫子，则似乎至少是在春夏秋三个节候里都还全存在。光身的蹲在补锅匠的炉边看热闹的小孩子，见了人来就把眼睛睁得多大来看这些不认识的体面的来客。船夫在我们身上做起小小的梦了。赶骡人在我们身上做起梦来了。孩子们有些本来披着衣服在闸上蹲着望水的，开始脱下一切沿着那堤坎旁边一株下垂的树跳下水去了。因了我们来此至少有二十个人做着发小洋财的好梦。这些梦，在脸上，在各人和蔼的话语里，在一切欢迎空气中，都可以看出。

在闸边稍待一会，于是便有很有礼貌的孩子挨到身边来，说有一毛钱，便可以从这三丈高的堤上下掷到水中。那我们并不需要瞧的。于是这孩子又致辞，说是把钱掷丢到水瀑下去，哥儿们能找到。频如其议，试掷了一钱，即刻便为一个猴儿小子把钱用口含着了。再掷了一钱，便又见到这四个五个如同故事上所传海和尚一样的孩子钻进瀑下去即刻又出来。

"先生，你把你那银角子旋下，待会儿，大家就全下水了。"

全下水，总有二十个以上吧。一枚铜了有四人竞争，一枚银角便有二十人抢夺，从这里我可以了解钱在此地的意义。十个二十个人全下水，万一因抢夺不已，其中一个为水所淹没，怎么样？为了莫太使那大一点的狡猾的孩子得意，频虽身边有钱也不掷。但为了莫过给那不中用的孩子失望，在无意中我把钱却抛到较浅水中去，待到顶小那一个口中也含着一枚铜子时，我们跳上回头的船了。

我们是还为他们带了一些欢喜来，这是我们先前所想不到的。但是像这种天气，能够从城中为二闸的人带些小小幸福来，已像是人却很少了。因此到了那铁桥边遇到第二批前去四个男女学生模样的人时，我就为那些孩子高兴。

"怎么二闸这样荒凉地方也值得人称道？"

这疑惑，在我心上咬着，如同陶然亭一样，我真不明白。此时得我们的舵公给了一个详确解释了。

这中年老者，一面不忘用两手揸着那可怜舵把——舵把用可怜字样，不是我夸张，我总疑心那是别个人家废辘轳上一段朽木头。——他说道：

"先前，热闹虽没有，但并不荒凉，来这玩的人多着啦。"

"怎么来？"我问，想得到这原由。"说不定这又同三官庙、鹦鹉冢一样，乃是有着公主或郡主属于女子一类艳闻传衍而来的。"我心想。

话匣子，先是只揭去封条，如今可为我给揎开盖子了。除了用一些话帮助他叙述下去以外，我们用手扶着船棚架子只是静静听。若路线有二闸到大通桥两倍长，将把其余许多故事全给不花一个大子儿听来了。

从他口中我们才知道以前运粮大船长十来丈，一些生长在北方的老乡单为看船也就有走到二闸一趟的需要了。那时内城既尚为"闲人免入"，其他如戏场、市场、天桥那种地方又全不曾有，所以把喝茶一类北方式的雅兴全部寄托到这运河中段的二闸，也是自然的结果。

因此我们又才明白二闸赋予北京人的意义，且寓雅俗共赏的性质，比之陶然亭，单在适于新旧诗迷作诗又大不相同了。

关于这运河，那老者说，这于清室也还有一种用意。粮食何以必得拨来拨去？从通州到此还得拨粮五次才入京，比陆路更费。然而为了这里的闲人算计，使之既不会因无工而缺食，又不至徒邀恩而懒废，故这条河在京奉路通车以后还有物可运。清朝退了位，就没有人想到此事了。这里老者对于满人政治手段当然同了意，可没有说到这一批船户一批靠运河吃饭的人改业的以后怎样，但从靠接送游人的船生意萧条上着想，也就可想而知随了地方的衰败以后凋落不少门户了。我略一闭目，就似乎见到一只八丈九丈长的崭新运粮船从后面撑来，同我们的船并排前进，一支高高的桅子竖起，拉船是用一百个纤手。这些纤手多穿着新蓝布长衫，头上是红缨帽子，有些还配带肩袋，有些还能从容取出身边荷包里的鼻烟壶，倒出一撮褐色粉末向鼻孔捂住。又有一人，在船舷上头站立，这人职位应属于参将一类，穿的衣服戴的帽子都极其鲜明，手上还套了一个碧玉扳指，这人便是我从书上知道的运粮官。

又有一个人，穿戴把总衣帽，马蹄袖子翻卷起，口上轻轻骂着纯京腔的"混账亡八蛋"，督促着纤夫，这人是正两手把着舵（舵的把手当然雕刻的是犀牛、独角兽那类能够分水的怪兽的头）。这人脸相便是此刻我们船上这位老梢公脸相。河中的水也还清澄了，可以见鱼鳖在水藻内追逐。……我到记得分明我们船上也正有着一位同样好看品貌的"舵把子"时，微细的风送来一阵河水的臭味，那大的运粮船便消失了。

我心想，可惜这运粮船也频同到他的伴都无缘能看见，独自己是俨然欣赏一番了，就不觉好笑。也许也频在虚空中所见到的是另一艘式样的船吧，因为当那梢公在述及那大船来去时，也频的眼正微闭，似乎在他自己脑中用着梢公所给的材料，也建筑了一只合于经验的船啊！

用一些无所事事的小孩子，身子脱得精光，把皮肤让六月日头炙得成深褐，露着两列白白的牙齿，狡猾地从水中露出头来讨零钱，代替了大批运粮船来去供人的观览，二闸的寂寞，在那梢公心上骤夫心上都深深的蕴藉着！当我想到这些人，只在天气的恩惠下头得一毛两毛钱，度着无聊无赖的生活，心上也就觉着有颇深的寂寞了。在今年，我们什么时候再能来到二闸玩？单是记着临下船时那一句"回头见"的套话，似乎在最近一个月内我们还应重来一次吧。

"大通桥的鸭子——各分各帮。"

多给了二十枚酒钱，得到了二闸人奉赠的一句土产话。在大通桥下的白色大鸭子，的确像是能够各找到各的队伍，到时便会从容分开的。我们同二闸也分开了。到北京城来，在一些富人贵人得意男女队伍中驻足，我是自觉人是站在另外一边样子的。二闸人倘若有那闲思想，能够想到今天日里来二闸玩的我们，又不知道要以为我们同他那里的世界是距离有多远了。

在这雨声中，这一帮的人念到那一帮的人，同做不经常的梦一样。说不定有人也正把那思念系在我们这一边！

一九二七年九月二十二日深夜作完

管木料场的几个青年

——十三陵水库民工十大队青年尖刀队突击队先进小组

到十三陵工地三天后，一个上午，我和二十二岁的青年突击队队长刘伯昌同志，到木料场去访问"青年先进小组"几个年轻人，看看他们的工作，并且了解一下这次参加工作前后的情况。

木料场离大坝工程处约三里路，在 大片榆树林荫里，进得场中时，只见各种大小木料到处堆积如一座座小山。凡是经过整理的，都搁得齐齐整整。从它所占有的广大面积估计，如没几个老成有经验的专门管理人，和三几十个固定熟练得力人工，是办不了的。可是事实上并不如此。这个先进工作小组，一共只是十一个年轻农民组成的。刘伯昌

同志兼任这个小组队长，另外一个副队长刘学明因另有任务不常来，只有九个人经常在现场工作。组员一般年龄都在十八岁左右，最小的一个只有十六岁。组长刘瑞祥，年纪十八岁，初中读过两年书，在全组中文化最高。一条腿因小时砍柴，浸到冷水中过久，中了寒疾，平常时行动就不大便利。可是为人意志坚强，体力上的困难和工作上的困难，通通克服了。其余八位都只在高小毕业。一拨人去年这个时期，还正在乡下小学里赶毕业考试，一面担心不能升学，又无希望入工厂做工，以为文化程度低，没有前途。到了冬天，家乡大东流村第一回修"青年水库"时，本乡五百青年男女，都极兴奋地参加了这次建设工程。大冷天气填河沟，在零下二十二度冰水中，不好进行工作，队长刘伯昌，首先跳下了水。随后刘瑞祥也带着腿上的寒疾，不顾一切，跟着下了水。并且鼓励大家说"大家勇敢点！有什么可怕！我就是两条腿冻坏了，还要学吴运铎同志，帮国家做许多事情！"于是大家争着笑嚷着跳下水里去。那个水塘凹地估计只能容三十个人工作，一会儿就超过了这个人数。人多只好轮流作。不仅男孩子干劲大，女孩子也不示弱，争先下水。很多女孩子还是初次参加集体劳作！小型"青年水库"，在五百青年苦干三十五天后，终于完成了，团中央知道这件事情，特别通告表扬。"青年突击队"的名称，也保留下来，作为共同学习的榜样。

这一次工作的经验，增加了年轻人的勇气和信心，也克服了许多人不能升学的情绪。小水库刚完成，就听说十三陵大水坝建筑消息，征求民工参加。当时听说有几万人共同工作，水库完成后，东流村也有上万亩土地受到利益，大家都乐坏了。第一次动员后，报名人数就超过了定额。妇女报名得格外踊跃。许多人还是第一次离开村子，第一次正式参加大队伍重体力劳动。过不多久，大东流村一千个民工就和所有本期来到十三陵工地的劳动人民一样，编成民工十大队，进入了伟大的光荣的行列，在各种竞赛方式下，担任了建设祖国的新任务，进行了新的伟大紧张劳动了。

崭新的环境和崭新的集体工作，给年轻人带来无限兴奋，同时自然也带来了各种困难。在二三月严寒风雪中，担土挑石头，推小独轮车或轱辘马车兜子，工作烦重实在不容易习惯。而且日夜不分，在荒凉山谷中进行，不像家乡小水库问题简单。尤其是民工十大队，担负的任务特别杂。例如为十万劳动大军搭席棚，烧开水，做毛房；为二万解放军挑水，大厨房砌灶做烟筒，装卸皮带卷扬机；修补堆积如山的柳条筐，……所有新任务交下来时，都是年轻人带头打先锋，青年中又是团员自告奋勇争先，差不多每项任务都是新的，要用头脑仔细去体会，还要用顽强体力来完成。而且在工作中又总像无名英雄，不容易发现个人特长，必需要积极协力同功，才可及时完成任务。

这里他们得到的好处，是临离开大东流村时，合作社主任（全国农业劳动模范）刘国强的一次讲话，使得他们此后担当任何工作，都不讲价钱，或借故推辞。年近六十的老党员主任，特别指定五百青年男女说：

"你们这次参加工作，响应政府号召，是件好事情。出去可以见见大世面，扩大做人眼光。学学解放军，学学别人，把技术知识和组织纪律通通学回来，咱们大家好建设社会主义！凡事都不能怕难。什么事难做，就争先做。东光农业社全国都闻名，是大家努力合作得到的名誉。你们到那边去，可不能丢社里的名誉！凡事要学做主人，学做接班人。

干活要有冲劲，有绵劲，不能怕难！……"

就这样，他们把面临的大小困难全克服了。每一回竞赛总不甘落后，每一回报告都启发了劳动觉悟。青年突击队女队员受到表扬，就更增加男队员的干劲。男队员先进小组得到奖励时，女队员也决心学习看齐。

三月前，大水坝工程进行到一定阶段时，就准备成立个集中木料的木料场。新的任务提了出来，等待解决。

领导同志向青年突击队长刘伯昌说："伯昌同志，这又是一个新战场，进行战斗要有体力和耐心，还要点灵巧，开动脑筋。试想个办法，挑几个敢作、敢想的小伙子才好办。木料多，来往手续杂，最好还有两个懂点算学的年轻人，来搞搞会计。我看照老办法，由你们一揽子包下来了吧，省得我们另外调人。你算算看，队中有没有这种人才？"

队长稍一嘀咕记忆中那本人物账，就肯定地说："人有的是，在工作教育就成材了。我看事情总包得下来。这不是什么难题目，事情做得好。会计没有现成的，我们培养几个试试看。一共要多少人？"

"坝下工程进行要上万大小木料，集中分散都得有个一定地方。工作由你们包下来好。至于人数调配一时还拿不准。领导意思不妨先成立个核心小组。你下去开个会，和大家商量商量吧。组织支持你们，有困难会为你们解决。一边学，一边做，干下去吧。"

新的任务部分属于技术范围，因此他首先想到那几个年纪特别轻体力不够强的小学毕业生。还有个组织能力和纪律性都相当强，文化底子也较高的刘瑞祥。心中有了个底，回到队上后，就把指挥部交下的任务提出来，鼓动了大家一回，当成一回小战斗任务看，两天后，"管理木料场十一人小组"成立了。

他们的姓名是刘伯昌、刘学明、刘瑞祥、谢景茹、刘瑞彬、刘焕章、刘永富、张怀德、刘福、张永昌、韩莫林。刘伯昌是民工十队的团支书，又是尖刀队队长，调配工作忙。副队长也有别的任务。新成立的木料场工作，于是就完全搁在组长刘瑞祥和另外八个年轻组员身上。

木料场成立时，指导员来谈话，因为任务是崭新的，要边学边做，边摸索经验，改进方法，还要敢想，敢出主意，敢创造。同志们想学技术，觉得无机会，这个工作就是一回锻炼。学会了管理技术，将来用处多。大东流乡明年要办二十个工厂，都得自己边学边干。只要有信心，工作就可保证搞得好。我们建设社会主义，一切事情都是要由外行变内行的！大家都笑着，回答说"管保工作做得好"，高兴得很。

从此以来，每天都有百多次汽车把木料陆续向场地运送。验收、分类、整理，工作真不简单！对几个青年人说来可真是一种战斗。木料种类既复杂，大小长短又不一致，必须分别解决，才便于统计。南方来的大杉槁，占木材主要部分，得经过这个夏天三个月雨季，保管上要做到不霉坏，就是件大事情。必须顺序排，把一头排得整整齐齐，另一头每二尺左右还得加个横板，才容易通风排水，清点数目也方便。东北来的油松方枕木，必须纵横平堆成方塔，搬移记数都容易。如果是较长大板片，堆砌到一定高度后，还得上面加个"人字坡"，远看就和一座座白木房子一样。此外还有各种车兜、梯架、隔扇……都得看不同形式用途来安排。水库大坝完成越近，木场工作也就越加紧张。几个人原本和大队一同住在附近村子里，不大方便，又共同出主意做了几个工棚。做它时，要找个锯子还得不到，只凭一把旧斧头砍砍削削。就地取材，又从旧木料中拔出几十斤钉子。外边用木料钉成屋架，里边用席棚钉成墙壁，前后各开了两个活动窗口，做得比一般工棚都结实合用。指挥部来视察工作时，对于这种有创造性的工棚极其满意，把两个组员调到别处造新工棚去了。于是十一人小组事实上剩下七个人。木料来得越多，登记手续益加烦重，又特别调两个人去担任会计，于是全场上只剩下五个人。但是，新的社会到处有奇迹出现，这里工作也是这样。几个年轻人，总记住党的指示和鼓励，记住老主任说的那几句话，完全用一种当家作主的态度，凡事一同商量做，又都能动手，不懂就去别处请教，不多久，不仅成了熟练管理这个大木材场的工作好手，而且成了这一工作的技术指导核心了。木料越来越多，指挥部每天必配备临时劳动力二三十人，统由几个年轻人调配，他们都做得极好，有四个人得到一等奖。从工作表现上看来，给人的印象是明天有个规模再大几倍的木料场，交给这些年轻人来负责，也一定会做得凡事有条不紊。

我们在木料堆间绕了许久，到得工棚前边时，组长刘瑞祥，正和一个更年轻些的组员谢景茹指导几位新手，共同送木料上架。问问才知道今天指挥派了北京市工商联二十个人来参加劳动。新来不熟悉工作，正在帮同指导。刘伯昌同志指着他说："这就是刘瑞样。"又为我介绍说，"这就是老沈，来和大家谈谈。随便点，不要顾虑。你们屋里去坐坐吧，我还得赶回大队部开会，又交下个任务要调人！"

关于这个先进小组几个年轻人的思想和工作发展，以及木料场的种种；大部分就是组长刘瑞祥和我在那间明亮通风相当凉爽的小工棚中谈起的。他一面叙说，一面还不免有些抱歉害羞，因为觉得工作还是比较轻松简单，远不如解放军和其他机械部门的工作烦重。工作许多方面还待改进，受表扬是上级对年轻人的鼓励，并不是某一人真正有什么过人特长。

　　通过几个青年两小时的谈话，和场中一座座小山似的木料堆，我认识了在共产党的教育下，崭新一代优秀接班人的面貌，是在一种什么情形下生长和壮大。这个青年小组的成长，意味着在全国范围内，数以亿万计的青年一代的成长。这个小组担当的工作，正是新的社会主义教育的一种。他们没有考取普通中学，却更加幸运，到了这个新式社会主义大学学习，从工作实践中，得到的各种知识，都分外扎实有用。他们是活在一个创造奇迹的历史时代中，所以把自己的贡献和发明，也都看得十分自然，始终保持着谦虚和素朴。他们的生活紧紧贴近土地，由于学会了共同协作努力，在不久的将来，却必然会把一个个人造的星子月亮飞上天空！

　　　　七一前夕十三陵工地

怯汉

黄昏了，我独在街头徘徊。看一切街市的热闹，同时使我眼，耳，鼻，都在一种适如其分的随意接触中受着不断的刺激。在一个不知第几周年纪念的旧衣铺子门前我停住脚了，我看到些三色小电灯，看到铺中三个四个伙计们，看到一个胖子把头隐在一个喇叭后面开话匣子唱，旋即就听到有"……请梅老板唱葬花"，这是纯粹的京腔吧？不知道。没有听完我又走开了。

这是我春天的黄昏！

一到黄昏西单牌楼就像格外热闹点。这时小姐少爷全都出了学校到外面来玩，各以其方便的找快乐，或是邀同情人上馆子吃新上市的鲜对虾，或是往公园，或是就在街上玩。车子来来去去像水流。糖果铺初初燃好的煤汽灯在沸沸作声放浅绿色光。远处电灯完全是黄色。

擦着肩膀过去的，全是陌生人。

我只是心中怪凄惨。我没有意义只是来回走。我就看那些打扮得好看的年轻女人买东西。我又随到这些本来有着男子陪到走的年轻女人后边听他们谈话，我还故意把步法调成前面人的速度一个样，好多望到那女人背身一会儿。但我发现另一事情时，我就即时变了我的步法或者回头走，于是我就跟上第二对人又做无形听差了。

我疑心这中间女人就未必没有这样无聊无赖的一人，我疑心有人在对我注意，我疑心我近来各方面全进步了许多；不然我怎么在这大街上像一个有精神病的人无所谓地来回尽走？

其实，在那个眼镜公司隔壁挂有"乐家老铺"的药铺，我是可以好玩似地买一点眼药之类也不妨事的。我可以进到茶叶店去买二两红茶，我可以到滨来香去买一包蔻蔻糖拿在路上嚼。我还可以跟着别的女人进到绸缎铺去看看夏服的料子。总之，我能够做几多事，但不是，我全不去做，我尽走。

一个蓬松的头的侧面正面反面全给我心跳一次。一个妇人背影增加我·点自视可怜的情形。女人此时外出来到这街上的偏是那么多，我怎么办？我除了装作无心无意地把脚步加快减慢，走在这些身上擦得极香的女人背后，来嗅嗅这汗与脂粉香水混合发挥的女人气味外，我能怎么样？

这些高的矮的难道不是拿来陪到男人晚上睡觉尽人爱的么？爱这些美媚年少的女人的，难道全是如同梅兰芳一样脸子白白的以外还多钱，其中就无一个呆子么？然而我，却注定只得看。我知道，这正是天意，恰如同爹没有能力多找点钱使我受穷受苦一样，凡是这世界，各样东西别人可以拿的用的到我名下至多只准看，再不然，看还不准只准想。这时的女人，在灯下，我是恣肆地无所忌惮地看而且嗅了，唉，这三十来岁没有能力没有钱财没有相貌的我呀！

在平常，我在各样事业上去找我生活下来的意义，全是无着落，此时我可明白了。我就是为了看看这活的又愉快的世界的全体而生活的吧。或者是，我是为集中与证明"羡企""妒恨"一些字典上所有字的意义而生活的吧。

在异样寂寞下，我还是在人的队中走，我像失了知觉了，然而一个高的柔的少女身子从我身边过去时，我感到我心中的春天。我为这些影子同到一点依稀的气息，温暖住心中，没有能消灭。唉，我就全为这些模糊影子，心才能够继续的跳动！你这些使我尝着女人的此梦相似的爱恋意味的青年姑娘们，谁一个会能想象得到在你们全个幸福生活中，还有这么一个委琐颓靡的中个男子，因这些可怜的一瞬就居然能够活着下来？你们谁一个能会又想到，无意中一面的男子，他会回家去用眼泪将你们影子施以洗礼？唉，你们的影子——我的爱的偶像！

我不知道我为什么要这样傻。我跟着一对女人走。走到皮库胡同东头时，女人在一个卖小玩物摊边捡选了一阵，另一个，就买了一件泥小猪，走

了。我也买了一件泥小猪，这是前头那女人选过的一只。我为鬼迷似的又赶过去跟到走。我应当听听她们一句两句话，我就回头从这简单话语上，来测这两人的生活及此时行为。慢慢又走到菜市，此时的菜市，人已怪少，那个长廊，也怪冷静了。她们进到内里一个南货店买松花，松花不是我高兴的东西，但因了仿照也买了四个。这一来，其中一个年轻一点的对我开始表明她的鄙视意思了。我羞惭到万分。但我仍然买我自己的松花。为了证明我在这女人中成了很可鄙的人以后，她们站在柜台另一处，故意移对去。

其他一女人，同时也露出轻蔑微嗔的样式。

让这样为人用眼光压迫与欺凌的我，从袋里出钱时手也尽只颤。我没有羞惭了，只愤恨。我想变更我自己的样了也不能。唉，这嗔着的不属于对人的，有光的眼瞳，不就是在另一时给一个男子用温情克服后，那醉人斜睇的眼瞳么？这脸，冷冷的，像铁样的，不就是在另一时给一个男子粗暴地贪馋地吻着时发红的地方么？唉！在我明知一个坏的命运在我面前故意作弄我来开心的时节，我想起反抗，虽然是怯怯的，腼腆的，又装作糊涂的。我更其依恋这女人，我跟着她走我要看她是究竟到什么地方去。

过单牌楼了，还是向南，——是女大吧，我心想。进手帕胡同，我是在一丈距离以后跟着进。我故意坚持着我这若有所不利于人的闲心跟到人后头，除了女人时一回头我依稀从这回视中察出她对这行为表明不愉快以外谁都不注意此事。

——是的，你回头吧，我正要你不愉快。你们这类人使我心痛时太多。你们这些人，平常就只会收拾得像朵花样子，来故意诱起中年可怜的男子的悲哀，今日可输到你头上了。我愿意我能更无聊一点，更大胆一点，待你们像暗娼，追逐你们的身后，一直到你住处！

我察觉我眼睛是湿了。

我仍然跟着，就实行我所设想那把这女人当成暗娼荡妇样子的计划。我要她也感到我对她们虽爱慕实轻视的误解。我希望听一句不入耳的詈语，特又把距离缩得短一点。

她们走得快一点，我也快，相去是七步，是六步，是五步了。

——你们的心也许在跳吧。你们也许愿意常常有这样一个中年萎悴男子跟着身后，回头拿来引为姊妹们谈笑资料吧。你们也许还愿意我更大胆一点，走近你们身边问贵姓，倘若我是样子滑头衣裳撑头一点时，你们也许到街上去招摇就是找男人喔。

从教育部街西端横过去，出石驸马大街，再转西，傍墙走，我知我的戏到最后一幕了。我更快，赶上前去，我索性是傻，轻轻撞了那个低一点女人膀子一下还回头来望。

"这是个痞子。"女人说。声音轻，又像不愿意前面男子能听到。

另一个女的，那被撞的人，却害羞似地不作声，同时也觑我一眼。

一个"痞子"，正正的那一眼，我得了这两件赠物便快步走过了女子师范大学的门前。

坐上归途的车子时，我呜咽地哭了，我为什么定要麻烦别人？难道这是所谓男子报仇所采取的一种好方法么？样子不能使人愉快，生到这世上已就得了别人不少的原谅，为什么我故意来学到一个下流人样在人前作怪模样？另两部女人的车子在对面过来了，我怕人看见我的脸儿，用手捧了脸。

我成了痞子了，这是我亲眼见到的人在我面前说过的，但是，我若当真是一个地道痞子时，或者，也不至有今日吧。以后再要一个人来喊我为痞子也怕不是容易事。我是连当痞子资格还也欠缺的。

南行杂记

水云

第一节

　　青岛的五月，是个稀奇古怪的时节。自二月起从海上吹来的季候风，饱吹了一季，忽然一息后，阳光热力到达了地面，天气即刻暖和起来。山脚树林深处，便开始有啄木鸟的踪迹和黄鸟的鸣声。公园中分区栽种梅花、桃花、玉兰、郁李、棣棠、海棠和樱花，正像约好了日子，都一齐开放了花朵。到处各聚集了些游人，穿起初上身的称身春服，携带酒食和糖果，坐在花木下的草地上赏花取乐。就中还有些从南北大都市官场或商场抽空走出，坐了路局的特别列车，来看樱花作短期旅行的，从外表上一望也可明白。这些人为表示当前被自然解放后的从容和快乐，多仰卧在软草地上，用手枕着头，给天上云影压枝繁花弄得发迷，口中还轻轻吹嘘嗯哨，学林中鸣禽唤春。女人多站在草地上和花树前，忙着帮孩子们照相，不受羁勒的孩子们，却在花树间各处乱跑。

　　就在这种阳春烟景中，我偶然看到一本小书，书上有那么一段话——"地上一切花叶都从阳光挹取生命的芳馥，人在自然秩序中，也只是一种生物，还待从阳光中取得营养和教育。美不能在风光中静止，生命也不能在风光中静止，值得留心！"俨若有会于心，因此常常欢喜孤独伶俜的我，带了几个硬绿苹果，带了两本书，向阳光较多无人注意的海边走去。照习惯我实对准日出方向，沿海岸往东走。夸父追日我却迎赶日头，不担心半道会渴死。我的目的正是让不能静止的生命，从风光中找寻那个不能静止的美。我得寻觅，得发现，得受它的影响或征服，从忘我中重新得到我，证实我。走过了惠泉浴场，走过了炮台，走过了建筑在海湾石岨上俄国什么公爵用黄麻石堆就的堡垒形大房子，一片待开辟的荒地……一直到太平角凸出海中那个黛色大石堆上，方不再向前进。这个地方前面已是一片碧绿大海，远远可看见多蛇水灵山岛的灰色圆影，和海上船只驶过时在浅紫色天末留下那一缕淡烟。我身背后是一片马尾松林，好像一个一个翠绿扫帚，倒转竖起扫拂天云。矮矮的疏疏的马尾松下，到处有一丛丛淡蓝色和黄白间杂野花正任意开放，花丛里还常常可看到一对对小而伶俐麻褐色野兔，神气天真烂漫，在那里追逐游戏。这地方原有一部分已划作新住宅区，还无一座房子，游人又极稀少，本来应该算是这些小小生物的特别区，所以当它们与陌生人互相发现时，必不免抱有三分好奇，眼珠子骨碌碌地对人望定。望了好一会，似乎从神情间看出了点危险，或猜想到"人"是什么，方憬然惊悟，猛回头在草树间奔窜。逃走时恰恰如一个毛团弹子一样迅速，也如一个弹子那么忽然触着树身而转折，更换一个方向继续奔窜。这聪敏活泼小生物，终于在绿色马尾松和杂花乱草间消失了。我于是好像有点抱歉，来估想它受惊以后跑回窝中的情形。它们照例是用山道间埋在地下的引水陶箭作窝的，因为里面四通八达，合乎传说上的三窟意义。逃进去后，必互相挤得紧紧的，为求安全准备第二次逃奔。（因为有时很可能是被一匹顽皮的小狗所追逐，这小狗却用一种好奇好事心情，徘徊在水道口。）过一会儿心定了些，才小心谨慎从水道口露出那两个毛茸茸的耳朵和光头，听听远近风声，明白天下太平后，才重新出到草丛树根间来游戏。

我坐的地方八尺以外，便是一道陡峻的悬崖，向下直插深入海中，若想自杀，只要稍稍用力向前一跃，就可堕崖而下，掉进海水里喂鱼吃。海水有时平静不波，如一片光滑的玻璃，在阳光下时时刻刻变化颜色。有时可看到两三丈高的大浪头，戴着皱折的白帽子，排列成行成队，直向岩石下扑撞，结果这浪头却变成一片银白色的水沫，一阵带咸味的雾雨。我一面让和暖阳光烘炙肩背手足，取得生命所需要的热力，一面即用身前这片大海教育我，淘深我的生命。时间长，次数多，天与树与海的形色气味，便静静地溶解到了我绝对单独的灵魂里。我虽寂寞却并不悲伤。因为从默会遐想中，体会到生命中所孕育的智慧和力量。心脏跳跃节奏中，俨然有形式完美韵律清新的诗歌，和调子柔软而充满青春狂想的音乐。

"名誉、金钱，或爱情，什么都没有，那不算什么。我有一颗能为一切现世光影而跳跃的心，就很够了。这颗心不仅能够梦想一切，还可以完全实现它。一切花草既都能从阳光下得到生机，各自于阳春烟景中芳菲一时，我的生命也待发展，待开放，必然有惊人的美丽与芳香！"

我仰卧时那么打量，一起身有另外一种回答出自中心深处。这正是想象碰着边际时所引起的一种回音。回音中杂有一点世故，一点冷嘲，一种受社会长期挫折蹂躏过的记号。

"一个人心情骄傲，性格孤僻，未必就能够作战士！应当时时刻刻记住，得谨慎小心，你到的原是个深海边。身体纵不至于掉进海里去，一颗心若掉到梦想荒唐幻异境界中去，也相当危险，挣扎出时并不容易！"

这点世故对于当时环境中的我当然不需要，因此我重新躺下去。俨若表示业已心甘情愿受我选定的生活选定的人事所征服。我正等待这种征服。

"为什么要挣扎？倘若那正是我要到的去处，用不着使力挣扎的。我一定放弃任何抵抗愿望，一直向下沉。不管它是带咸味的海水，还是带苦味的人生，我要沉到底为止。这才像是生命。我需要的就是绝对的皈依，从皈依中见到神。我是个乡下人，走到任何一处照例都带了一把尺，一把秤，和普通社会权量不合。一切临近我命运中的事事物物，我有我自己的尺寸和分量，来证实生命的价值与意义。我用不着你们名叫'社会'为制定的那个东西。我讨厌一般标准，尤其是什么伪'思想家'为扭

曲压扁人性而定下的庸俗乡愿标准。这种思想算是什么？不过是少年时男女欲望受压抑，中年时权势欲望受打击，老年时体力活动受限制，因之用这个来弥补自己并向人们复仇的人病态的行为罢了。这种人照例先是显得极端别扭表示深刻，到后又显得极端和平表示纯粹，本身就是一种矛盾。这种人从来就是不健康的，哪能够希望有个健康人生观。一般社会把这种人叫作思想家，只因为一般人都不习惯思想，不惯检讨思想家的思想。一般人都乐意用校医室的磅秤称身体和灵魂。更省事是只称一次。"

"好。你不妨试试看，能不能用你自己那个尺和秤，来到这个广大繁复的人间，量度此后人我的关系。"

"你难道不相信吗？"

"人应当自己有自信，不必担心别人不相信。一个人常常因为对自己缺少自信，总要从别人相信中得到证明。政治上纠纠纷纷，以及在这种纠纷中的广大牺牲，使百万人在面前流血，流血的意义，真正说来，也不过就为的是可增加某种少数人自己那点自信！在普通人事关系上，因有人自信不过，又无从用牺牲他人得到证明，所以一失了恋就自杀的。这种人做了一件其蠢无以复加的行为，还以为是追求生命最高的意义，而且得到了它。"

"我是如你所谓灵魂上的骄傲，也要始终保留那点自信的！"

"那自然极好。因为凡真有自信的人，不问他的自信是从官能健康或观念顽固而来，都可望能够赢得他人相信的。不过你要注意，风不常向一定方向吹。我们生命中到处是'偶然'，生命中还有比理性更具势力的'情感'，一个人的一生可说即由偶然和情感乘除而来。你虽不迷信命运，新的偶然和情感，可将形成你明天的命运，还决定后天的命运。"

"我自信能得到我所要的，也能拒绝我不要的。"

"这只限于选购牙刷一类小事情。另外一件小事情，就会发现势不可能。至于在人事上，你不能有意得到那个偶然的凑巧，也无从拒绝那个附于情感上的弱点，由偶然凑巧而做成的碰头。"

辩论到这个时候，仿佛自尊心起始受了点损害，躺卧向天的那个我，于是沉默了。坐着望海的那个我，因此也沉默了。

试看看面前的大海，海水明蓝而静寂，温厚而蕴藉。虽明知中途必有若干岛屿，可作候鸟迁移时的栖息，鸟类一代接续一代而从不把它的位置记错。且一直向前，终可达到一个绿芜照眼的彼岸，有一切活泼自由生命存在。但缺少航海经验的人，是无从用想象去证实的。这也正与一个人的生命相似，未来一切无从由他人经验取证，亦无从由书本取证。再试抬头看看天空云影，并温习另外一时同样天空的云影，我便俨若重新有会于心。因为海上的云彩实在华丽异常。有时五色相煊，千变万化，天空如张开一铺活动锦毯。有时又素净纯洁，天空但见一片明莹绿玉，别无它物。这地方一年中有大半年天空中竟完全是一幅神奇的图画，充满青春的嘘息，煽起人狂想和梦想，看来令人起轻快感、温柔感、音乐感、情欲感。海市蜃楼就在这种天空中显现，它虽不常在人眼底，却永远在人心中。秦皇汉武的事业，同样结束在一个长生不死青春常驻的梦境里，不是毫无道理的。然而这应当是偶然和情感乘除，此外是不是还有点别的什么？

我不羡慕神仙，因为我是个从乡下来的凡人。我偶尔厌倦了军队中平板生活，撞入都市，因之便来到一个大学教书。在现实生活中我还不曾受过

任何女人关心，也不曾怎么关心过别的女人。我在缓缓移动云影下，做了些青年人所能做的梦，我明白我这颗心在情分取予得失上，受得住人的冷淡糟蹋，也载得起从人取来的忘我狂欢。我试从新询问我自己：

"什么人能在我生命中如一条虹，一粒星子，在记忆中永远忘不了？世界上应当有那么一个人。"

"怎么这样谦虚得小气？这种人并不止一个，行将就要陆续侵入你的生命中，各自保有一点虽脆弱实顽固的势力。这些人名字都叫做'偶然'。名字虽有点俗气，但你并不讨厌它，因这它比虹和星还无固定性，还无再现性。它过身，留下一点什么在这个世界上，它消失，当真就消失了。除留在你心上那个痕迹，说不定从此就永远消失了。这消失也不使人悲观，为的是它曾经活在你或他人心上过。凡曾经一度在你心上活过来的，当你的心还能跳跃时，另外那一个人生命也就依然有他本来的光彩，并未消失。那些偶然的蠢笑，明亮的眼目，纤秀的手足，有式样的颈肩，谦退的性格，以及常常附于美丽自觉而来的彼此轻微妒忌，既侵入你的生命，也即反应在你人格中，文字中，并未消失。世界虽如此广大，这个人的心和那个人的心却容易撞触。况且人间到处是偶然。"

"我是不是也能够在另外一个生命中同样保留一种势力？"

"这应当看你的情感。"

"难道我和人对于自己，都不能照一种预定计划去做一点安排？"

"唉，得了。什么叫做计划？你意思是不是说那个理性可以为你决定一件事情，而这事情又恰恰是上帝从不曾交把任何一个人的？你试想想看：能不能决定三点钟以后，从海边回到你那个住处去，半路上会有些什么事情等待你？这些事影响到一年两年后的生活，又可能有多大？若这一点你猜测失败了，那其他的事情，显然就超过你智力和能力以外更远了。这种测验对于你也不是件坏事情，因为可让你明白偶然和情感将来在你生命中的种种势力，说不定还可以增加你一点忧患来临的容忍力，和饮浊含清的适应力——也就是新的道家思想，在某一点某一事上，你得保留一种信天委命的达观，方不至于……"

我于是靠在一株马尾松旁边，一面随手采摘那些杂色不知名野花，一面试去想象下午回住处时半路上可能发生的一切事情。我知道自然会有些事情。

第二节

到下午四点钟左右，我预备回家了。在惠泉浴场潮水退落后的海滩沙地上，看见一把被海水漂成白色和粉红色的小螺蚌，散乱地在地面返漾着珍珠光泽。从螺蚌形色可推测得出这是一个细心人的成绩。

我猜想这也许是个小女孩子做的事情，随同家人到海滩上来游玩，用两只小而美丽的手，精心细意把它从砂砾中选出，玩过一阵以后，手中有了一点湿汗，怪不受用，又还舍不得抛弃，恰好见家中人在前面休息处从藤提篮里取出苹果，得到理由要把手弄干净一点，就将它塞在保姆肥暖暖的掌心里，不再关心这个东西了。保姆把这些螺蚌残骸捏在大手里一会儿，又为另外一个原因，把它随意丢在这里了。因为湿地上一列极长的足印，就中有个是小女孩留下的，我为追踪这个足印，方发现了它。这足印到此为止，随后即斜斜地向可供休息的一个大磐石走去，步法已较宽，可知是跑去的。并且石头上还有些苹果香蕉皮屑。我于是把那些美丽螺蚌一一捡拾到手中，因为这些过去生命，实保留了些别的生命的美丽愿望，活在我当时的想象中，且可能活在我明日的命运中。

再走过去一点，我又追踪另外两个脚迹走去，从形式大小上可看出这是一对青年伴侣留下的。到一个最适宜于看海上风帆的地点，两个脚迹稍深了点，乱了点，似乎曾经停留了一会儿。从男人手杖尖端划在砂上的几条无意义的曲线，和一些三角形与圆圈，和一小个装相片的黄纸盒，推测得出这对青年伴侣，很可能是到了这里，恰好看见海上一片三角形白帆驶过，因为欣赏景致停顿了一会儿，还照了个相。照相的大致是女人，手杖在砂上画的曲线和其他，就代表男子闲适与等待中的厌烦。又可知是一对外来游人，照规矩本地人是不会在这个地方照相的。

再走过去一点。近海滩尽头时，我碰到一个趁退潮敲拾牡蛎的穷女孩，竹篮中装了一些牡蛎和一把鲜明照眼的黄花，给我的印象特别好。

于是我回转到了住处。上楼梯时照样轧轧地响，响声中就可知并无什么意外事发生。从一个同事半开房门间，可看到墙壁上一张有香烟广告的美人画。另外一个同事窗台上，还依然有个鱼肝油空瓶。一切都照样，尤其是楼下厨房中大师傅，在调羹和味时有意将那些碗盏碰撞出的声音，以及那点从楼口上溢的菜蔬扑鼻香味，更增加凡事照常的感觉。我不免对于在海边那个宿命论与不可知论的我，觉得有点相信不过。其时尚未黄昏，住处小院子中十分清寂，远在三里外的海上细浪啮岸声音，也听得很清楚。院子内花坛中一大丛真珠梅，脆弱枝条上繁花如雪。我独自在院中划有方格的水泥道上来回散步，一面走，一面思索些抽象问题。恰恰如歌德传记中说他二十多岁时在一个钟楼上看村景心情，身边手边除了本诗集什么都没有，可是世界俨然为他而存在。用一颗心去为一切光色声音气味而跳跃，比用两条强壮手臂对于一个女人所能做的还更多。可是多多少少却有一点儿难受，好像在有所等待，可不知要来的是什么。

远远地忽然听到一阵女人清朗笑语声，抬头看看，就发现开满攀枝蔷薇短墙外，拉斜下去的山路旁，那一片加拿大的白杨林边，正有个年事极轻身材秀美的女人，穿着件式样称身的黄绸袍子，走过草坪去追赶一个女伴。另外一处却有个"上海人"模样穿旅行装的二号胖子，携带两个孩子，在招呼他们。我心想，怕是什么银行中人来看樱花吧。这些人照例住"第一宾馆"的头等房间，上馆子时必叫"甲鲫鱼"，还要到炮台边去照几个相，一切行为都反应他钱袋的饱满和兴趣的通俗。女的很可能因为从"上海"来的，衣服虽极时髦，头脑却很空洞，除了从电影上追求摹仿女角的头发式样，算是生命中至高的悦乐，此外竟毫无所知。然而究竟是个美丽生物，那个发育完美的青春肉体，大六月天展览到用碧绿海水作背景的沙滩阳光下时，实在并不使人眼目厌嫌！

过不久，同住的几个专家学者陆续从学校回来了。于是照例开饭，甲乙丙丁戊己庚辛坐满了一桌子。再加上一位陌生女客，一个受过北平高等学校教育上海高等时髦教育的女人。照表面看，这个女人可说是完美无疵，大学教授理想的太太，照言谈看，这个女人并且对于文学艺术竟像是无不当行，若仅仅放在"太太客厅"中，还不免有点委屈，真是兼有了浪子官能上帝与君子灵魂上帝的长处的一种杰作。不凑巧平时吃保肾丸的教授乙，饭后拿了个手卷人物画来欣赏时，这个漂亮女客却特别注意画上的人物数目，反复数了三次。这一来，我就明白女客外表虽很好，精神上还是大观园拿花荷包的人物了。这点发现原本在情理中，实对于我像是种小小嘲弄。因为我这个乡下人总以为一个美观的肉体，应当收容一个透明的灵魂。

到了晚上，我想起"偶然"和"情感"两个名词，不免重新有点不平，好像一个对生命有计划对理性有信心的我，被另外一个宿命论不可知论的我居然战败了，虽然败还不服输，所以总得想方法来证实一下。当时惟一可证实我是能够有理想，照理想活下去的事，即使用手上一支笔写点什么。先是为一个远在南方千里外女孩子写了些信，预备把白天海

滩上无意中拾得螺蚌附在信里寄去。因为叙述这些螺蚌的来源，我便将海上光景描绘一番。信写成后，使我不免有点难过起来，心俨然沉到一种绝望的泥潭里了。因为这种信照例是无下落的。且仿佛写得太真实动人，所以失去了本来意义的。为自救自解计，才另外来写个故事。我以为由我自己把命运安排得十分美丽，若不可能，由手中一支笔来安排一个小小故事，应当不太困难。我想试试看能不能用我这支笔，在空中建造一个式样新奇的楼阁。于是无中生有，就日中所见、所感、所想象种种，从新拼合写下去。我要创造一种可能在世界上存在并未和我碰头的爱情。我应当承认在写到故事一小部分时，情感即已抬了头。我一直写到天明，还不曾离开桌边，且经过二十三个钟头，只吃过三个硬苹果。写到一半时，我方在前面加个题目：《八骏图》。第五天后，故事居然写成功了。第二十七天后，故事便在上海一个刊物上发表了。刊物从上海寄到青岛时，同住几个专家学者，都以为自己即故事上甲乙丙丁，觉得被我讥讽了一下，感到愤愤不平。完全不想到我写它的用意，只是在组织一个梦境，至于用来表现"人"在各种限制下所见出的性心理错综情感，我从中抽出式样不同的几种人，用语言、行为、联想、比喻以及其他方式来描写它。八个人用八种不同方式从八个角度来摄取断面影像。这些人照样活一世，或者更平凡猥琐地活一世并不以为难受，到被别人如此艺术地处理时，看来反而难受，在我当时实觉得大不可解。这故事虽得来些不必要烦琐，且影响到我后来放弃教书的理想，可是一般读者却因故事和题目巧合，表现方法相当新，处理情感相当美，留下个异常新鲜印象，且以为一定真有那么一回事，那么几个人，因此按照上海文坛风气，在报纸副刊上为我故事来作索引，就中男男女女都有名有姓。这种索引自然是不可信的，尤其是说到作品中那个女人，完全近于猜谜。这种猜谜既无关宏旨，所以我只用微笑和沉默作为答复。

夏天来了，长住青岛伴同外来避暑的人，大家都向海边跑，终日泡在咸水中取乐。我却留在山上。有一天，独自在学校旁一列梧桐树下散步，太阳光从梧桐大叶空隙间滤过，光影铺在地面上，纵横交错。脚步踏到那些荡漾不定的日影时，忽若有所契，有所悟，只觉得生命和一切都交互溶解在这个绿色迷离光影中，不可分别。超过了简文帝说的鱼鸟亲人境界，感觉到我只是自然一部分。这时节，我又照例成为两种对立的人格。

我稍稍有点自骄，有点兴奋，"什么是偶然和情感？我要做的事，就可以做。世界上不可能用任何人力材料建筑的宫殿和城堡，原可以用文字做成功的。有人用文字写人类行为的历史，我要写我自己的心和梦的历史。我试验过了，还要从另外一些方面做试验。"

那个回音依然是冷冷的，"这不是最好的例。若用前事作例，倒恰好证明前次说的偶然和情感实决定你这个作品的形式和内容。你偶然遇到几件琐碎事情，在情感兴奋中粘合贯串了这些事情，末了就写成那么一个故事。你再写写看，就知道你单是'要写'，并不成功了。文字虽能建筑想象宫殿和城堡，可是那个图样却是另外一时的偶然和情感决定的。这其中虽有你，可不完全是你的创造。一个人从无相同的两天生命，因此也就从无两回相同的事情。”

"这是一种诡辩。时间将为证明，我要做什么，必能做什么。"

"别说你'能'做什么，你不知道，就是你'要'做什么，难道还不是由偶然和情感乘除来决定？人应当有自信，但不许超越那个限度。而且得分别清楚，自信与偶然或情感是两条河水，一同到海，但分开流到海，并且从发源到终点，永不相混。"

"情感难道不属于我？不由我控制？"

"它属于你，可并不如由知识经验堆积而来的理性，能供你使唤。只能说你属于它，它又属于生理上无固定性的'性'，性又属于天时阴晴所生的变化，与人事机缘上的那个偶然。总之是外来力量，外来影响。它能使你生命如有光辉，就是它恰恰如一个星体为阳光照及时反映出那点光辉。你能不能知道阳光在地面上产生了多少生命，具有多少不同形式？你能不能知道有多少生命，长得脆弱而美丽，慧敏而善怀，名字应当叫作女人，在什么情形下就使你生命放光，情感发炎？你能不能估计有什么在阳光下生长中的这种脆弱美丽生命，到某一时恰恰会来支配你，成就你，或是毁灭你？这一切你全不知道！"

这似乎太空虚了点，正像一个人在抽象中游泳，这样游来游去，自然不会到达那个理想或事实边际的。如果是海水，还可推测得出本身浮沉和位置。如今只是抽象，一切都超越常识感觉以上。因此我不免有点恐怖起来。我赶忙离开了树下日影，向人群集中处走去，到了熙来攘往的大街上。这一来，两个我照例都消失了。只见陌生人林林总总，在为一切事务而忙。商店和银行，饭馆和理发馆，到处有人的洪流灌注，人与人关系变得复杂到不可思议，然而又异常单纯地一律受"钞票"所控制。到处有人在得失上爱憎，在得失上笑骂，在得失上作伪誓和伪证人。离开了大街，转到市政府和教堂时，就可使人想起这是历史上这种得失竞争的象征。或用文字制作庄严堂皇的经典，或用木石造作虽庞大却不雅观的建筑物，共同支撑一部分前人的意见，而照例更支撑了多数后人的衣禄。政治或宗教，二而一，庄严背后都包含了一种私心，无补于过去而有利于当前的……不知如何一来，一切人事在我眼前忽然都变成了漫画，既虚伪，又俗气，而且还将反复继续下去，不知何时为止，但觉人类一切在进步中，人与人关系实永远停顿在某一点上。人生百年是勤，所得于物虽不少，所得于己实不多。

我俨然就休息到这种对人事的感慨上，虽累还不十分疲倦。

回来时，我想除去那些漫画印象，和不必要的人事感慨，就用碛砂藏中诸经作根据，来把佛经中小故事放大翻新，注入我生命中属于抑压的种种纤细感觉和荒唐想象。我认为人生因追求抽象原则，应超越功利得失和贫富等级，去处理生命与生活。我认为人生至少还容许用文字来重新安排一次。就那么试来用一支笔重作安排，因此又写成一本《月下小景》。

第三节

两年后，《八骏图》和《月下小景》结束了我的教书生活，也结束了我海边单独中的那种情绪生活。两年前偶然写成的一个小说，损害了他人的尊严，使我无从和甲乙丙丁专家学者同在一处继续共事下去。偶然拾起的一些螺蚌，连同一个短信，寄到南方某地时，却装饰了一个女孩子的青春生命。那个人把他放在小小保险箱里，带过杭州六合塔边的一个学校中，沉默而愉快地度过了一个暑假。我幻想已证实了一部分，原来我和一个素朴而沉默的女孩子，相互间在生命中都保留一种势力，无从去掉了。可是也许是偶然，我不过南方却到了北平。

有一天，我走入北京城一个人家的阔大华贵客厅里，猩红丝绒垂地的窗帘，猩红丝绒四丈见方的地毯，把我愣住了。我就在一套猩红丝绒旧式大沙发中间，选定靠近屋角一张沙发坐下来。观看对面高大墙壁上的巨幅字画。莫友芝斗大的分隶屏条，赵㧑叔斗大的红桃立轴，事事物物竟像是特意为配合客厅而准备，并且还像是特意为压迫客人而准备。原来这个客厅在十五年前，实接待了中国所有政府要人和大小军阀，因政治上人事上的新陈代谢，成为一个空洞客厅又有了数年。一切都那么壮大，我于是似乎缩得很小了。

来到这地方是替一个亲戚带了份小礼物，应当面把礼物交给女主人的。等了一会儿，女主人不曾出来，从客厅一角却出了个"偶然"。问问才知道是这人家的家庭教师，和青岛托带礼物的亲戚相熟，和我好些朋友都相熟。虽不曾见过我，实读过我作的许多故事。因为那女主人出了门，等等方能回来，所以用电话要她先和我谈谈。我们于是谈青岛的四季，才知道两年前她还到青岛看樱花，以为樱花和别的花都并不比北平的花木好，倒是那个海有意思。曾和几个小孩子在沙滩上拾了许多螺蚌，坐在海潮不及的岩石上看海浪扑打岩石。说不定我得到的那些小蚌壳，就是这一位偶然抛弃的！正当我们谈起海边的一切，和那个本来俨然海边主人的麻兔时，女主人回来了。我们又谈了些别的事方告辞。偶然给我一个幽雅而脆弱的印象：一张白白的小脸，一堆黑而光柔的头发，一点陌生羞怯的笑。当发后的压发翠花跌落到猩红地毯上，躬身下去寻找时，从净白颈肩间与脆弱腰肢做成的曲度上，我仿佛看到一条素色的虹霓。虹霓失去了彩色，究竟还有什么，我并不知道。总之"偶然"已给我保留一种离奇印象。我却只给了"偶然"一本小书，书上第一篇故事，就是两年前为抵抗"偶然"而写成的。

一个月以后，我又在一个素朴而美丽的小客厅中，重新见到了"偶然"。她说一点钟前还看过我写的故事，一面说一面微笑。且把头略偏，一双清明无邪眼中带点羞怯之光，想有所探询，可不便启齿。

仿佛有斑鸠唤雨声音，从高墙外远处传来。小庭院一树玉兰正盛开，高摇摇的树枝探出墙头。我们从花鸟上说了些闲话，到后"偶然"方嚅嚅嗫嗫地问我："你写的可是真事情？"

我说，"什么叫作真？我倒不大明白真和不真在文学上的区别，也不能分辨它在情感上的区别。文学艺术只有美和不美。不能说真不真，道德的成见，更无从羼杂其间。精卫衔石，杜鹃啼血，情真事不真，并不妨事。你觉得对不对？我的意思自然不是为我故事拙劣要作辩护，只是……"

"我看你写的小说，觉得很美。当真很美，但是，事情怕不真！"

这种大胆惑疑似乎已超过了文学作品的欣赏，所要理解的是作者的人生态度。

我稍稍停了一会儿："不管是故事还是人生，一切都应当美一些！丑的东西虽不是罪恶，总不能令人愉快。我们活到这个现代社会中，已经被官僚，政客，银行老板和伪君子，理发师和成衣师傅，种族的自大与无止的贪私，共同弄得到处够丑陋！可是人生应当还有个较理想的标准，至少容许在文学和艺术上创造那个标准。因为不管别的如何，美丽当永远是善的一种形式，文化的向上就是追求善的象征！"

正像是这几句空话说中了"偶然"另外某种嗜好，有会于心，"偶然"轻轻地叹了一口气。"美的有时也令人不愉快！譬如说，一个人刚好订婚，不凑巧又……战争。我觉得这对于读者，也就近乎残忍！"

我为中和那点人我之间的不必要紧张，所以忙带笑说："是的！我知道了。你看了我写的故事，一定难过起来了。不要难受！我不仅写到订婚又离婚，还写过恋爱就死亡。美丽总使人忧愁，可是还受用。那是我在海上受水云教育产生的一些幻影，并非真有其事。我为的是使人分享我在海上云影阳光中得来的愉快，得来的感应，以及得来的对人生平凡否认和否定的精神，我方写下那个故事。可并不存心虐待读者！"

"偶然"于是笑了。因为心被故事早浸柔软，忽然明白这为古人担忧弱点已给客人发现，自然觉得不大好意思。因此不再说什么，把一双纤而柔的白手拉拉衣角，裹紧了膝头。那天穿的衣服，恰好是件绿地小黄花绸子夹衫，衣角袖口缘了一点紫。也许自己想起这种事，只是不经意地和我那故事巧合。也许又以为客人并不认为这是不经意，且可能已疑心到是成心。"偶然"在应对间不免用较多微笑作为礼貌的装饰，与不安定情绪的盖覆，结果另外又给了我一种印象。我呢，我知道，上次那本小书，给人甘美的忧愁已够多了。我什么都没有给"偶然"。

离开那个素朴小客厅时，我似乎遗失了一点东西。在开满了马樱花和刺槐的长安街大路上，试搜寻每个衣袋，不曾发现失去的是什么。后来转入总统府中南海公园，在柳堤上绕了一个大圈子，见到水中的游移云影，方憬然觉悟，失去的只是三年前独自在青岛大海边向虚空凝眸，作种种辩论时那一点孩子气主张。这点自信主张，若不是遗忘到一堆时间后边，就是前不久不谨慎掉落在那个小客厅中了。

我坐在一株老柳树下休息，想起"偶然"穿的那件夹衫，颜色花朵如何与我故事上景物巧合。当这点秘密被我发现时，"偶然"所表示的那种轻微不安，是种什么分量，我想起向"偶然"说的话，这些话在"偶然"生命中，可能发生的那点意义，又是什么分量，我都清清楚楚，我的心似乎有点搅乱，跳得不大正常。"美丽总使人忧愁，然而还受用。"

一个小小金甲虫落在我的手背上，捉住了它看看时，只见六只小脚全缩敛到带金属光泽的甲壳上面。从这小虫生命完整处，见出自然的巧慧，和生命形式的多方。手轻轻一扬，金甲虫即振翅飞起，消失到广阔的湖面莲叶间去了。我同样保留了一点印象在记忆里。我的心尚空阔得很，为的是过去曾经装过各式各样的梦，把梦腾挪开时，还装得上许多事事物物。然而我想这个泛神倾向若用之与自然对面，很可给我对现世光色声味有更多理解机会，若用之于和人事对面，或不免即成为我一种被征服的弱点，尤其是在当前的情形下，决不能容许弱点抬头。

因此我有意从"偶然"给我的印象中，搜寻出一些属于生活习惯上的缺点，用作保护我性情上的弱点。

生活在一种不易想象的社会中，日子过得充满脂粉气。这种脂粉气既成为生活一部分，积久也就会成为生命中不可少的一分。

爱好装饰处，原只重在增加对人的效果，毫无自发的较深远的理想。性情上的温雅，和文学爱好，也可说是足为装饰之一种。但脂粉气邻于庸俗，知识也不免邻于虚伪。一切不外乎时髦，然而时髦得多浅多俗气……

我于是觉得安全了，倘若没有在别的时间下发生的事情，我应当说实在是十分安全的。因为我所体会到的"偶然"生活情性上的缺点，一直都还保护着我，任何情形下尚有作用。不过保护得我更周到的，还是另外一种事实，即幸福的婚姻，或幸福婚姻的幻影，我正准备去接受它，证实它。这也可说是种偶然，由于两三年前在海上拾来那点泛白闪光螺蚌，无意中寄到南方时所得到的结果。然而关于这件事，我却认为是意志和理性做成的。恰恰如我一切用笔写成的故事，内容虽近于传奇，从我个人看来，却产生完成于一种人为计划中。

第四节

时间流过去了，带来了梅花，丁香，芍药，和辛夷，玉兰，一切北方色香悦人的花朵，在冰冻渐渐融解风光中逐次开放。另外一种温柔的幻影，则已成为实际生活。我结了婚，一个小小院落中一株槐树和一株枣树，遮蔽了半个长而狭的院子。从细碎树叶间筛下细碎的日影，铺在方砖地上，映照在明净纸窗间，无不给我对于生命或生活一种新的启示。更重要的是一个由异常陌生到完全熟悉的人，在日常生活中形成的一种新的习惯，新的适应。当前一切似乎都安排对了。只是还像尚未把一些过去账目完全结清，我心想：

"我要的，已经得到了。名誉，金钱和爱情，全部到了我的身边。我从社会和别人证实了存在的意义。可是不成。我还有另外一种幻想，即从个人工作上证实个人希望所能达到的传奇。我准备创造一点纯粹的诗，与生活不相粘附的诗。情感上积压下来的东西，家庭生活并不能完全中和它，消蚀它。我需要一点传奇，一种出于不巧的痛苦经验，一分从我'过去'负责所必然发生的悲剧。换言之，即爱情生活并不能调整我的生命，还要用一种温柔的笔调来写各式各样爱情，写那种和我目前生活完全相反，然而与我过去情感又十分相近的牧歌，方可望使生命得到平衡。这种平衡，正是新的家庭所不可少的！"

因此每天大清早，就在院落中一个红木八条腿小小方桌上，放下一叠白纸，一面让细碎阳光晒在纸上，一面将我某种受压抑的梦写在纸上。故事上的人物，一面从一年前在青岛崂山北九水旁所见的一个乡村女子，取得生活的必然，一面就用身边黑脸长眉新妇作范本，取得性格上的素朴良善式样。一切充满了善，充满了完美高尚的希望，然而到处是不凑巧。既然是不凑巧，因之素朴的良善与单纯的希望终难免产生悲剧。故事中浸透了五月中的斜风细雨，以及那点六月中夏雨欲来时闷人的热，和闷热中的静与寂寞。这一切其所以能转移到纸上，依然可说全是从两年间海上阳光得来的能力。这一来，我的过去痛苦的挣扎，受压抑无可安排的乡下人对于爱情的憧憬，在这个不幸故事上，方得到了排泄与弥补。主妇噙着眼泪读下去，从故事发展中也依稀照见一点自己的影子。

一面写，一面总仿佛有个生活上陌生，情感上相当熟习的声音，在轻轻地招呼我：

"××，这算什么？你这是在逃避一种命定。其实一切努力全是枉然。你的一支笔虽能把你带向'过去'，不过是用故事抒情作诗罢了。真正在等待你的却是'未来'。你敢不敢向更深处想一想，笔下如此温柔的原因？你敢不敢仔仔细细认识一下你自己，是不是个能够在小小得失悲欢传奇故事上满足的人？你敢不敢想你这是在打量逃避一种命定……"

"我用不着做这种分析和研究！我目前的生活很幸福，这就够了。"

"你以为你很幸福，为的是你尊重过去，你以为当前生活是照你过去理性或计划安排成功的。但你何尝真正能够在自足中得到幸福？或用他人缺点保护，或用自己的幸福幻影保护，二而一，都可作为你害怕'偶然'浸入生命中时所能发生的变故。因为'偶然'能破坏你幸福的幻影。你怕事实，所以自觉宜于用笔捕捉抽象。"

"我怕事实？什么事实使我害怕？杀人放火我看厌了，临到生活中一分我就从不害怕！"

"是的，你害怕明天的事实。你比谁都胆小。或者说你厌恶一切影响你目前生活的事实，因之极力想法贴近过去，有时并且不能不贴近那个抽象的过去。"

我好像被说中了，无从继续申辩。我希望从别的事情上找寻我那点业已失去的自信。我支持自信的观念，没有得到，却得到许多容易破碎的古陶旧瓷。由于耐心和爱好换来的经验，使我从一些盘盘碗碗形体和花纹上，认识了这些艺术品的性格和美术上特点，都恰恰如一个老浪子来自各样女人关系上所得的知识一般。久而久之，对于清代瓷器的盘碗，我几乎闭目用手指去摸抚它底足边缘的曲度，就可判断作品的年代了。我且预备在这类无商业价值有美术价值的瓷器中，收集到两三千件时，来写一本小书，讨论讨论清瓷中串枝莲青花发展的格式。然而这种新的嗜好，只能增加我耳边另外一种声音的调讽，是很显明的。

"××，你打量用这些容易破碎的东西，稳定平衡你奔放的生命，到头还是毫无结果的。这消磨不了你三十年从寂寞中孕育的幻想堆积。你只有一件事情可做，即从一种更直接有效的方式上，发现你自己，也发现人。什么地方有些年轻温柔的心在等待你，收容你的幻想，这个你明明白白。为的是你谨慎怕事，你于是名字叫作好人。"

只因为这些声音似乎从各方面传来，试去搜寻在我生活上经过的人事时，才发现原来这个那个"偶然"都好像在支配我。因此从新在所有偶然给我的印象上，找出每个偶然的缺点，保护到我自己的弱点。

我的新书《边城》是出了版。这本小书在读者间得到些赞美，在朋友间还得到些极难得的鼓励。可是没有一个人知道我是在什么感情下写成这个作品，也不大明白我写它的意义。即以极细心朋友刘西渭先生的批评说来，就完全得不到我如何用这个故事填补我过去生命中一点哀乐的原因。正惟其如此，这个作品在个人抽象感觉上，我却得到一种近乎严厉而讥刺的责备。

"这是一个胆子小而知足且善逃避现实者最大的成就。将热情注入故事中，使他人得到满足，而自己得到安全，并从一种友谊的回声中证实生命的意义。可是生命真正意义是什么？是节制还是奔放？是矜持还是疯狂？是一个故事还是一堆人事？……"

"这不是我要回答的问题，他人也不能强迫我答复。"

不过这件事在我生命中究竟已经成为一个问题。庭院中枣子成熟时，眼看到缀系在细碎枝叶间被太阳晒得透红的小小果实，心中不免有一丝儿对时序迁移的悲伤。一切生命都有个秋天，来到我身边首先却是那个"秋天的感觉"。这种感觉可使一个浪子缩手皈心，也可以使一个君子糊涂堕落，为的是衰落感或刺激了他，或恼怒了他。

天气渐渐冷了，我已不能再在院中阳光下写什么，且似乎也并无什么故事可写了。心手两闲的结果，使我起始堕入故事里乡下女孩子那种纷乱情感中。我需要什么？不大明白，又正像不敢去认真思索明白。总之情感在生命中已抬了头。这比我真正去接近某个"偶然"时还觉得害怕。因为它虽不至于损害人，事实上却必然会破坏我——我的工作理想和一点自信心，都必然为此而毁去。最不妥当处是我还有些预定的计划，这类事与我习惯性情虽不甚相合，对我家庭生活却近于必需。弱点对我若抬了头，让一群偶然听其自由浸入我生命中，各自占据一个位置，就什么都完事了。当时若能写个长篇小说，照《边城》题记中所说，写崩溃了的乡村一切，来消耗它，归纳它，调整它，转移它，也许此后可以去掉许多麻烦困难。但这种题目和我当时心境可不相合。我只重新逃避到字帖赏玩中去。我想把写字当成一种工作，这工作俨然如一束草，一片破碎的船板，用它为我在人事纠纷中下沉时有所准备。我要和生命中那种无固定的性能力继续挣扎。尽可能去努力转移自己到一种无碍于人的生活方式上去。

不过我虽能将生命逃避到艺术中，可无从离开那个生活环境。环境中到处是年轻生命，即到处是偶然，而且有些还出奇的勇敢。也许有些是相互逃避于某种问题上，有些又相互逃避到礼貌中，更有些说不定还近于挹彼注此……因之各人都可得到种安全感。可是这对于我，自然是不大相宜的。我的需要在压抑中，更容易见出它的不自然处。在文字运用中，一支笔见出透明和灵秀处，在人事应对中，却相当拙呆，且若于拙呆上给偶然一个容易俘掳的印象。岁暮年末时，因之偶然中较老实的某一个，重新有机会给了我一点更离奇的印象。依然那么脆弱而羞怯，用少量言语多量微笑或纯粹沉默来装饰我们的晤面。其时向日的阳光虽极稀薄，寒气冻结了空气。可是房中炉火照例极其温暖，火炉边柔和灯光下，是容易生长一切的，尤其是那个名为"情感"或"爱情"的东西。可是为防止附于这个名词的纠纷性和是非性，我们却把它叫作"友谊"。总之，偶然之一和我的友谊越来越不同了。一年余以来努力的趋避，在十分钟内即证明等于精力白费。偶然的缺点依旧尚保留在我印象中，而且更加确定，然而这些缺点的印象，却不能保护我什么了。

我于是重新进入到一个激烈战争中，即理性和情感的取舍。但是事极显明，就中那个理性的我终于败北了。当我第一次向"偶然"作一种败北以后的说明时，一定使"偶然"惊喜交集，且不知如何来应付这种新的发展。因为这件事若出于另一偶然，则或者已有相当准备，恐不过是"我早知如此"轻轻地回答，接着也不过是由此必然而来的一些取和予。然而这事情却临到一个无经验无准备的"偶然"手中。在她的年龄和生活上，实都无从处理这个难题，更毫无准备应付这种问题技术的。因此当她感觉到我的命运仿佛在她那双小白手中时，一时虽惊喜交并，终于不免茫然失措，不知是放下好还是握紧好。

我呢，实在说来，俨然只是在用人教育我。我知道这恰是我生命的两面，用之于编排故事，见出被压抑热情的美丽处，用之于处理人事，即不免见出性情上的劣点，不特苦恼自己，同时也困惑人。我当真好像业已放弃了一切可由常识来应付的种种，一任自己沉陷到一种情感漩涡里去。十年后温习到这种"过去"时，恰恰像在读一本属于病理学的书籍，这本书名应当题作：

《情感发炎及其治疗》。

作者近乎一个疯子，同时又是一个诗人。书中毫无故事，惟有近乎抽象的一堆印象拼合。到小客厅中红梅白梅全已谢落时，"偶然"的微笑已成为苦笑。因为明白这事得有个终结，就装作为了友谊的完美，和个人理想的实证，带着一点儿好景不长的悲伤，一种出于勉强的充满痛苦的笑，好像很谦虚地说，"我得到的已够多了"，就借故走到别一地方去了。走时的神气，和事前心情上的纷乱，竟与她在某一时写的一个故事完全相同。不同处只是所要去的方向而已。

至于家中那一个呢……

我于是重新得到了用笔的机会。可是我不再写什么传奇故事了。因为生活本身就是一种动人的传奇。我读过一大堆书，再无什么故事比我情感上的哀乐得失经验更加离奇动人。我读过许多故事，好些故事到末后，都结束于"死亡"和一个"走"字上，我却估想这不是我这个故事应有的结局。

第二个偶然因之在我生命中用另外一种形式存在。我用另外一种心情读过了另外一本书。这本书正如出自一个极端谨慎的作者，中间从无一个不端重的句子，从无一段使他人读来受刺激的描写，而且从无离奇的变故与难解纠纷，然而却真是一种传奇。为的是在这故事背后保留了一切故事所必需的回目。书中每一章每一节都是不必要的对话，与前一个故事微笑继续沉默完全相反。故事中无休止的对话与独白，却为的是若一沉默即会将故事组织完全破坏而起。从独白中更可见出这个偶然生命取予的形式。因为预防，相互都明白一沉默即将思索，一思索即将究寻名词，一究寻名词即可能将"友谊"和"爱情"分别其意义。这一来，情形即必然立刻发生变化，不窘人的亦将不免自窘。因此这故事就由对话起始，由独白暂时结束。书中人物俨然是在一种战争中维持了十年友谊，形式上都得了胜利，事实上也可说都完全败北，因为都明白装饰过去青春的生命，本容许有一点妩媚和爱骄，以及少许有节制的疯狂，目下说来或不甚合理，在十年八年时间中，却将醇化成为一种温柔的记念。但在这个故事中，却用对话独白代替了。这是一本纯洁故事，可是也是一本使人读来惆怅的故事。

第三个偶然浸入我生命中时，起初即给我一种启示，是上海成衣匠和理发匠等等，在一个年青肉体上所表现的优美技巧。这种技巧在当时是得到许多人赞叹的。我却认为只合给第二等人增加一点风情上的效果，对于偶然实不必要。因此我在极其谨慎形中，为除去了这些人为的技巧，看出自然所给予一个年青肉体完美处和精细处。最奇异的是这里并没有情欲。竟可说毫无情欲，只有艺术。我所处的地位，完全是一个艺术鉴赏家的地位。我理会的只是一种生命的形式，以及一种自然道德的形式。没有冲突，超越得失，我从一个人的肉体认识了神。且即此为止，除了在《看虹录》一个短短故事上作小小叙述，我并不曾用任何其他方式破坏这种神的印象。正可说是一本完全图画的传奇，色彩单纯而温雅，线条明净而高贵，就中且无一个文字。惟其如此，这个传奇也庄严到使我无从用普通文字来叙述。惟一可重现人我这种崇高美丽情感，应当是第一等音乐。但是这之间一个轻微的叹息，一种目光莹然如湿的凝注，一点混合爱与怨的谦退，或感谢与皈依的轻微接近，一种象征道德极致的白，一种表示惊讶倾倒的呆，音乐到此亦不免完全失去了意义。这个传奇是结束于偶然回返到上海去作时装表演为止的。若说故事离奇而华美，比我记忆中世界上任何作品还温雅动人多了。

第四个是……说及时，或许会使一些人因妒忌而疯狂，不提它也好。

我真近于在用人教育我，陆续读了些人类荒唐艳丽的传奇。这点因缘大多数却由我先前所写的一堆故事而来的。正好像在故事上我留给人的印象是诚实而细心，且奇特的能辨别人生理解人心，更知道情感上庄严和粗俗的细微分量，不至于错用或滥用，这些偶然为证明这些长处的是否真实，稍稍带点好奇来发现我，我因之能翻阅这些奇书的。

不过这一切自然用的是我从乡下来随身带来的尺和秤作度量。若由一般社会所习惯的权衡来度量我的弱点和我的坦白，则我存在的意义，存在的价值，早已完全失去了。我也许在偶然中翻阅了些不应道及的篇章。留下些不大宜于重述的印象，然而我知道，这对于"偶然"，是大都以能够将灵魂展览于我这个精细读者面前，为无疚于心，到二十年后生命失去青春光泽时，且会觉得未将那个比灵魂更具体一些的东西在我面前展览为失计的。

正因为弱点和坦白共同在性格或人格上表现，如此单纯而显明，使我在婚姻上便见出了奇迹。在连续而来的挫折中，作主妇的情感经验，比《边城》中的翠翠困难复杂多了。然而始终能保留那个幸福的幻影，而且还从其他方式上去证实，这种事由别人看来，将为不可解，恰恰如我为这个问题写个短篇所描写到的情形。或出于一种伟大容忍，或出于一种明知原谅，当两人在熟人面前被人称为"佳偶"时，就用微笑表示"也像冤家"的意思，又或在熟人神气间被目为"冤家"时，仍用微笑表示

"实是佳偶"的意思。由主妇自己说来，这情形也极自然。只因为理解到"长处"和"弱点"原是生命使用方式上的不同，情形必然就会如此。

第五节

再过了四年，战争把世界地图和人类历史全改变了过来。同时从极小处，也重造了人与人的关系，以及这个人在那个人心上的位置。

一些偶然又继续在我的生命中保存了一点势力。但今昔情形已稍稍不同。

一个聪明善怀的女孩子，年纪大了点时，到了二十五岁以后，不问已婚未婚，或婚后家庭生活幸或不幸，自然都乐意得到一些朋友的信任，更乐意从一两个体己朋友得到一点有分际的，混合忧郁和热忱所表示的轻微烦乱，用作当前剩余青春的点缀，以及明日青春消逝温习的凭证。如果过去一时，对某一朋友保留过些美好印象，印象的重现，使人在新的取予上，都不能不变更一种方式，见出在某些情形上的宽容为必然，在某种事情上的禁忌为不必要，无形中会放弃了过去一时那点警惧心和防卫心。因此一来虹和星都若在望中，我俨然可以任意去伸手摘取。可是一切既在时间有了变化，我也免不了受一分影响，我所注意摘取的，应当说却是自己生命追求抽象原则的一种形式。我可说常在一种精细而稳重与盲目而任性的交替中，过了许多离奇日子，得到许多离奇经验。我只希望如何来保留这种有传染性的热忱到文字中，对于爱情或友谊本身，已不至于如何惊心动魄来接近它了。我懂得人多了一些，懂得自己也多了些。在偶然之一过去所以自处的"安全"方式上，我发现了节制的美丽。在另外一个偶然目前所以自见的"忘我"方式上,我又发现了忠诚的美丽。在三个偶然所希望于未来"谨慎"方式上,我还发现了谦退中包含勇气与明智的美丽。在第四……由于生命取舍的多方,因之我不免有点"老去方知读书少"的知觉。我还需要学习,从更多陌生的书以及少数熟习的人,好好学习点"人生"。

因此一来,"我"就重新又成为一个毫无意义的字言,因为很快即完全消失到一切偶然的颦笑中,和这类颦笑权衡取舍中了。

失去了"我"后却认识了"人",体会到"神",以及人心的曲折,神性的单纯。墙壁上一方黄色阳光,庭院里一点草,蓝天中一粒星子,人人都有机会看见的事事物物,多用平常感情去接近它,对于我,却因为常常和某一个偶然某一时的生命同时嵌入我印象中,它们的光辉和色泽,就都若有了神性,成为一种神迹了。不仅这些与偶然同时浸入我生命中的东西,各有其神性,即对于一切自然景物的素朴,到我单独默会它们本身的存在和宇宙彼此微妙关系时,也无一不感觉到生命的庄严。花木为防卫侵犯生长的小刺,为诱惑关心而具有的甜香,我似乎都因此领悟到了它的因果。一种由生物的美与爱有所启示,在沉静中生长的宗教情绪,无可归纳,我因之一部分生命,就完全消失在对于一切自然的皈依中。这种由复杂转简单的情感,很可能是一切生物在生命和谐时所同具的,且必然是比较高级生物所不能少的。人若保有这种情感时,即可产生伟大的宗教,或一切形式精美而情感深致的艺术品。对于我呢,我实在什么也不写,亦不说。我的一切官能都在一种崭新教育中,经验了些极纤细微妙的感觉。

我不惧怕事实,却需要逃避抽象,因为事实只是一团纠纷,而抽象却为排列得极有秩序的无可奈何苦闷。于是用这种"从深处认识"的情感来写故事，因之产生了《长河》，产生了《芸庐纪事》，两个作品到后终于被扣留无从出版，不是偶然事件。因为从当前普通社会要求说来，对战事描写，是不必要如此向深处掘发的。其实我那时最宜写的是忠忠实实记述那些偶然行为如何形成一种抽象意象的过程。若能够用文字好好保留下来，毫无可疑，将是一个有光辉的笔录。

我住在一个乡下，因为某种工作，得常常离开了一切人，单独从个宽约七八里的广大田坪通过。若跟随引水道曲折走去，可见到长年活鲜鲜的潺湲流水中，有无数小鱼小虫，随流追逐，悠然自得，各尽其性命之理。水流处多生长一簇簇野生慈菇，三箭形叶片虽比田中培育的较小，开的小白花却很有生气。花朵如水仙，白瓣黄蕊连缀成一小串，抽苔从中心挺起。路旁尚有一丛丛刺蓟科野草，开放出翠蓝色小花，比毋忘我草颜色形体尚清雅脱俗，使人眼目明爽，如对无云碧空，花谢后还结成无数小小刺球果子，便于借重野兽和家犬携带繁殖到另一处。若从其他几条较小路上走去，蚕豆麦田沟坎中，照例到处生长浅紫色樱草，花朵细碎而妖媚，还涂上许多白粉。采摘来时不过半小时即枯萎，正因为生命如此美丽而脆弱，更令人感觉生物中求生存与繁殖的神性。在那两旁铺满彩色绚丽花朵细小的田塍上，且随时可看到成对成双躯体异常清洁的鹡鸰，羽毛黑白分明，见人时微带惊诧，一面飞起一面摇颤着小小长尾，在豆麦田中一起一伏，充满了生命自得的快乐。还有那个顶戴大绒冠的戴胜鸟，已过了蹲扰人家茅屋顶上呼朋唤侣的求爱期，披负一身杂毛，睁着一对小眼睛骨碌碌地对人痴看，直到人来近身时，方匆促展翅飞去。本地秧田照习惯不作他用，除三月时种秧，此外长年都浸在一片浅水里。另外几方小田种上慈菇莲藕的，也常是一片水。不问晴雨这种田中照例有两三只缩肩秃尾白鹭鸶，神情清癯而寂寞，在泥沼中有所等待，有所寻觅。又有种鸥形水鸟，在田中走动时，肩背羽毛全是一片美丽桃灰色，光滑而带丝绸光泽，有时数百成群在明朗阳光中翻飞游戏，因翅翼下各有一片白，便如一阵光明的星点，在蓝空下动荡。小村子有一道长流水穿过，水面人家土墙边，都用带刺木香花作篱笆，带雨含露成簇成串香味郁馥的小白花，常低垂到人头上，得用手撩拨，方能通过。树下小河沟中，常有小孩子捉鳅拾蚌，或精赤身子相互浇水取乐。村子中老妇人坐在满是土蜂窠的向阳土墙边取暖，屋角隅可听到有人用大石杵缓缓的捣米声。将这些景物人事相对照，恰成一希奇动人景象。过小村落后又是一片平田，菜花开时，眼中一片明黄，鼻底一片温馨。土路并不十分宽绰，驮麦粉的小马，和驮烧酒的小马，与迎面来人擦身而过时，赶马押运货物的，远远地在马后喊"让马"，从不在马前拢马让人，因此行人必照规矩下到田里去，等待马走过时再上路。菜花一片黄的半田中，还可见到整齐成行的细枝胡麻，竟像是完全为装饰田亩，一行一行栽在中间。在瘦小而脆弱的本端，开放一朵朵翠蓝色小花，花头略略向下低垂，张着小嘴如铃兰样子，风姿娟秀而明媚，在阳光下如同向小蜂小虫微笑招手，"来吻我，这里有蜜！"

　　耳目所及都若有神迹在其间，且从这一切都可发现有"偶然"友谊的笑语和爱情芬芳。这在另一方面来说，人事上彼此之间自然也就生长了些看不见的轻微的妒忌，无端的忧虑，有意的间隔，和那种无边无岸累人而又闷人的白日梦。尤其是一点眼泪，来自爱怨交缚的一方，一点传说，来自得失未明的一方，就在这种人与人，偶然与偶然的取舍分际上，我似乎重新接受了一种人生教育。韩非子说，矢来有向，作为铁函以当之，言有所防卫也。在我问题上的种种，矢来有向或矢来无向，我却一例听之直中所欲中心上某点，不逃避，不掩护。我活在一种极端复杂矛盾情形中，然而到用自己那个尺寸来检测时，却感觉生命实单纯而庄严。尤其是从某个偶然的炫目景象中离开，走到平静自然下见到一切时，生命的庄严处有时竟完全如一个极虔诚的教士。谁也想象不到我生命是在一种什么形式下燃烧，即以这个那个偶然而言，所知道的似乎就只是一些片断；不完全的一体。

我写了无数篇章，叙述我的感觉或印象，结果却不曾留下。正因为各种试验下都证明它无从用充满历史霉斑的文字保存，或只合保存在生命中。且即同一回事，在人我生命中，意义上亦将完全不同。

我那点只用自己尺寸度量人事得失的方式，不可免要反应到对偶然的缺点辨别上。这种细微感觉，在普通人我关系间，决体会不到，在比较特殊的一种情形下时，便自然会发生变化。恰如甲状腺在水中的，分量即或极端稀少，依然可以测出。在这个问题上，我明白我泛神的思想，即会损害到这个或那个"偶然"的幽微感觉，是种什么情形。我明知语言行为都无补于事实，便用沉默应付了一些困难，尤其是应付一个轻微的妒忌，以及伴同那个人类弱点而来的一点怨艾，一点责难，一点不必要的设计。我全当作不知道。我自觉已尽了一个朋友所能尽的力，来在友谊上用最纤细感觉接受纤细反应。对于偶然，我永远是诚实的，专一的。然而专一略转而成为偶然一种责任感时，这个偶然便不免要感到轻微恐惧和烦乱。而且在诚实外还那么谨慎小心，从不曾将"乡下人"实证生命的方式，派给一个城中有教养的朋友。一切有分际的限制，即所以保护到人我情感上和生活上的安全。然而问题也许就正在此："你口口声声说是一个乡下人，从不用乡下人的坦白来说明友谊，却装作一个绅士，拘谨到令人以为是世故，矜持到近乎虚伪。然而在另外一人面前，我却猜想得出，你可能又完全如一个乡下人。"我就用沉默将这种询问所应有的回声，逼回到那个"偶然"耳中去。使她从自己回音中听出"对于你，我不愿用轻微损害取得快乐，对于人，我不能作丝毫计较保护安全。这是热情的两种形式，只为的你们原是两种人，两种爱，两种取和予。"于是这个"偶然"走去了。我还必需继续沉默下去，虽然在沉默中，无从将我为保护她的那点好意弄明白。

其次是正在把生活上的缺点从习惯中扩大的"偶然"，当这种缺点反应在我感觉上时，她一面即意识到在过去一时某些稍稍过分行为中，失去了些骄傲，无从收回，一面即经验到必需从另外一种信托上，方能取回那点自尊心。或换一个生活方式，始可望产生一点自信心。正因为热情原本是一种教育，既能使人疯狂糊涂，也能使人明彻深思。热情使我对于"偶然"感到惊讶，无物不"神"，却使"偶然"明白自己只是一个"人"，乐意从人的生活上实现个人的理想与个人的梦。到"偶然"思索及一个人的应得种种名分与事实时，当然就有了痛苦。因为发觉自己所得到，虽近于生命中极纯粹的诗，然而个人所期待所需要的，还只是一种较复杂又较具体生活。纯粹的诗虽华美而又有光辉，能作一个女人青春的装饰，然而并不能够稳定生命，满足生命。再经过一些时间的澄滤，"偶然"便得到如下的结论："若想在他人生命中保有'神'的势力，即得牺牲自己一切'人'的理想。若希望证实人的理想，即必须放弃当前惟神方能得到的一切。"热情能给人兴奋，也给人一种无可形容的疲倦。

尤其是在"纯粹的诗"和"活鲜鲜的人"愿望取舍上，更加累人。"偶然"就如数年前一样，用着无可奈何的微笑，掩盖到心中小小受伤处，离开了我。临走时一句话不说，我却从她沉默中，听到一种申诉：

"我想去想来，我终究是个人，并非神，所以我走了。若以为这是我一点私心，这种猜测也不算错误。因为我还有我做一个人的平庸希望。并且我明白离开你后，在你生命中保有个什么印象。若尽那么下去，不说别的，即这种印象在习惯上逐渐毁灭，对于我也受不了。若不走，留到这里算是什么？在时间交替中，我能得到些什么？我不能尽用诗歌生存下去，恰恰如你说的一个人不能用好空气和好风景活下去一样。我本是个并不十分聪明的女人，不比那个聪敏绝顶的××，这也许正是使我把一首抒情诗当作散文去读的真正原因。我当真得走了。我的行为并不求你原谅，因为给予的和得到的已够多，不需用这种泛泛名词来自表示了，说真话，这一走，结论对于你也不十分坏；你有个幸福完美的家庭，……有一个——应当说有许多的'偶然'，各在你过去生活中保留一些动人印象。你得到所能得到的，也给予所能给予的，尤其是在给予一切后，你反而更丰富更充实地存在！"

于是"偶然"留下一排插在发上的玉簪花，摇摇头，轻轻地开了门，当真就走去了。其时天上落了点微雨，雨后有断虹如杵，悬垂天际。

我并不如一般故事上所说的身心崩毁，反而变得非常沉静。因为失去了"偶然"，我即得回了理性，我试向虹悬起处方向走去，到了一个小小山头上。过一会儿，残虹消失到虚空里去了，只剩余一片在变化明灭中的云影。那条素色的虹霓，若干年来在我心上的形式，重新明明朗朗在我眼前现出。我不由得不为"人"的弱点，和对于这种弱点挣扎的努力，以及重得自由的不习惯，感到痛苦和悲怆。

"偶然，你们全走了，很好，或为了你们的自觉，或为了你们的自负，又或不过只是为了生活上的必然。既以为一走即可得到一种解放，一些新生的机缘，且可从另外人事关系，收回过去一时在我面前损失的尊严和骄傲，尤其是生命的平衡感和安全感的获得，在你们为必需时，不拘用什么方式走出我生命以外，我觉得都是不可免的。可是时间带走了一切，也带走了生命中最光辉的青春，和附于青春间存在的羞怯的笑，优雅的礼貌，微带矜持的应对，有弹性极敏感的情分取予，以及属于官能方面的完整形式，华美色泽，和无比芳香。消失的即完全消失到不可知的'过去'里了。然而却有一个朋友，能在印象中保留它，能在文字中好好重现它……你如想寻觅失去的生命，是只有从这两方面得到，此外别无方法。你也许以为失去了我，即可望得到'明天'，但不知生命真正失去了我时，失去了'昨天'，活下来对于你是种多大的损失！"

第六节

自从几个"偶然"离开了我后，云南我就只有云可看了。黄昏薄暮时节，天上照例有一抹黑云，那种黑而秀的光景，不免使我想起过去海上的白帆和草地上的黄花，想起种种虹彩和淡色星光，想起灯光下的沉默继续沉默，想起墙上慢慢移动的那一方斜阳，想起瓦沟中的绿苔和细雨微风中轻轻摇头的狗尾草……想起一堆希望和一点疯狂，终于如何于刹那间又变成一片蓝色的火焰，一撮白灰。这一切如何教育我，认识生命最离奇的遇合与最高尚的意义。

当前在云影中恰恰如过去在海岸边，我获得了我精神上的单独。那个失去了十年的理性，完全回到我身边来了。

"你这个对政治无信仰对生命极关心的乡下人，来到城市中用人教育我，所得经验已经差不多了。你比十年前稳定得多也进步得多了。正好准备你的事业，即用一支笔，来好好地保留最后一个浪漫派在二十世纪生命挥霍的形式，也结束了这个时代这种情感发炎的症候。你知道你的长处，即如何好好地善用长处，成功在等待你，嘲笑也在等待你；但这两件事对于你都无多大关系。你只要想到你要处理的也是一种历史，属于受时代带走行将消灭的一种人我关系的情绪历史，你就不至于迟疑了。"

"成功与幸福，不是伟人的目的，就是俗人的期望，这与我全不相干。值得歌颂的是青春，以及象征青春的狂热，寄托狂热的脆弱中见神性的笑语与沉思，真正等待我的只有死亡，在死亡来临以前，我也许还可以做点小事，即保留这些'偶然'势力各以不同方式陆续浸入一个乡下人生命中所具有的情感冲突与和谐程序。我还得在'神'之解体的时代，重新给神作一种光明赞颂。在充满古典庄雅的诗歌失去光辉和意义时，来谨谨慎慎写最后一首抒情诗。我的妄想在生活中就见得与社会倾向隔阂，在写作上自然更容易与社会需要脱节。不过我还年轻！世故虽能给我安全和幸福，一时还似乎不必来到我身边。我已承认你十年前的意见，即将一切交给偶然和情感为得计，我好像还要受另外一种'偶然'所控制，接近她时，我能从她的微笑和皱眉中发现神，离开她时，又能从一切自然形式色泽中发现她。这也许正如你所说，我是个对一切无信仰的人，却只信仰'生命'。这应当是我一生的弱点。但想想附于这个弱点下的坦白与诚实，以及对于人性幽微感觉理解的深致，以及表现这一切文字如何在我手中各得其所各尽其能，我知道，你是第一个就首先对于我这个弱点加以宽容了。我还需要回到海边去，回到'过去'那个海边。至于'偶然'呢，我知道她们需要的倒应当是一个'抽象'的海边。两个海边景物的明丽处相差不多，不同处其一或是一颗孤独的心的归宿上，其一却是热情与梦结合而为一，使偶然由神变人的家。其一是用孤独心情为自己去找寻那些蚌壳，由蚌壳产生想象，其一是带了几个孩子去为孩子找寻那些原来式样的蚌壳，让孩子们把这些小小蚌壳和稚弱情感连接起来。……"

"唉，我的浮士德，你说得很美，或许也说得很对。你还年轻，至少当你某一时，被这种黯黄黄灯光所诱惑时，就显得相当年青。我还相信这个广大的世界，尚有许多形体、颜色、声音、气味，都可以刺激你过去灵敏的感觉，使你变得真正十分年轻。不过这是不中用的。因为时代过去了。在前一时代，能激你发狂引你入梦的生物，都在时间漂流中消失了匀称和丰腴，典雅与清芬。能教育你的正是从过去时代培养成功的各式典型。时间在成毁一切，从这种新陈代谢中，凡属于你同一时代中的生物，因为脆弱，都行将消灭了。代替而来的将是无计划无选择随同海上时髦和政治需要繁殖的一种简单范本。新的时代进展中，不拘如何总之在进展，你是个不必要的人物了。你的心即或还强健而韧性，也只合为过去而跳跃，不宜于用在当前景象上了。你需要休息休息了，因为在这个问题上徘徊实在太累。你还有许多事情可做，纵不乐成也得守常，有些责任，即与他人或人类相关的责任。你读过一本题名《情感发炎及其治疗》的奇书，还值得写成这样一本书，且不说别的，即你这种文字的格式，这种处理感觉和联想的方法，也行将成为过去，和当前体例不合了！当前是全个人类的命运都交给'伟人'与'宿命'的古怪时代，是个爵士音乐流行的时代，是个美丑换题时代，是个用简单空洞口号支配一切的时代，思想家不是袖手缄口，就是在为伟人贡谀，替宿命辩护。你不济事了！"

"是不是说我当真已经老了？"

没有得到任何回答。

天气冷了些，我一个人坐在桌前，清油灯加了个灯头，两个灯头燃起两朵青色小小火焰，好像还不大亮。灯光还是不大稳定，正如一张发抖的嘴唇，代替过去生命吻在桌前一张白纸。十年前写《边城》时，从槐树和枣树枝叶间滤过的阳光，如何照在白纸上，恍惚如在目前。灯光照及油瓶、茶杯、银表、书脊和桌面遗留的一小滴清油时，曲度相当处都微微返着一点青光。我心上也依稀返着一点光影，照着过去，又像是为过去所照澈。

我应当在这一张白纸上写点什么？一个月来因为写"人"，已第三回被人责难，证明我对于人事的寻思，文字体例显然当真已与时代不大相合。因此试向"时间"追求，就见到那个过去。然而有些事，温习起来已多少有点不同了。

"时间带走了一切，天上的，或人间的，或失去了颜色，或改变了式样。即或你自以为有许多事，好好保留在心上，可是，那个时间在你不大注意时，却把你的一颗能感受善跳跃的心变硬了，变钝了，变得连你自己也不大认识自己了。时间在改造一切，重造一切。太空星宿的运行，地面昆虫的触角，你和人，同样都在时间下慢慢失去了固有的位置和形体。真正如诗人所说:'美不能在风光中静止。'人生究竟可悯!这就是人生!"

"若能温习过去,变硬了的心也会柔软的!到处地方都有个秋风吹上人心的时候,有个灯光不大明亮的时候,有个想从'过去'伸手,若有所攀援,希望因此得到一点助力,似乎方能够生活得下去时候。我或那些偶然,难道不需要向过去伸手……"

"这就更加可悯!因为印象温习,会追究到生活之为物,不过是一种连续的负心。过去分量若太重,心子是载不住它的,凡事无不说明忘掉比记住好。在过去当前印象和事实取舍上,也正是一种战争!你曾经战争过来,你还得继续战争。"

是的,这的确也是一种战争。我始终对桌前那两个小小火焰望着,灯头不知何时开了花,"在火焰中开放的花,油尽灯熄时,才会谢落的。"

"你比拟得好。可是人不能在美丽比喻中生活下去。热情本身并不是象征,虽抽象也是具体,它燃烧了自己生命时,即可能燃烧别人的生命。到这种情形下,只有一件事情可做,即听它燃烧,从相互燃烧中有更新生命产生(或为一个孩子,或为一个作品)。那个更新生命方足象征热情。人若思索到这一点,为这一点而痛苦,痛苦到超过忍受能力时,自然就会用手去剔剔你所谓要在油尽灯熄时谢落的灯花,那么一来,灯花就被剔落了。多少女人即如此战胜了自己的弱点,虽若在谦退中救出了自己,也正可见出爱情上的坚贞。因为不是件容易事,虽损失够多,做成功后还将感谢上帝赐给她的那点勇气和决心!至于男子呢,照例是把弱点当成最小的儿子,最长的女儿,特别偏爱。"

"不过,也许在另外一时,还应当感谢上帝给了另外一些人的弱点，即凭灯光引带他向过去的弱点。因为在这种弱点上，生命即重新得到了意义。"

"既然自己承认是弱点，你自己到某一时，为了安全，省事，或又为了被的理由，也会把灯花剔落的！"

我当真就把灯花剔落了。重新添了两个灯头，灯光立刻亮了许多。我要试试看能否有四朵灯花，在这深夜中偶然同时开放。

灯油慢慢的燃尽时，我手足都如结了冰，还没有离开桌边。灯光虽渐渐微弱，还可以照我走向过去，并辨识路上所有和所遭遇的一切。情感重新抬了头，我当真变得好像很年轻了。不过我知道，这只是那个"过去"发炎的反应，不久就会平复的。

屋角风声渐大时，我担心院中那株在小阳春十月中开放的杏花，会被冷风冻坏。"我关心的是一株杏花，还是几个人？是几个在过去生命中发生影响的人，还是另外更多数未来的生存方式？"等待回答，没有回答。

灯光熄灭时，我的心反而明亮了起来。

一切都沉默了，远处有风吹掠树枝声音轻而柔，仿佛有所询问："××，你写得可是真事情？"

我答非所问："美不能在风光中静止。"

三十五年五月

昆明重校

三十六年八月二十八校正

南行杂记

从北京，到上海，是一个礼拜。若不动身则一个礼拜中也只有糟蹋到一种无所作为中。

一个礼拜的所得，比在老窄而霉斋中一年的还多。所见的全是想不到的，使我承认闭门而坐的人真是容易误解这时代。

人是算到了目的地了，路上是平平安安，本来冬天的海风是大的这一次却遇顺风，反而助了船在海上的脚步上紧①。虽然到处用钱买得是恼气痛心情形，然而在北京，则用钱也买不来这一瞥！

因为人是为小病所缠，疲倦到饭也怕吃，而在北京方面的老朋友们怂恿我走的，不愿我走的，担心我在路上害病的，为我到上海后吃饭睡觉着急的，以及……又正有不少的人！一一写信又得这样那样全说到也

---

① 上紧：湘西方言，加快速度之意。

麻烦，是办不到的事。但不告给大家说是我已经到了，以及一切琐事。则其中就会有人以为我跳了海了，再不然以为我病倒了，为我更难过。以为我是到上海苦着了，心也不会安，以为我是忘了他们了，则或且要有点小恨。人的味道便是这样的。其实我直到此时，还想到北京一切好处，是痛苦也罢，一个熟地方真值得恶！

一一的写信是很难，但因这个说的有些话也像应当同那一个说。我为难了。我把它来聚成一束，请让我来糟蹋一次晨副篇幅，这就算给一些朋友作第一次的通信吧。这个还有益的是一些识与不识的朋友乡亲，若果出门同我是一样外行，又抱得是同一目的，可以从这个信的某一部分上找到一种教训，这教训似乎也还有用。

（一月九日）

骑老海老：

经理来信，说，你来吧，你的事我可以帮忙。

就如所说的下午一点钟去。人是见到了。先一次是在楼下，我不能忘记别人把我安置到楼梯下勉勉强强同我敷衍话语的情形，若不是因为拿这钱我相信在世界上我们找不出第二次机会晤面。

然而这一次是上到书房中了。这在光棍说来应为荣幸吧。

见面了，连客气也来不及似的，问我怎么我便答怎么。我自己觉得虽在同人应酬为这勉强委曲到伤心想哭。我不能怪人的渺视我。别人对我不了解的亲热我如发疟疾难过，这亲热倘若我还看得出是不很老实，我怨我的命！

提到了取钱，便听着说，"这是特别的"。当然这是特别。我要人把我看成大教授大学者一个样子，这对我尊敬了么？人把我算在同他们伟人一类，这个也算是名人的我便只合饿死了。对我真是有益的，不是什么大人先生们就的友谊，也不是把我归为"准于入伙"的同志。看我成商贩，为明知这小贩感着要活的苦，做着所谓文化运动工作的人用着所谓对苦作者的慷慨，在货色上既不很挑剔，在算盘上又可以为他提前结账，那是我的好主顾，我感谢他。一面明知我在这事上应在特别（不一定是优待吧）之列，一面还来申明，作着使我应知趣的脸，我再没有觉到别个不明白，我的人这么侮辱我的利害了。

我只能下蛮笑着，且说"我正因为是熟人，像各处放赖"。

其实放赖放到这地方，也就是我错。一种既未曾同我相处过的人从另一个也并不是很熟的人得来的我的性情，以为我是一个怎样怎样的人，且在一种谈话下本可以有机会认识这人的时候，却只拿着一种成见在心上先轻蔑着对面的一个，我以为人的隔膜可痛心时这是第一次深深地感到。我并不需要人尊敬，却也容不下别人误解了我先在心上有一种谬误的估价，回头即以这谬误的观察应付我。没有真从我行为上认识我的人，索性我的名字不存在他心上倒是使我晏如无事的。若是原本陌生，胡乱地喊叫同志，我一面觉到受辱，一面也为这随便的行为肉麻。在往日，还是只以为不怕别人恨我，多有个人恨我也总好一点吧。因了这回的严重教训则使我明白得一个真在恨我的人倒难得的很，至于多一个瞎在我身上估价的人，则我的灵魂也多有一种骚扰了。

我得记毕我这取钱的事。上面说到"特别"的话后，我们不久即把钱的数目提出讨论了。

"多少？你说个数。"

要我说数则将吓了他一跳。我知道从我说数我将得到更坏的误解。我就说还是请你说。

"三十块，怎么？"

这倒当真吓我一跳了。我以为是若当真是别人存心特别帮我忙，这至少可以拿八十块钱。若果人同我真是熟人，知道我是怎样要钱来救我的自己同另外的人，这恩惠倒并不算要我感谢的恩惠。我也不是明白我的书销路是怎么不好。我也不是一点不为别人的铺子着想，但总以为这钱算是特别的周济，我将对我的其他恩人日日磕头了。

"三十块，"我说，"这是一个大数目。"我说这话并不是含有一点嘲弄。我没有理由对于一个帮助我的人说近乎讽刺的话的。我也没有工夫把话语化成一成起反应的讥诮。不过我想起我应办三十块钱以上的各样吃饭睡觉的东西。因这三十块的数目而想起费了如此长的希望到此时得来的是开销还不够，就觉得三十块钱在我们这人看来真是一个要命的数目了。

他又说："不够，那你说吧。"

我不说，不知怎样说为好。从别人的话上我觉到我的为难地位，也就想起我说的话要人处于为难地位不安而止了。

他还是要我说。

我不敢说我有八十块钱才得了。因为从三到八所差是一倍又三分之二，数的悬殊太大了。然而我若是真只得三十块那又怎么设法了别的必须了的事？在初到北京挨饿的那年，人是像癫了，过年不成还敢全不在乎地写信给某博士，说是请借我五块钱过年。这事当然只成了一个可以把时间拖长下去的笑话。但是这呆子近乎无赖的行为，如今已是明白于纵有呆劲也莫可再找出一个明白我这诚实坦白的心情的可以求助的人了。

知道是不说也没有说也没有的现在情形后，我非常腼腆地说请通融让我拿五十元。许可了。然而在许可时仍然得提出这是"特别"字样。别人的好意，我感激得很，但说是纵有多钱也上一两次馆子花尽的话时，同样感觉到好意以外我以为我又受辱了。假使钱是应当为我有，则胡花的罪过也是自己受。假使钱并不应拿，则所花的当然是别人的，不应当了。口口声声说是知道我的，所知道我的情形却如此少，以为我要钱便是为吃酒而要，一个人吃酒也许是雅事，但这雅事我还不曾有过第一次。随即听说他日还要邀我吃酒的话，这当然仍出于一种好意，不过我就从不吃酒，怎么办？在此事上我以为这错误是到底，连再小的认识也是无法了，我只愿即刻拿钱。把钱拿来如所命的写上一个收条，且盖上印章以后，我回家。

把五十块钱塞到裤袋子里去，不知心上给什么硌了一下，上电车时却要哭了。

我向天默祷，说：天，我不需要不是从认识而来的友谊，我愿意别人把我从他心上开释。若是别人要知道我是怎样的人，请他让我的一切行为在他的感觉上镀一层金。

我告你这一件事，使你知道我把来时的支配我钱的计划打破到是如何粉碎。

（一月十日）

大姊，二姊：

愿您们好我也好。我近来每天早上起来烧水，洗脸，买菜，淘米，煮饭，炒菜，打油，洗碗，头发昏，要是如此这样过一年，我成了顶好脾气顶内行弄饭的厨子。这是有钱也得如此的。请人不比北京，请人还怕她把我卖掉。这算命里所招，一面也是在北京地方住身太好了。

上海女人顶讨厌，见不得。男人也无聊，学生则不像学生，闹得凶。

住处是大楼。楼上很宽绰，但不比北京，这里烧火也是不容易，炭九毛一篓，抵北京一半多罢了。

这时节已快过年，路上据说全不能通过，回是无希望，只呆等。

我是着急到像上炉的鸡。全是无法子，人也是，钱也是。挂念着你们，挂念着妈，总是没法子。还据说在岳州方面要大大地打一仗呢。

住处是法租界善钟路善钟里三号楼上，每月十三块钱光住房子，不算贵。不过倒马桶要钱，扫地的妈妈要钱，还有别的逢年过节，真是一个坏习惯。每一写信总像写不完，作文章则一字不能作，这不明白是什么心事。我这时不说了。

愿您们好好过年我也好好过年。

——第一个信——

146

（一月十一日）

也频同冰之：

这地方，真不知要怎么办，夜间才可以好好睡一觉。我的邻居据说是大学生，人五个，或六个，太热闹了。凡是大学生，一个样，这倒是我最近才明白的。南北也一样，这个未免令人又要想到国运上头了。在北京，同寓诸公所谓好学生者，每日对于利用功课的余暇到唱戏弹琴上面，到打骂伙计上面，到逛游艺园上面，觉得是教育这东西真走错了路，言提倡整顿学风的还不如注意一下公寓的生活为好。这里学生比北方学生，若不说进步一等，也应说不让北方的大学生。

学校功课似乎是很少，这看他们的离开这屋子的时间便可知道了。这一群天真烂漫的学生，打打闹闹不知害的是什么病。天一亮，鸡叫了，这之间为一种"创造冲动"而醒的学生中的谁一个，便立时也学起鸡的声音来。立时又影响开去，可以听到另一床上的鸡叫。第二个且把这权利给第三人。依次来，轮流着，天是居然为了这些鸡公叫着喊着居然大明了。

过会儿，回头到巷口刷马子声音当儿，他们却唱起戏来了。江苏人聪明，从这事上我才更有一种了解。先以为唱小调的本能。也只有女人擅长，这女人且不一定是那受有教育的女人，谁知是我错。这里学生学商科的就能唱这靡靡之音，只听到"情哥哥""来了""两下""拉倒"之声音。且反复其词，大有不厌百回唱之意。从这唱小调情绪上看来，这里大学生，便全是天才，艺术家，以及艺术摹拟者了。

午时节，应吃饭，饭大致是还未上桌子，可以聆敲击碗盏的音乐。这用筷子敲打碗盏以及配以哼哼唧的歌声，居然也成了常日必不可免的义务，怪！吃完饭后可以得小小清静，或者是饭把这类可爱的大学生胀饱，要出门散步或小睡，然而这声音却还好好保留到我脑中，一事不能做。

到夜间。到夜间，则可以听打牌的牌声，以及小钱角子在红木桌上溜着转着的清脆声音。钱像并不多，但一种赌博场中热闹的空气，倒并不缺少，这也值得佩服的。人是看来全是斯斯文文，一天到晚很少见休息时候，大学生的精神充足。我疑心是他们每人全曾吃过两打"百龄机"。

在北京，我的邻居是属于这一类的人，到此来又遇到这一群宝贝，从这一件小事上，我非常相信我个人今年所走的运了。

为了这吵闹，我俨然游过地狱看过一切罗刹的变形了。我只能发我自己的气。就是这样一旁发着自己的气一旁尽着一些耳朵眼睛的新义务让这个年过去，过了年，气运好，把书能卖去，不回北京也搬一个家，我算有福了。

我得到你们的信只是酸酸的，一切如你们所猜想，近日是学到在当家，这时便是刚从一里路远近的菜场，左手拿蒜右手拿尖角豆腐回来。一回来得你们的信，有从扫地老妈子处听到一个好消息，说是再有一礼拜隔壁房子人就全空。因为这些人全得回家过年，我乐得直跳；我先打算着要过了年才会转运，谁知还可以得一个清静年尾！是寂寞也罢，我不怕。在一种类乎作僧的寂寞生活中，我却看得出我是真正在活。若长此闹着下去，所谓艺术的灵感，真只有全糟蹋到这大锣小鼓上面了，在一个礼拜后再告那时的情形吧。

（一月十一日）

霞村：

　　告他们的是一切琐事，告你的却是一件趣事。

　　到上海来使我奇怪的，是太多。照你说的那笑话，我是就为存心想去看看南京路的走路的顶好看的新式女人，才勒着^①急于要动身往别处去的采真陪我玩的。但这里也看了，那里也看了，我相信我是一个人都不放松。每一个脸我都细心地检察一番，每一个人从我身边过去的我都得贪馋地看一个饱。只要是女人，我全不让她在我审视以前把她从我心上开释。但结果，怎么样？这算一个顶坏的统计。一百个穿皮领子新式女人中间，不到五个够格。每一个女人脸上倒并不缺少那憔悴颜色。每一个女人都像在一种肉欲的恣肆下受了伤。每个人都有点姨太太或窑姐儿神气。也许是到街上走的或是坐在汽车里在街跑的，全部是属于野鸡类，还有所谓"家鸡""飞鸡"是还"无缘识荆"吧。

　　从四马路转一个弯在一个我不知道名字的路上，见到两个年纪轻轻的女人拉着一个类乎老憨的矮胡子。一面是亲亲热热的，一面是忸忸怩怩的，这是我说的趣事。不过这趣事使我觉得人类很可哀。

　　在同一地方，有人是正在用着炮舰示威抢着中国的钱的，又有着是用长枪大刀法律制度迫着人出钱的，又有着是站在法律相反的利益下威迫绑票的，又有着……从炮舰转到拉拖，从武力转到亲昵，全是为得要

---

① 勒着：缠着、磨着之意。

活：然而在某一种状态下活着的人，同另一种扒呀偷呀以至于把身子来零零碎碎地卖呀的人生活又怎样不同！

我想我是不适宜于住上海的人，这先为另一个朋友猜准了。

（一月十三日）

大哥：

我很发愁，莫名其妙的。时间是已经快过年了，我一个人在此孤家寡人的真难受。懒得自己煮饭又懒得外出，则我就饿一餐不进饮食。人是因了路上受了寒，肺里是吸收船上的臭气太久，病成了不可免的事了。

咳一次嗽我就觉得我是在路上已承同船人的好意把肺痨介绍给我了。本来是脆脆身子的我，这一来可不好办。

天知道，用病来作伴还有多久！到近来，人一到倦殆于生活时，就想到或者我是真不能够过年了。若果在海上我有这种感觉，也许登时就跳到海里去了。这种倦于生活应付的事只有大哥知道，写到这里时，我觉得是最好在此时得在大哥面前哭一场。

一到身上有了点病疼时则尤易为了想起女人而悲哀，若果别人要我的稿子，则我就可以拿这四百块钱做我一切的好梦了。我自以为相信不拘谁出四百块钱买去也不会蚀本的小说稿子在这时节因了无一个人帮忙就无从把它变成钱。

没有所谓钱，走向前，或退后，全是难事情。只在此呆住下来，天天为同住一些学生吵呀闹呀无有一个小时能安静，工作是不能，好好安息几天也难于办到，假使是一天一天拖下来，身体一天更比一天坏，

（我还知道的是果如此住下去我脾气也只有一天比一天坏），那结果我怕谈到了。

你可以想个方法使我借重你的言语快活一下，我相信大哥比我多经许多事故，我这时的苦恼也便是你所经过的一段路。

我记得到林先生说的一句顶深顶好的话，是"我们在物质生活方面只要能维持下去，其余则在思想生活方面去无障无碍地发展。"然而为着女人的想望是物质方面的逾分固执贪馋？我以为我是在这方面永远会感到那惨痛。

谁也不会知道我只要见到一个年轻的女人所感到的是怎样一种痛心情绪，谁也不能对我这可悲的观念具有一种了解后的同情。

我只能常常做着发财的梦，说我忽然就有了五万六万块钱。因为有钱则许多女人都不会嫌我了。有了钱则不认识的女人也可以认识。这世界，倒并不是真缺少做我妻子的人。也不一定是我貌太丑或是年老了，钱倒是真应当有的。不过这财五万六万打那儿地方发起？除了做梦说是骤然间就可以做到，我现在是还日日要耽着心无从缴下一月房租的。没有人在一种类乎施恩的情形下给我的稿费，我就要活不下去。

作文章，固然也有居然成了小资产阶级的，那都是些耳目伶便善于看风使舵的人，到某一种情形下头，则立时也把主张移到某一种有利的方向下去干——譬如在革命区域就喊"打倒"，在保守地方又回复到旧的形式上，在……且不妨作俨若热血喷涌的诗。这我全不能够办。我做的事便不是发财的事，也不是我真真有一分心顾全到物质生活的事。我即或不愿意饿死，但我还是走那挨饿的绝路，就是对实生活完全不过问，单尽我的脑力的抽象，在某一地方别人还不让我自由发表这思想，我所顾而又能够顾却算是哪一种呢！？

　　士隽在未曾离开此地以前，便告我：要靠到作小说生活。顶好选目下作兴的事作，这方向：第一是走类乎"性史"的路。第二是走上海方面自命为青年无产阶级的人所走的路；每一篇小说都是嗳呀苦，嗳呀闷，嗳呀我抱到这女人又怎样全身的抖，且应当记着莫忘到"穷"字，实则有钱也应说怎样的穷，自然而然就能增加读者的数量。第三则应当说到革命事上来了，枪呀炮呀，在枪呀炮呀之中再夹上女人，则所谓"时代精神"是也。我告他我办不到。告他办不到，士隽也很信，不过同时为我发愁，因为人人说是艺术随到时代跑，不在前，纵在前也像打旗子的引元帅出马的跑龙头套模样的人，而所谓艺术，在时下人谈来竟应认为一种宣传告示，然而把一种极浅浮的现象用着极草率简陋的方法去达到一种艺术以外的目的，虽认为艺术是表现时代的纠纷，而忘却表现值得称为艺术的必须条件，若说文艺的路是走一条死路，这也算是把国人艺术的观念弄错的一件事了。

　　我是并不反对把艺术的希望是来达到一个完美的真理的路上工具的，但所谓完美的真理，却不是政治的得利。若说艺术是一条光明的路，这应当把他安置在国家观念以上。凭了人的灵敏的感觉，假借文字梦一样地去写，使其他人感到一种幽美的情绪，悲悯的情绪，以及帮助别人发现那超乎普通注意以外的一种生活的味道，才算数。

　　在一种虚伪下说艺术是应当那样不应当这样，且为一种自私便利在极力拥护他的主张的，实大有人在。这类人其实在另一时会变，人是很聪明的人，不必为他担心。我怕的是我不能这样做便无法吃饭，但只要拖得下去，这发财方法只好放弃，尽人事以外另外靠天去了。

腐　烂

　　晚风带着一点儿余热，从吴淞吹过上海闸北，承受了市里阴沟脏水的稻草浜一带，皆放出一种为附近穷苦人家所习惯的臭气。在日里，这不良气味，同一切调子，是常使打扮得干净体面的男女人们，乘坐×路公共汽车，从隔浜租界上的柏油路上过身时，免不了要生气的。这些人皆得皱着眉毛，用柔软白麻纱小手巾捂着鼻孔，一面与同伴随意批评市公安局之不尽职，以为那些收捐收税的人，应当做的事都没有做到，既不能将这一带穷人加以驱逐，也不能将一带龌龊地方加以改良。一面还嗔恨到这类人不讲清洁，失去了中国人面子。若同时车上还有一个二个外国人，则这一带情形，将更加使车上的中国人感到愤怒羞辱。因为那抹布颜色，那与染坊或槽坊差不多的奇怪气味，都俨然有意不为中国上等人设想那么样子，好好地保留到新的日子里。一切都渐渐进步了，一切都完全不同了，上海的建筑，都市中的货物，马路上的人，全在一种不同气候下换成新兴悦目的样子，唯独这一块地方，这属于市内管辖的区域，总永远是那么发臭腐烂，极不体面地维持下来。天气一天不同一天，温度较高，落过一阵雨，垃圾堆在雨后为太阳晒过，作一种最不适宜于鼻子的蒸发，人们皆到了不需要上衣的夏天了！各处肮脏空地上，各处湫陋屋檐下，全是蜡黄的或油赭色的膊子。茶馆模样的小屋里，热烘烘的全是赤身的人。妇女们穿着使人见到极不受用的红布裤子，宽宽的脸，大声的吵骂，有时也有赤着上身，露出下垂的奶子，在浜边用力地刷着马桶，近乎泄气地做事，还一面唱歌度曲。小孩子满头的癣疥，赤身蹲到垃圾堆里捡取可以合用的旧布片同废洋铁罐儿，有时就在垃圾堆中揪打不休。一个什么人——总是那么一个老妇人，哑哑的声音，哭着儿女或别的事情，在那粪船过身的桥下小船上，把声音给路上过身的人听到，但那看不见的老妇人，也可以想象得到，皱缩的皮肤，与干枯的奶子，是裸出在空气下的。

还有一块经过人家整顿过的土坪，一个从煤灰垃圾拓出的小小场子，日里总是热闹着，点缀到这小坪坝，一些敲锣打鼓的，一些拉琴唱戏的，各人占据着一点地位，用自己的长处，吸引到这坪里来的一切人。玩蛇的，拔牙的，算命的，卖毒鼠药的，此外就是那种穿红裤子的妇人，在各处赤膊中找熟人，追讨在晚上所欠下的什么账项，各处打着笑着。小孩子全身如涂油，瘦小的膊子同瘦小的腿，在人丛中各处出

现，肮脏如猪迅捷如狗，无意中为谁撞了一下时，就骂出各样野话，诅咒别人安慰自己。市公安局怎么样呢？这一块比较还算宽敞的空坪不为垃圾占据，居然还能够使一些人在这上面找得娱乐或生活，就得感谢那区长！

这时可是已经夜了，一切人按照规矩，皆应当转到他那住身地方去。没有饭吃的，应当找一点东西塞到肚子去的计划，没有住处的，也应当找寻方便地方去躺下过夜，那场子里的情景，完全不同白天一样了。到了对浜马路上电灯排次发光时，场子里的空阔处，有人把一个小小的灯摆在地下，开始他那与人无争的夜间生活。那么一盏小小的灯！照到地下五尺远近，地下铺的有一块龌龊方布，布上写的有红字黑字，加着一点失去体裁的简陋的画。一个像是斯文样子的中年人，就站到灯旁，轻轻地吟着一种诗篇。起了风，于是蹲下来，就可以借了灯光看出一个黄姜姜的脸。他做戏法一样伸出手来，在布片四围拾小石子镇压那招牌，使风不至于把那块龌龊布片卷去。事情做完了，见还无一个人来，晚风人了一点，望望天空像是要半夜落雨样子，有点寂寞了，重复站起来，把声音加大了一点，唱《柳庄相法》中的口诀，唱姜太公八十二岁遇文王的诗，唱一切他能唱的东西，调子非常沉闷凄凉。自己到后也感觉得这日子难过了，就默默地来重新排算姜尚的生庚同自己的八字，因为这落魄的人总相信自己有许多好运在等候。

这样人在白天是也在这坪里出现的。谁也不知他原从什么地方来，也不问他将向那里去。一望到那姜黄的脸，同到为了守着斯文面子而留下的几根疏疏的鼠须，以及盖到脑顶那一顶油腻腻的小帽子，着在身上那油腻腻的青布马褂与破旧的不合身的长衫，就使人感到一点凄惶。大白天白相的人较多，这斯文人挥着留有长长指甲的双手，酸溜溜地在一群众生包围中，用外江口音读着《麻衣》《柳庄》的相法，口中吐着白沫，且用那动人的姿势，解释一切相法中的要点。又或从人众中，忽抓出那预定好了的一个小孩子，装神装鬼地把小孩子前后看过一遍，就断定了这小孩子的家庭人口。受雇来的孩子，张大着口站在身旁，点点头，答应几个是字，跑掉了，于是即刻生意就来了。若看的人感到无趣味（因为多数人是知道小孩子原是花钱雇来的），并且也无钱可花到这有神眼铁嘴的半仙身上时，看看若无一个别的猪头三来问相，大家也慢慢地就走散了。没有生意时，这斯文人就坐到一条从附近人家借来的长凳上，默默背诵《渭水访贤》那一类故事，做一点白日好梦，或者拿本《唐诗三百首》，轻轻地诵读，把自己沉醉到诗里去，等候日头的西落。有时望到那些竞争到吸引群众的卖打卖唱玩戏法的人，在另外一处，敲锣打鼓，非常的热闹，人群成堆的拥挤不堪，且听到群众大声的哄笑，自己默默地坐到板凳上出神，生出一点感想。不过若是把所得的铜钱数着，从数目上，以及唧唧的声音上，即时又另外可以生出一点使自己安慰的情绪，长长的白日，也仍然就如此的过去了。

到了夜里时，一切竞争群众的戏法都收了场，一切特殊的主顾，如像住在租界那边的包车夫同厨子，如像泥水匠，道士，娘姨，皆有机会出来吹风白相，所以这斯文人乐观了一点，把灯点上，在空阔的土坪里，独自一人又把场面排出来了。照例这个灯是可以吸引一些人过这地方来望望的，大家原是那么无事可做，照例又总有一些人，愿意花四枚或四十枚，卜卜打花会的方向，以及测验一下近日的运气！白日里的闲话，一到了晚上就可以成为极其可观的收入，这军师，这指导迷途的聪明人，到时他精神也来了。因为习惯了一切言语，明白言语应当分类，某种言语当成为某种人的补剂，按分量支配给那些主顾，于是白天的失败，在夜里就得到了恢复机会了。大约到九点十点钟左右时，那收容卖拳人玩蛇人的龌龊住处，这斯文人也总是据了一个铺位，坐在床头喝主人为刚冲好的热茶，或者便靠到铺上烧大烟，消磨上半夜。他有一点咳嗽的老毛病，因为凡看相人在无话可说时，总是爱用咳嗽来敷衍时间，所以没有肺痨也习惯咳嗽了。他得喝一壶热茶，或吸点鸦片烟，恢复日里的疲劳，这也是当然的。到了午夜，听各处角落发出愚蠢的鼾声，使人发生像在猪栏里住的感觉，这时某一个地方，则总不缺少一些愚蠢人们，把在白天用气力或大喉咙喊来的一点点钱，在一种赌博上玩着运气，这声音，扰乱到了他，若是他还有一些余剩的钱，同时草荐上的肥大臭虫又太多，那么自己即或算到自己的运气还在屯中，自己即或已经把长裤脱下折好放到枕边，也仍然想法把身子凑到那灯下去，非到所有钱财输尽，绝不会安分上床睡觉。

天气落雨，情形便糟了。但一落了雨，所有依靠那个空坪过日子的各样人，皆在同一意义下，站在檐前望雨，对雨景发愁。斯文人倒多了一种消遣，因为他认得字，可以在这时读唐人写雨景的诗。并且主人有时写信，用得着他代笔，主人为小孩发烧也用得着他画符。所以这人生活，与其他人比较起来，还是可以说很丰富而方便的。一面自然还因为是夏天，夏天原是使一切落魄人皆方便的日子！

如今还没有落雨，天上各处镶着云，各处檐下有人仰躺着挥摇蒲扇，小孩子们坐到桥栏上，望远处市面灯光映照到天上出奇，场中无一个主顾惠临。

在浜旁边，去洋人租界不远，有乘坐租界公共汽车过身时捂鼻子一类人所想象不到的一个地方，一排又低又坏的小小屋子，全是容留了这些无家可归的抹布阶级的朋友们所住。如鱼归水，凡是那类流浪天涯被一切进步所遗忘所嘲笑的分子，都得归到这地方来住宿。这地方外观既不美，里面又肮脏发臭，但留到这里的人总是很多。那么复杂的种类，使人从每一个脸上望去，皆得生出"这些人怎么就能长大的"一种疑问。他们到这里来，能住多久，自己似乎完全无把握。他们全是那么缺少体面也同时缺少礼貌，成天有人吵闹有人相打。每一个人无一件完全衣服或一双干净袜子，每一个人总有一种奇怪的姿势。并不是人人都顽强健康，但差不多人人脾气都非常坏。那种愚暗，那种狡诈，那种人类谦虚美德的缺少，提及时真是使人生气。

到了这时节，这种肮脏住处已容纳了不少白天那种走江湖的浪人。

主持这住宿处的，是许多穿大红洋布裤子妇人中最泼悍的一个，年纪将近四十岁了，还是常常欢喜生事。这妇人日里处置一些寄宿人的饮食，一面还常常找出机会来，到别的事上胡闹。夜静了，盘算一切，若果自己挑选了一个男子，预备做一件需要男子来处置才得安宁的事，办得不妥，就毫无理由地把小孩子从梦中揪起重打一顿，又或在别的事上拿着长长竹竿，勒令某一个寄宿男子离开这屋里。主人小孩子年纪九岁，谁也不须考问这小东西的父亲是什么人。小孩子一头的疥癞，长年总是极其龌龊，成天到外面去找人打架，成天出去做一些下流事情。他白日里守着玩蛇人身旁，乘人不注意时，把蛇取出来作乐，或者又到变戏法的棚后去把一切戏法戳穿。与人吵闹时，能在年龄限制以外的智慧中，找出无数最下等的野话骂人，又常常守着机会，在方便中不忘却盗窃别人的物件。

照规矩，在这类住宿地方，每人应于每天缴纳十一枚铜子，就可在一张破席子上躺下来，还可以花一个十文，从茶馆里泡茶，把壶从茶馆里借来，隔天再送回去。有些住客，带得有行李，总像是常常要忘记了这茶壶不是自己东西，临走时把它放到自己行李里面去。茶壶不见了，隐藏了，主人心里明白，问了又问还是不见，于是就爽快地伸手到那小小行李中去把壶检察出来，一面骂出一些不入耳的话把客人轰走。客人在这样情形下，也照例骂出一种野话才愿意出门。这些人，又或者无意中把茶壶摔碎了，大家就借此大吵大闹，结果还是茶馆中人来骂一阵，算是免去赔偿的代价，吵闹才能结束。

他们住处也有饮食，叫是吃主人办来的伙食，总只是那初次来此的人，其他的人是不吃主人东西的。这些人的肚子里，因为照例也得按时装上一点东西，所以附近各处，总不缺少贱价的食物。发臭的，粗粝的，为苍蝇领教隔日隔夜变了颜色还来发卖的一切食物，都可以花钱买到。上等人吃饼糕，这里也有一种东西仍然名叫饼糕。上等人吃肉，这里也有肉。上等人在暑天吃瓜，要开心又来一点纸烟同酒，这里也还是满盘的瓜同无数的纸烟，无量的酒。总而言之，租界上所有的一切吃喝哄口的东西，这区域是并不因为下贱就无从得到的。他们吃什么这些人也吃什么，不过所吃的东西，稍稍不同罢了。譬如酒，那些用火酒和水掺混的东西，用瓶子装好，贴上了店家招牌，又在招牌上贴了政府的印花税小小票子，酒的颜色还有红有绿，难道这东西不是已经很像酒了么？他们得了点钱，把这样酒买来，吃得大醉后，不是寻事打闹，就是纵横吐呕，每个人好在总是那么吃陈腐东西，受风雨虐待日子太久，酒精的毒又不会一时发作，所以开铺子的把印花税贴足，良心也就非常安宁，不问这酒的一切影响了。

在寄宿处不远，过斜街，还有公安局派出所一处。市公安局是从没有忘记这地方还有这些活人的事情，他们从区长到巡丁，大家都记到这里是有人的，凡是一个活人，都应当按照生活营业向官厅缴纳一定的捐款，房捐，营业捐，路摊捐，小车捐，还有什么更好听的名字。他们都非常耐烦，不以数目很小就忘记过一次不派人来收取这神圣的国课的。好像卫生捐，治安捐，这一类动人名目，在这些地方也就仍然能够存在。地方既住得完全是一些下等人，一切都极不讲究，若不是常常有警务人员来视察沿浜情形，以及各家情形，还不知要成什么样子，所以卫生捐就应当收了。至于本区人口既杂乱不堪，动不动就要闹出事情，若非有几个治安警察，遇事发生，就把两造带去拘留到看守所，审问时用违警律处罚点小款到一切爱生事的人头上，警戒到下次，还不知每月要出多少乱子！

派出所巡警们，除了收捐日子较为忙碌，其他时节尚比较清闲，所以每遇到有什么事发生时，总是把人带局，拘留了半天，审问过后才开释的。站岗的巡警，则常常到茶馆去享受店主的一壶热茶，同熟人谈谈报纸上所说的一切新闻，消磨这个使人忍耐不下的长日。他们白天有时到那块近于竞技处的场子里，走到相士边站站，又走到西洋镜的匣子边看看，各处往来。夜里则绕到这一个场坪，用警棍击打预备要在场内拉屎的各种野狗。这些无家可归的野狗，照例一见了这尊贵的公务人员，就夹了尾巴飞奔地窜到横街小弄堂内去了。

因为没有一个人，那斯文人独在灯边平地上站了半天，一个夜班巡警从横街走出，望到那情景，走过来看了一会，同相士谈了一阵闲天，有毒的蚊子叮在手背发痒，所以约摸十点左右，巡警的提议生了效力，相士就收拾了场面回到住处喝茶睡觉去了。

夜静后，许多在露天下赤身睡觉的男子，因为半夜来一阵行雨，都收拾到屋里去了，场子中静悄悄的无一个人。白日众生聚集的地方，这时显得宽阔异常。隔河浜一列电灯，白惨惨的，排排的，各个清清楚楚的，望到对河浜的事情，可是不说话。这时节空坪里来了一个卖饺饵的人，还停留在场坪中央不动，轻轻地敲打着手中的梆子，似乎是惟恐惊醒旁人样子，敲了一阵又沉默了。

粪船开始从河浜划来，预备等候装取区内的大便，船与船连系衔接磕磕撞撞到了所要到的地点，守船人皆从船头上了岸，向饺饵担架边走来吃饺子。雨已经早止住不落，天上出了月亮，许多地方看得出云在奔跑，风从别处吹来时已经毫无日间余热了。

似乎因为听到碗盏相磕的声音，那巡警从小街一端又走出来了，同时又从另外一个弄口也走出来了一只大狗。这两样东西皆不约而同的向饺饵摊边走去。不到一会儿，巡警的一饼圆脸，便在饺饵汤锅热气迷濛中有趣地映出，那只狗，却怯怯地要求讲和似的，非常谦卑蹲踞一旁，看巡警老爷吃饺子了。到后又动了一阵儿风，卖饺饵的已打了肩担走去了，粪船上的人皆到相熟的妇人小船上去了，只有几个生手无处可走，躺到浜边石级上小睡等候天明。场坪中剩下了巡警一人，嗅着从制革厂方面吹过来的臭风，他按照职务要绕这区域沿浜走去，看看是不是有谁从家中抛出一个死去的孩子，或这一类讨厌的事情。在职务上他有了一点责任观念，所以这时虽然极其适宜于同妇人在一个床上睡觉，他却不好意思去找寻做梦地方。

一切是那么静，一切皆像已经死去，白日里看来小小的屋，这时显得更小了。一只猫儿的黑影子，从那平屋的檐头溜去，发出小小的声音，又即刻消失到黑暗里，这地方于是就像只有巡警他一个人是活人，独立到这天空下视听一切了。他走了又走，走到将近桥头地方，一个路灯柱旁边，忽然见到了一个人形，吓了这个公务人员一跳。其实这仍然是预料得到的一种事情，这样天气，这样使人随处可以倒下去做梦的好天气，一个人在此并不是出奇的事情！不过这时这公务人正咯咯地翻着胃中饺子的葱油气，心里想到一件不舒服的事情，灯柱下的一团人影使他生了一点照例要生的气了。他于是就壮着自己胆子，大声地叱问是什么人在此逗留。灯下的人，正缩成一团，坐在柱边睁大了眼睛，望到路灯上的一匹壁虎，盘据到灯泡旁捕虫情形出神。这是一个无家可归的小孩子，是许多这样孩子中的一个，日里因一件事情正为巡警打了一顿，到晚上找不到一个住处，凡是可以睡觉的空灶头都为另外的人占去了，肚子又空空的极不受用，这小孩子躺到一个棚下，看落雨过了，还想各处走走，寻一点可以放到肚子里的东西。走到了这里，见到那爬虫，小蛇一样很灵敏的样子，就忘了自己的事，坐到下面欣赏了许久。他这时正在心中打算，如何爬上去把那小东西捉来玩一阵，忽然听到巡警一声咤叱，这孩子以为爬电杆的事已为巡警看到，本能的站起来，飞奔地跑了。

这杂种，这不知父母所在，像是靠一点空气就长大了的小东西，对于这时所发生的事情，并不觉得是新鲜事情！他一面奔跑，一面还回头来望到后面，看看是不是要被追逐一阵。他这时正极无聊，所以虽然觉得害怕，也同时觉得有趣。本来追了几步，这巡警按照一个巡警的身分，就应当止住了步。可是今夜的事稍稍不同了一点，这巡警无事可做，上半夜还喝了一杯酒，心头上多少有点酒意，看到小孩跑了又即刻不跑的样子，似乎对于自己的尊严有了一种损失，必须有所补充，就挥舞着他那一根警棍，一直向小孩子逃走的方向冲去。小孩子知道这情形不妙，知道那警棍要到头上背上了，赶忙拉长了脚步逃走，想再跑一阵，就可以从一个为巡警所不屑走的脏弄堂里，获得了自己的安全。可是这场坪的尽头，正有许多坑，小孩子一不小心，人就跌到这水坑里去了。巡警听到了前面的声音，就赶到前面去，望小孩子在脏水里挣扎好笑。他问小孩：

"干什么跑？"

这意思是好像说既不偷了谁的东西，为什么一见了巡警就想逃走。他为了证明这逃走不应当，简直是愚蠢行为，且警告他逃走就是有跌到水里去的理由，这公务人员且不去援救一下落在脏水里的小孩子。他看他怎么爬上坑来，如何运用他的小手小足。因为面前是那么一个不足道的小小动物，而且陷到这坑里惶恐无措，这时这巡警的愤怒已经完全没有了。因为问到小孩子为什么要逃走的理由，小孩子没有爽朗的答应是为什么事，这体面人就用那带着神圣法律的意义的警棍戳小孩子的头，尽小孩子在脏水中站起来又复坐下去。小孩子不知道应当如何要求这老总，又没有一个钱，送给这公事中人，又不能分辩，说这个事是不应当的玩笑，就只很可怜的坐到脏水中，喊"莫闹莫闹"，摇着那瘦小臂膊，且躲避到那警棍。过了一会，巡警觉得在这地方，同一个这样渺小东西打闹，实在无多大趣味，自己就唱着"老渔翁"调子扬扬长长走去了。

小孩子坐到坑中半天，全身是脏水，眼见巡警已经走去了，皮鞋声音远了，才攀住一点东西爬起来，爬出到坑上后，坐在地上哭了一会。到后觉得哭也无益，这时决不会有一个人从什么地方过路，随手给一个钱，并且肚中有点儿饿，一切的行为，也使自己疲倦了，就望到远处天的一方电灯的光，出了一会神。他想到这些灯底下的人那些热闹情形，过一会儿又忽然笑了。他很奇怪那些灯同那些人，他知道在这些灯光下，一定是有许多人闹着玩着。一定有许多人在吃东西喝酒。还一定有许多人穿上新衣，在路旁那么手挽手从从容容慢慢地走路，或者逗留在一些大窗口边，欣赏窗内的各样东西。窗内是红绿颜色的灯映照着，比白天还美观悦目。一切糖果，用金银纸张包裹，一些用具，呢帽子，太太们的伞，三道头的大皮靴子，小小皮夹同方圆瓶子，没有法子记清楚！烧鸡烧鹅都同活的一样神气，成串的香肠都挂在窗边，这些那些，值钱一百万或更多，总而言之是完全地放在那里等候人来拿去随意吃用的东西！这究竟值多

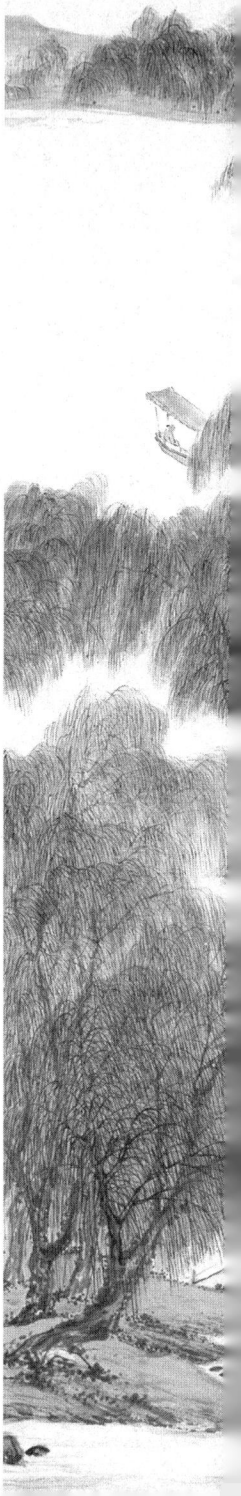

少钱，这究竟从什么地方搬来，又必需搬到什么地方去，他是完全不能知道的。他到过这类地方，也像别人那么恣肆欣赏过窗内的一切物品，因此被红头阿三打过追过，一切都记得清清楚楚。这时节是不是还有那样多人在那些地方，是不是还有红头阿三，他可不大明白了。但是，还有灯，当真是还有灯，那些灯光映到半空，如烧了天的一部分。

他看过这些，想起这些，记到这些，于是不久就有一个红头阿三的黑脸，在自己眼前摇晃，显出很有趣极生动的神气。照规矩，他要跑，这大个子黑印度人就蹒跚地舞动着手上那根木棍头追赶前来。"来，一过来就可以大杀一阵！"他记起拾石子瓜皮掷打这黑脸鬼子的事，当时并没有当真掷过，如今却俨然已把瓜皮打在那黑脸上。他乐了。"打你这狗肏的！打死你这狗！打你鼻了！"是的，瓜皮是应当要打在鼻上才有趣味。他就坐在一个垃圾箱上，尽把这一类过去的事情，重新以自己意思编排一阵，到后来当真随手摸去，摸到身边一团柔软的东西，感觉很不同，嗅嗅手，发恶臭气味，他才明白了现在地位，轻轻骂着娘，于是一面站起一面又哭了。

天上的月亮斜了，只见到一颗星子粘在蓝蓝的天上，另外地方一些云，很悠遐地慢慢走动，这时有一辆汽车，从桥上过去，车夫捏喇叭像狗叫。

他眼望天空，他听到像狗叫的喇叭声音，却不大有趣味。他有点倦了，不能坐到有露水的场坪里过夜。得找一个有遮蔽处去睡觉，一面拭他的眼睛，一面向一条小弄堂走去。一只狗，在暗处从他身边冲过去时，使他生了气，就想追到这狗打一顿，追了几步过后又想想，这事无味，又不追了。他饿了，他倦了，什么办法也没有，除了蜷成一个刺猬样子，到那较干爽的地方去睡到天亮，不会再有更好的事情可做。他的身上一条裤子，还是粘上许多湿腻腻的东西，这时才来脱下了这裤子，一面又想到日里一些事情。

后来，他把这小小身体消灭到街角落的阴暗处，像是为黑暗所吞噬，不见了。

天还没有发白，冷露正在下降，睡在浜边石上的粪船夫中一个冷醒了，爬起身来喊叫伙伴。这样人言语咨喾到平常一切事上，生在鼻子下的那一张口，除了为吃粗糙东西而外，几乎是没有用处了。他喊了伙伴一声，没有得到答应，就不再作声了。他蹲到自己粪船旁，卸去自己一切的积物，哂哂的响着，热屎落在浜中，声音极其沉闷。

从南端来了一只小船，从那桥洞下面黑暗处，一个人像是用一只看不见的手使船慢慢地移动，挨近了粪船。

一个妇人看不清楚面目，像是才睡醒样子，从那个小船的篷舱口爬到外面，即刻就听到船中有小孩子尖声的哭喊，妇人像毫不理会，仍然站在船头。

粪船上另一个船夫也醒了，瞻望那新来的船，不很明白是为什么原因。

那船靠近粪船了，船与船互相磕撞着，发出木钝的声音，河中的水微微起着震荡。

"做什么？"

那妇人，声音如病猫，低微而又沉闷，说："问做什么？一个女人尽你快乐。"

"什么事情？"

"你来，你来，"船夫之一明白这是什么事了。

"我弄不出钱。"

"你说谎话，只两只角子。"

"两只铜子也找不出。"

妇人还是固持地说着，"你来！"

男子似乎生气了，就大声地说："糟蹋我的力气，我不做这件事。"

妇人像是失望了，口中轻轻吹着哨子，仍然等待什么，要另作主张，站在船头不动。

那最先一位船夫蹲到船头大便完了，先是不做声，这时就想去到船尾去，看看妇人是什么样货色。两人接近了，船傍着船，妇人忽然不知为什么，骂出丑话来了。

……

"不要么？"这样问着，却不闻有何回答。

隐隐约约的是那船夫的傻笑声。

过了一会，那只船，慢慢的，仍然看不出是为什么原因，那么毫无声音地溜回到那黑暗阴沉的桥洞下去了。被骂过一些野话的好事船夫，毫不生气，就站在船上干笑。一枚双角可以过船上去做一种出汗事情，但一个钱不花，被他在一种方便中捏了一把妇人的胸部，这件事做得使自己很满意，所以他笑了。

过了一会，这只船消灭在桥的涵洞里，已经看不见影子，一种小孩子被打以后似的哭声却又大了。这声音尖锐地从黑暗中飘来，同时也消失在黑暗里，听到这个声音，知道那个方向同理由，船夫还只是干笑。

另一个船夫蹲到浜旁，正因为无钱作乐，有点懊恼在心，就说："她生了气呢。她骂你，又打她的小杂种！"

"你怕她生气去赔礼吧。你一去她就让你快乐，不是这样说过了么？"

"她骂你！"

"……"

那一个不做声，于是这一个蹲在岸旁的，固持地说了三次"她骂你"，嘲笑到伙伴，自己也笑了。

这时节，不知道什么地方，有什么东西落到水里去，如一只从浜旁自己奋身掷到浜中去的癞蛤蟆，咚的一响，浜中的死水，便缓缓地摇动起来，仿佛在凉气中微微发抖，小小波纹啮着那粪船的近旁，作出细碎声音，接着就非常沉静了。

某个地方有一只雄鸡在叫，像是装在大瓮坛里，究竟在什么地方也仍然听不分明，两个粪夫知道自己快要忙碌做事了，各人蹲在一个石墩上，打算到自己的生活。天上有流星正在陨落，抛掷着长而光明的线，非常美丽悦目。

一九二九年七月二十日作成，八月重改

都市一妇人

一九三〇年我住在武昌，因为我有个作军官的老弟，那时节也正来到武汉，办理些关于他们师部军械的公事。从他那方面我认识了好些少壮有为的军人。其中有个年龄已在五十左右的老军校，同我谈话时比较其余年轻人更容易了解一点，我的兄弟走后，我同这老军校还继续过从，极其投契。这是一个品德学问在军官中都极其稀有罕见的人物，说到才具和资格，这种人作一军长而有余。但时代风气正奖励到一种恶德，执权者需要投机迎合比需要学识德性的机会较多，故这个老军校命运，就只许他在那种散职上，用一个少将参议名义，向清乡督办公署，按月领一份数目不多不少的薪俸，消磨他闲散的日子。有时候我们谈到这件事情时，常常替他不平，免不了要说几句年轻人有血气的粗话，他就望到我微笑。"一个军人欢喜庄子，你想想，除了当参议以外，还有什么更适当的事务可做？"他那种安于其位与世无争的性格，以及高尚洒脱可爱处，一部庄子同一瓶白酒，对于他都多少发生了些影响。

这少将独身住在汉口，我却住在武昌，我们住处间隔了一条长年是黄色急流的大江。有时我过江去看他，两人就一同到一个四川馆子去吃干烧鲫鱼。有时他过江来看我，谈话忘了时候，无法再过江了，就留在我那里住下。我们便一面吃酒，一面继续那个未尽的谈话，听到了蛇山上驻军号兵天明时练习喇叭的声音，两人方横横的和衣睡去。

有一次我过江去为一个同乡送行，在五码头各个小火轮趸船上，找寻那个朋友不着，后来在一趸船上却遇到了这少将，正在趸船客舱里，同一个妇人说话。妇人身边堆了许多皮箱行李，照情形看来，他也是到此送行的。送走的是一男一女，男的大致只二十三四岁，一个长得英俊挺拔十分体面的青年，身穿灰色袍子，但那副身材，那种神气，一望而知这青年应是在军营中混过的人物。青年沉默地站在那里，微微地笑着，细心地听着在他面前的少将同女人说话。女人年纪仿佛已经过了三十岁，穿着十分得体，华贵而不俗气，年龄虽略长了一点，风度尚极动人，且说话时常常微笑，态度秀媚而不失其为高贵。这两人从年龄上估计既不大像母子，从身分上看去，又不大像夫妇，我以为或者是这少将的亲戚，当时因为他们正在谈话，上船的人十分拥挤，少将既没有见到我，我就也不大方便过去同他说话。我各处找寻了一下同乡，还没有见到，就上了码头，在江边马路上等候到少将。

半点钟后，船已开行了，送客的陆续散尽了，我还见到这少将站在趸船头上，把手向空中乱挥，且下了趸船在泥滩上追了几步，船上那两个人也把白手巾挥着。船已去了一会，他才走上江边马路。我望到他把头低着从跳板上走来，像是对于他的朋友此行有所惋惜的神气。

于是我们见到了，我就告给他，我也是来送一个朋友的，且已经见到了他许久，因为不想妨碍他们的谈话，所以不曾招呼他一声。他听我说已经看见了那男子和妇人，就用责备我的口气说：

"你这讲礼貌的人，真是当面错过了一种好机会！你这书呆子，怎么不叫我一声？我若早见到你就好了。见到你，我当为你们介绍一下！你应当悔恨你过分小心处，在今天已经做了一件错事，因为你若果能同刚才那女人谈谈，你就会明白你冒失一点也有一种冒失的好处。你得承认那是一个华丽少见的妇人，这个妇人她正想认识你！至于那个男子，他同你弟弟是要好的朋友，他更需要认识你！可惜他的眼睛看不清楚你的面目了，但握到你的手，听你说的话，也一定能够给他极大的快乐！"

我才明白那青年男子沉默微笑的理由了。我说，"那体面男子是一个瞎子吗？"朋友承认了。我说，"那美丽妇人是瞎了的太太吗？"朋友又承认了。

因为听到少将所说，又记起了这两夫妇保留到我印象上那副高贵模样，我当真悔恨我失去的那点机会了。我当时有点生自己的气，不再说话，同少将穿越了江边大路，走向法租界的九江路，过了一会，我才追问到船上那两个人从什么地方来，到什么地方去，以及其他旁的许多事情。原来男子是湘南××一个大地主的儿子，在广东黄埔军校时，同我的兄弟在一队里生活过一些日子，女人则从前一些日子曾出过大名，现在人已老了，把旧的生活结束到这新的婚姻上，正预备一同返乡下去，打发此后的日子，以后恐不容易再见到了。少将说到这件事情时，夹了好些轻微叹息在内。我问他为什么那样一个年轻人眼睛会瞎去，是不是受下那军人无意识的内战所赐，他只答复我"这是去年的事情"。在他言语神色之间，好像还有许多话一时不能说到，又好像在那里有所计划，有所隐讳，不欲此时同我提到。结果他却说："这是一个很不近人情的故事。"但在平常谈话之间，少将所谓不近人情故事，我听到的已经很多，并且常常没有觉得怎么十分不近人情处，故这时也不很注意，就没有追问下去。过××路一戏院门前时，碰到了我一个同乡，我们三个人就为别一件事情，把船上两个人忘却了。

回到武昌时，我想起了今天船上那一对夫妇，那个女人在另一时我似乎还在什么地方看到过，总想不出在北京还是在上海。因为忘不掉少将所说的这两夫妇对于我的未识面的友谊，且知道这机会错过去后，将来除了我亲自到湘南去拜访他们时，已无从在另外什么机会上可以见到，故更为所错过的机会丨分着恼。

过了两天是星期，学校方面无事情可作，天气极好，想过江去寻找少将过汉阳，同他参观兵工厂。在过江的渡轮上，许多人望着当天的报纸，谈论到一只轮船失事的新闻，我买了份本地报纸，第一眼就看到了"仙桃"失事的电报。我糊涂了。"这只船不正是前天开走的那只吗？"赶忙把关于那只船失事的另一详细记载看看，明白了我的记忆完全不至于错误，的的确确就是前天开行的一只，且明白了全船四百七十几个人，在措手不及情形下，完全皆沉到水中去，一个也没有救起。这意外消息打击到我的感觉，使我头脑发胀发眩，心中十分难过，却不能向身边任何人说一句话。我于是重新又买了另外一份报纸，看看所记载的这一件事，是不是还有不同的消息。新买那份报纸，把本国军舰目击那只船倾覆情形的无线电消息，也登载出来，人船俱尽，一切业已完全证实了。

我自然仍得渡江过汉口去，找寻我那个少将朋友！我得告知他这件事情，我还有许多话要问他，我要那么一个年高有德善于解脱人生幻灭的人，用言语帮助到我，因为我觉得这件事使我受了一种不可忍受的打击。我心中十分悲哀，却不知我损失的是些什么。

上了岸，在路上我就很糊涂的想到："假如我前天没有过江，也没有见到这两个人，也没有听到少将所说的一番话，我不会那么难受吧。"可是人事是不可推测的，我同这两人似乎已经相熟，且俨然早就成为最好的朋友了。

到了少将住处以后，才知道他已出去许久了。我在他那里，等了一会，留下了一个字条，又糊糊涂涂在街上走了几条马路。到后忽然又想"莫非他早已得到了消息，跑到我那儿去了？"于是才渡江回我的住处。回到住处，果然就见到了少将，见到他后我显得又快乐又忧愁。这人见了我递给他的报纸，就把我手紧紧的攥住握了许久。我们一句话都不说，我们简直互相对看的勇气也失掉了，因为我们都知道了这件事情，用不着再说了。

可是我的朋友到后来笑了，若果我的听觉是并不很坏的，我实在还听到他轻轻地在说："死了是好的，这收场不恶。"我很觉得奇异，由于他的意外态度，引起了我说话的勇气。我问他这是怎么一回事。怎么一回事？只有天知道！这件事可以去追究它的证据和根源，可以明白那些沉到水底去的人，他们的期望，他们的打算，应当受什么一种裁判，才算是最公正的裁判。这当真只有天知道了！

二

一九二七年左右时节，××师以一个最好的模范军誉，驻防到×地方的事，这名誉直到一九三〇年还为人所称道。某一天师部来了四个年轻男子，拿了他们军事学校教育长的介绍信，来谒见师长。这会见的事指派到参谋处来，一个上校参谋主任代替了师长，对于几个年轻人的来意，口头上询问了一番，又从过去经验上各加以一种无拘束的思想学识的检察，到后来，四人之中三个皆委充中尉连附，分发到营上去了，其余一个就用上尉名义，留下在参谋处服务。这青年从大学校脱身而转到军校，对军事有了深的信仰，如其余许多年轻大学生一样，抱了牺牲决心而改图，出身膏腴，脸白身长，体魄壮健，思想正确，从相人术方法上看来，是一个具有毅力与正直的灵魂极合于理想的军人。年轻人在时代兴味中，有他自己哲学同观念，即在革命队伍里，大众同志之间，见解也不免常常发生分歧，引起争持。即或是错误，但那种诚实无伪的纯洁处，正显得这种年轻人灵魂的完美无疵。到了参谋处服务以后，不久他就同一些同志，为了意见不合，发了几次热诚的辩论。忍耐、诚实、服从、尽职，这些美德一个下级军官所不可缺少的，在这年轻人方面皆完全无缺，再加上那种可以说是华贵的气度，使他在一般年轻人之间，乃如群鸡中一只白鹤，超拔挺特，独立高举。

这年轻人的日常办事程序，应受初来时节所见到的那个参谋主任的一切指导。这上校年纪约有五十岁左右，一定有了什么错误，这实在是安顿到大学校去应分比安顿在军队里还相宜的人物。这上校日本士官学校初期毕业的头衔，限制了他对于事业选择的自由，所以一面读了不少中国旧书，一面还得同一些军人混在一处。天生一种最难得的好性情，就因为这性情，与人不同，与军人身分不称，多少同学同事皆向上高升，做省长督办去了，他还是在这个过去做过他学生现在身充师长的同乡人部队里，认真克己的守着他的参谋职务。

　　为时不久，在这个年轻人同老军官中间，便发生了一种极了解的友谊了，这友谊是维持在互相极端尊敬上面的。两人年份上相差约三十岁，却因为智慧与性格有一致契合处，故成了忘年之交。那年长的一个，能够喝很多的酒，常常到一个名为"老兵"的俱乐部去，喝那种高贵的白铁米酒。这俱乐部定名为"老兵"，来的却大多数是些当地的高级军人。这些将军，这些伟人，有些已退了伍，不再做事，有些身后闲曹，事情不多，或是上了点儿年纪，欢喜喝一杯酒，谈谈笑话，打打不成其为赌博的小数目扑克，大都觉得这是一个极相宜的地方。尤其是那些年纪较大一点儿的人物，他们光荣的过去，他们当前的娱乐，自然而然都使他们向这个地方走来，离开了这个地方，就没有更好的更合乎军人身分的去处了。

　　这地方虽属于高级军人所有，提倡发起这个俱

乐部的，实为一个由行伍而出身的老将军，故取名为老兵俱乐部。老兵俱乐部在××还是一个极有名的地方，因为里面不谈政治，注重正当娱乐，娱乐中凡包含了不道德的行为，也不能容许存在。还有一样最合理的规矩，便是女子不能涉足。当初发起人是很得军界信仰的人，主张在这俱乐部里不许女人插足，那意思不外乎以为女人常是祸水，同军人特别不相宜。这意见经其他几个人赞同，到后便成为规则了。由于规则的实行，如同军纪一样，毫不含糊，故这俱乐部在××地方倒很维持到一点令誉。这令誉恰恰就是其他那些用俱乐部名义组织的团体所缺少的东西。

不过到后来，因为使这俱乐部更道德一点，却有一个上校董事，主张用一个妇人来主持一切。当时把这个提议送到董事会时，那上校的确用的是"道德"名义，到后来这提议很希奇的通过了，且即刻就有一个中年妇人来到俱乐部了。据闻其中还保留到一种秘密，便是来到这里主持俱乐部的妇人，原来就是那个老兵将军的情妇。某将军死后，十分贫穷，妇人毫无着落，上校知道这件事，要大家想法来帮助那个妇人，妇人拒绝了金钱的接受，所以大家商量想了这样一种办法。但这种事知道的人皆在隐讳中，仅仅几个年老军官明白一切。妇人年龄已在三十五岁左右，尚保存一种少年风度，性情端静明慧，来到老兵俱乐部以后，几个老年将军，皆对这妇人十分尊敬客气，因此其余来此的人，也猜想得出，这妇人一定同一个极有身分的军人有点古怪关系，但却不明白这妇人便是老兵俱乐部第一个发起人的外妇。

×师上校参谋主任，对于这妇人过去一切，知道得却应比别的老军人更多一点。他就是那个向俱乐部董事会提议的人，老兵将军生时是他最好的朋友，老兵将军死时，便委托到他照料过这个秘密的情妇。

　　这妇人在民国初年间，曾出没于北京上层贵族社交界中。她是一个小家碧玉，生小聪明，相貌俏丽，随了母亲往来于旗人贵家，以穿扎珠花，缝衣绣花为生。后来不知如何到了一个老外交家的宅中去，被收留下来做了养女，完全变更了她的生活与命运，到了那里以后，过了些外人无从追究的日子，学了些华贵气派，染了些娇奢不负责任的习惯。按照聪明早熟女子当然的结果，没有经过养父的同意，她就嫁给了一个在外交部办事的年青科长。这男子娶她也是没有得到家中同意的。两人都年青美貌，正如一对璧人，结了婚后，曾很狂热的过了些日子。到后男子事情掉了，两人过上海去，在上海又住了些日子，用了许多从别处借来的钱。那年青男子不是傻子，他起初把女人看成天仙，无事不遵命照办，到上海后，负了一笔大债，而且他慢慢看出了女人的弱点，慢慢的想到为个女人同家中那方面决裂实在只有傻子才做的事，于是，在某次小小争持上，拂袖而去，从此不再见面了。他到哪儿去了呢？女人是不知道的，可是瞧到女人此后生活看来，这男了是走得很聪明，并不十分错误的。但男子也许是自杀了，因为女子当时并不疑心他有必须走去的理由，且此后任何方面也从不见过这个男子的名姓。自从同住的男子走后，经济的来源断绝了。民国初年间的上海地方住的全是商人，还没有以社交花名义活动的女子，她那时只二十岁，自然的想法回到北京去，自然的同那个养父忏悔讲和，此后生活才有办法。因此先寄信过北京去，报告一切，向养父承认了一切过去的错误，希望老外交家给她一点恩惠，仍然许她回来。老外交家接到信后，即刻寄了五百块钱，要她回转北京，一回北京，在老人面前流点委屈的眼泪，说些引咎自责的话，自然又恢复一年前的情形了。

　　但女人是那么年轻，又那么寂寞，先前那个丈夫，很明显的既不曾正式结婚，就没有拘束她行动的权利，为时不久，她就又被养父一个年约四十岁左右的朋友引诱了去。那朋友背了老外交家，同这女子发生了不正当的关系。女子那么狂热爱着这中年绅士，但当那个男子在议会中被××拉入名流内阁，发表为阁员之一后，却正式同军阀××姨妹订了婚，这一边还仍然继续到一种暧昧的往来。女人明白了，十分伤心，便坦白的告给了养父一切被欺骗的经过。由于老外交家的责问，那绅士承认了一切，却希望用妾媵的位置处置到女子，因为这绅士是知道女人根底，以及在这一家的暧昧身分的。由于虚荣与必然的习惯，女人既很爱这个绅士，没有拒绝这种提议，不久以后就做了总长的姨太太。

　　××事议会贿案发觉时，牵连了多少名人要人，×总长逃到上海去了。一家过上海以后，×总长二姨太太进了门，一个真实从妓院中训练出来的人物，女子在名分上无位置，在实际上又来了一个敌人，而且还有更坏的，就是为时不久，丈夫在上海被北京政府派来的人，刺死在饭店里。

　　老外交家那时已过德国考察去了。命运启示到她，为的是去找一个宽广一些的世界，可以自由行动，不再给那些男子的糟蹋，却应当在某种事上去糟蹋一下男子。她同那个新来的姨太太，发生了极好的友谊，依从那个妓女出身妇人的劝告，两人各得了一笔数目可观的款项，脱离了原来的地位。两人独自在上海单独生活下来，实际上，她就做了妓女。她的容貌和本能都适合于这个职业，加之她那种从上流阶级学来的气度，用到社会上去，恰恰是平常妓女所缺少的，所以她很有些成就。

在她那个事业上，她得到了丰富的享乐，也给了许多人以享乐。上海的大腹买办，带了大鼻白脸的洋东家，在她这里可以得到东方贵族的印象回去。她让那些对她有所羡慕有所倾心的人，献上他最后的燔祭，为她破产为她自杀的，也很有一些人。她带了一种复仇的满足，很奢侈很恣肆的过了一些日子，在这些日子中，她成了上海地方北里名花之王。

"男子是只配作踏脚石，在那份职务上才能使他们幸福，也才能使他们规矩的。"这话她常常说到，她的哲学是从她所接近的那第一个男子以下的所有男子经验而来的。当她想得到某一人，或愚弄某一人时，她便显得极其热情，终必如愿以偿。但她到后厌烦了，一下就撒了手，也不回过头去看看。她如此过了将近十年。在这时期里，她因为对于她的事业太兴奋了一点，还有，就是在某一些情形中，似乎由于缺少了点节制，得了一种意义含混的恶病，在病院里住了好些日子。经过一段长期治疗，等到病好了点，出院以后，她明白她当前的事情，应计划一下，是不是从新来立门户，还照样走原来的一条路。她感到了许多困难，无论什么职业的活动，停顿一次之后，都是如此的。时代风气正在那里时时有所变革，每一种新的风气，皆在那里把一些旧的淘汰，把一些新的举起，在她那一门事业上也并不缺少这种推移。更糟处，是她的病已把几个较亲切的人物吓远，而她又实在快老了。她已经有了三十余岁，旧习气皆不许她把场面缩小，她的此后来源却已完全没有把握，照这样情形下去，将来生活一定十分黯淡。

她蹉跎了一些日子，决意离开了上海，到长江中部的×镇去，试试她的命运。那里她知道有的是大商人同大傻子，两者之中，她还可以得到机会，较从容的选取其一，自由的把终身交付与他，结束了这青春时代的狂热，安静消磨下半生日子。她的希望却因为到了×镇以后事业意外的顺手而把它搁下了，为了大商人与大傻子以外，还有大军人拜倒这妇人的脚下，她的暮年打算，暂时不得不抛弃了。

人世幸福照例是孪生的，忧患也并不单独存在。在生活中我们常会为一只不能目睹的手所颠覆，也常会为一种不能意想的妒忌所陷害。一切的境遇稍有头绪，一切刚在恢复时，一个大傻子同一个军籍中人，在她住处弄出了流血命案，这命案牵累到她，使她在一个军人法庭，受了严格的质问。这审判主席便是那个老兵将军，在她的供词里，她稍稍提到一点过去诙奇不经的命运。

命案结束后，这老兵将军成了她妆台旁一位服侍体贴的仆人。经过不久时期，她却成了老兵将军的秘密别室。倦于风尘的感觉，使她性情发生了很大的变化。若这种改变是不足为奇的，则简直可以说她完全变了。在她这方面看来，老兵将军虽然人老了一点，却是在上一次命案上帮得有忙的人；在老兵将军方面，则似乎全为了怜悯而做这件事。老兵将军按月给她一笔足支开销的用费，一面又用那个正直节欲的人格，唤起了她点近于宗教的感情。当老兵将军过××作军长时，她也跟了过去，另外住到一个很少有人知道的地方。老兵将军生时，有两年的日子，她很可以说极规矩也极幸福。可是××事变发生，老兵将军死去了。她一定会这样问过自己，"为什么我不愿弃去的人，总先把我弃下？"这自然是命运！这命运不由得不使她重新来思索一下她自己此后的事情！

她为了一点预感，或者她看得出应当在某一时还得一个男子来补这个丈夫的空缺。但这个妇人外表虽然还并不失去引人注意的魔力，心情因为经过多少爱情的蹂躏，实在已经十分衰老不堪磨折了。她需要休息，需要安静，还需要一种节欲的母性的温柔厚道的生活。至于其他华丽的幻想，已不能使她发生兴味，十年来她已饱餍那种生活，而且十分厌倦了。

因此一来，她到了老兵俱乐部。新的职务恰恰同她的性情相合，处置一切铺排一切原是她的长处。虽在这俱乐部里，同一般老将校常在一处，她的行为是贞洁的。他们之间皆互相保持到尊敬，没有亵渎的情操，使他们发生其他事故。

这一面到这时应当结束一下，因为她是在一种极有规则的朴素生活中，打发了一堆日子的。可是有一天，那个上校把他的少年体面朋友邀到老兵俱乐部去了，等到那上校稍稍感觉到这件事情做错了时，已经来不及了。

还只是那个上尉阶级的朋友，来到××二十天左右，×师的参谋主任，把他朋友邀进了老兵俱乐部。这俱乐部来往的大多数是上了点年纪的人物，少年军官既吓怕到上级军官，又实在无什么趣味，很少有见到那么英拔不群的年轻人来此。两人住俱乐部大厅僻静的角隅上，喝着最高贵的白铁酒同某种甜酒，说到些革命以来年轻人思想行为所受的影响。那时节图书间有两个人在阅览报纸，大厅里有些年老军人在那里打牌，听到笑声同数筹码的声音以外，还没有什么人来此。两人喝了一会儿，只见一个女人，穿了件灰色绸缎青皮作边缘的宽博袍子，披着略长的黑色光滑头发，手里拿了一束红花走过小餐厅去。那上校见了女人，忙站起身来打着招呼。女人也望到这边两个人了，点了一下头，一个微笑从那张俊俏的小小嘴角漾开去，到脸上同眼角散开了。那种尊贵的神气，使人想起这只有一个名角在台上时才有那么动人的丰仪。

那个青年上尉，显然为这种壮观的华贵的形体引起了惊讶，当他老友注意到了他，同他说第一句话时，他的矜持失常处，是不能隐瞒到他的老友那双眼睛的。

上校将杯略举，望到年轻人把眉毛稍稍一挤，做了一个记号，意思像是要说："年轻人，小心一点，凡是使你眼睛放光的，就常常能使你中毒，应当明白这点点！"

可是另一个有一点可笑的预感，却在那上校心中蕴蓄着，还同时混合了点轻微的妒嫉，他想到，"也许，一个快要熄灭了的火把，同一个不曾点过的火把并在一处，会放出极大的光来。"这想象是离奇的，他就笑了。

过一刻，女人从原来那个门边过来了，拉着一处窗口的帷幕，指点给一个穿白衣的侍者，嘱咐到侍者好些话，且向这一边望着。这顾盼从上尉看来，却是那么尊贵的，多情的。

"上校，日里好，公事不多吧。"

被称作上校的那一个说："一切如原来样子，不好也不坏。'受人尊敬的星子，天保佑你，长是那么快乐，那么美丽。'"后面两句话是这个人引用了几句书上话语的，因为那是一个绅士对贵妇的致白，应当显得谦逊而谄媚的，所以他也站了起来，把头低了一下。

女人就笑了。"上校是一个诗人，应当到大会场中去读××的诗，受群众的鼓掌！"

"一切荣誉皆不如你一句称赞的话。"

"真是一个在这种地方不容易见到的有学问的军官。"

"谢谢奖语，因为从你这儿听来的话，即或是完全恶骂，也使人不易忘掉，觉得幸福。"

女人一面走到这边来，一面注目望到年青上尉，口上却说："难道上校愿意人称为'有严峻风格的某参谋'吗？"

"不，严峻我是不配的，因为严峻也是一种天才。天才的身分，不是人人可以学到的！"

"那么有学问的上校，今天是请客了吧？"女人还是望到那个上尉，似乎因为极其陌生，"这位同志好像不到过这里。"

上校对他朋友看看，回答了女人，"我应当来介绍介绍：这是我一个朋友，……郑同志，……这是老兵俱乐部主持人，××小姐。"两个被介绍过了的皆在微笑中把头点点。这介绍是那么得体的，但也似乎近于多余的，因为爱神并不先问清楚人的姓名，才射出那一箭。

那上校接着还说了两句谑不伤雅的笑话，意思想使大家自由一点，放肆一点，同时也许就自然一点。

女人望到上校微微地笑了一下，仿佛在说着："上校，你这个朋友漂亮得很。"

但上校心里却俨然正回答着："你咧，也是漂亮的。我担心你的漂亮是能发生危险的，而我朋友漂亮却能产生愚蠢的。"自然这些话他是不会说出口的。

女人以为年青军人是一个学生了，很随便地问："是不是骑兵学校的？"

上校说："怎么，难道我带了马夫来到这个地方吗？聪明绝顶的人，不要嘲笑这个没有严峻风度的军人到这样子！"

女人在这种笑话中，重新用那双很大的危险的眼睛，检察了一下桌前的上尉，那时节恰恰那个年轻人也抬起头来，由于一点力量所制服，年轻人在眼光相接以后，腼腆的垂了头，把目光逃遁了。女人快乐得如小孩子一样地说："明白了，明白了，一个新从军校出来的人物，这派头我记起来了。"

"一个军校学生，的确是有一种派头吗？"上校说时望到一下他的朋友，似乎要看出那个特点所在。

女人说："一个小孩子害羞的派头！"

不知为什么原因，那上校却感到一点不祥兆象，已在开始扩大，以为女人的言语十分危险，此后不很容易安置。女人是见过无数日月星辰的人，在两个军人面前，那么随便洒脱，却不让一个生人看来觉得可以狎侮，加之，年龄已到了三十四五，应当不会给那年青朋友什么难堪了。但女人即或自己不知自己的危险，便应当明白一个对女人缺少经验的年轻人，自持的能力却不怎么济事，很容易为她那点力量所迷惑的。可是有什么方法，不让那个火炬接近这个火炬呢？他记起了，从老兵将军方面听来的女人过去的命运，他自己掉过头去苦笑了一下，把一切看开了。

但女人似乎还有其他事情等着，说了几句话却走了。

上校见到他的年青朋友，沉默着没有话说，他明白那个原因，且明白他的朋友是不愿意这时有谁来提到女人的，故一时也不曾作声。可是那年青朋友，并不为他所猜想的那么做作，却坦白的向他老朋友说："这女人真不坏，应当用充满了鲜花的房间安顿她，应当在一种使一切年轻人的头都为她而低下的生活里生活，为什么却放到这里来作女掌柜？"

上校不好怎么样告给他朋友女人所有过去的历史。不好说女人在十六年前就早已如何被人逢迎，过了些热闹日子，更不好将女人目前又为什么才来到这地方，说给年轻人知道，只把话说到别方面去："人家看得出你军校出身的，我倒分不出什么。"

　　那年青上尉稍稍沉默了一下，像是在努力回想先一刻的某种情景，后来就问：

　　"这女人那双眼睛，我好像很熟习。"

　　上校装作不大注意的样子，为他朋友倒了一杯甜酒，心里想说："凡是男子对于他所中意的眼睛，总是那么说的。再者，这双眼睛，也许在五六年前出名的图画杂志上，就常常可以看到！"

　　后来谈了些别的话，年轻人不知不觉尽望到女人去处那一方，上校那时已多喝了两杯，成见慢慢在酒力下解除了，轻轻地向他朋友说：

　　"女人老了真是悲剧。"他指的是一般女人而言，却想试试看他的朋友是不是已注意到了先一时女人的年龄。

　　"这话我可不大同意。一个美人即或到了五十岁，也仍是一个美人！"

　　这大胆的论理，略略激动了那个上校一点自尊心，就不知不觉怀了点近于恶意的感情，带了挑拨的神气，同他的年青朋友说："先前那个，她怎么样？她的聪明同她的美丽极相称……你以为……"

　　年青上尉现出年轻人初次在一个好女子面前所受的委屈，被人指问是不是爱那个女子，把话说回来了。"我不高兴那种太……的女子的。"他说了谎，就因为爱情本身也是一种精巧的谎话。

　　上校说："不然，这实在是一个希见的创作，如果我是一个年轻人，我或许将向她说：'老板，你真美！把你那双为上帝精心创造的手臂给了我吧。我的口为爱情而焦渴，把那张小小的樱桃小口给了我，让我从那里得到一点甘露吧。'……"

这笑话，在另一时应当使人大笑，这时节从年青上尉嘴角，却只见到一个微哂记号。他以为上校醉了，胡乱说着，而他自己，却从这个笑话里，生了自己一点点小气。

上校见到他年青朋友的情形，而且明白那种理由，所以把话说过后笑了一会。

"郑同志，好兄弟，我明白你。你刚才被人轻视了，心上难过，是不是？不要那么小气吧。一个有希望有精力的人，不能够在女子方面太苛刻。人家说你是小孩子。你可真……不要生气，不要分辩；拿破仑的事业不是分辩可以成功的，他给我们的是真实的历史。让我问你句话，你说吧，你过去爱过或现在爱过没有？"

年青上尉脸红了一会，并不作答。

"为什么用红脸来答复我？"

"我红脸吗？"

"你不红脸的，是不是？一个堂堂军人原无红脸事情。可是，许多年轻人见了体面妇人都红过脸的。那种红脸等于说：别撩我，我投降了！但我要你明白，投降也不是容易事，因为世界上尽有不收容俘虏的女人。至于你，你自然是一个体面俘虏！"

年青上尉看得出他的老友醉了，不好怎么样解释，只说："我并不想投降到这个女人面前，还没有一个女人可以俘虏我。"

"吓，吓，好的，好的，"上校把大拇指翘起，咧咧嘴，做成"佩服高明同意高见"的神气，不再说什么话。等一会又说："是那么的，女人是那么的。不过世界上假若有些女人还值得我们去做俘虏时，想方设法极勇敢的去投降，也并不是坏事。你不承认吗？一个好军人，在国难临身时，很勇敢的去打仗，但在另一时，很勇敢的去投降，不见得是可笑的！"

"……"

"……"

说着女人恰恰又出来了，上校很亲昵的把手招着，请求女人过来：

"来来，受人尊敬的主人，过来同我们谈谈。我正同这位体面朋友谈到俘虏，你一定高兴听听这个。"

女人已换了件紫色长袍，像是预备出去的模样，见上校同她说话，就一面走近桌边，一面说："什么俘虏？"女人虽那么问着，却仿佛已明白那个意义了，就望到年青上尉说，"凡是将军都爱讨论俘虏，因为这上面可以显出他们的功勋，是不是？"

年青上尉并不隐避那个问题的真实，"不是，我们指的是那些为女人低头的……"

女人站在桌旁不即坐下，注意的听着，同时又微笑着，等到上尉话说完后，似乎极同意的点着头，"是的，我明白了。原来这些将军常常说到的俘虏，只是这种意思！女人有那么大能力吗？我倒不相信。我自己是一个女人，倒不知道被人这样重视。我想来或者有许多聪明体面女子，懂得到她自己的魔力。一定有那种人，也有这种人；如像上校所说'勇敢投降'的。"

把话说完后，她坐到上校这一方，为的是好对了年青上尉的面说话。上校已喝了几杯，但他还明白一切事情，他懂得女人说话的意思，也懂得朋友所说的意思，这意思虽然都是隐藏的，不露的，且常常和那正在提到的话相反的。

女人走后，上校望到他的年青朋友，眼睛中正煜爚一种光辉，他懂得那种光辉，是为什么而燃烧为什么而发亮的。回到师部时，同那个年青上尉分了手，他想起未来的事情，不知为什么觉得有点发愁。平常他并不那么为别的事情挂心，对于今天的事可不大放心得下。或者，他把酒吃多了一点也未可知。他睡后，就梦到那个老兵将军，同那个女人，像一对新婚夫妇，两人正想上火车去，醒来时间已夜了。

一个平常人，活下地时他就十分平常，到老以后，一直死去，也不会遇到什么惊心骇目的事情。这种庸人也有他自己的好处，他的生活自己是很满意的。他没有幻想，不信奇迹，他照例在他那种沾沾自喜无热无光生命里十分幸福。另外一种人恰恰相反。他也许希望安定，羡慕平庸，但他却永远得不到它。一个一切品德境遇完美的人，却常常在爱情上有了缺口。一个命里注定旅行一生的人，在梦中他也只见到旅馆的牌子，同轮船火车。“把老兵俱乐部那一个同师部参谋处服务这一个，像两把火炬并在一起，看看是不是燃得更好点？”当这种想象还正在那个参谋主任心中并不十分认真那么打算时，上帝或魔鬼，两者必有其一，却先同意了这件事，让那次晤谈，在两个人印象上保留下一点拭擦不去的东西。这东西培养到一个相当时间的距离上，使各人在那点印象上扩大了对方的人格。这是自然的，生疏能增加爱情，寂寞能培养爱情，两人那么生疏，却又那么寂寞，各人看到对面最好的一点，在想象中发育了那种可爱的影子，于是，老兵俱乐部的主持人，离开了她退隐的事业，跑到上尉住处，重新休息到一个少壮热情的年轻人胸怀里去，让那两条结实多力的臂膀，把她拥抱得如一个处女，于是她便带着狂热羞怯的感觉，做了年轻人的情妇了。

当那个参谋上校从他朋友辞职呈文上，知道了这件事情时，他笑着走到他年青朋友新的住处去，用一个伯父的神气，嘲谑到他自己那么说："这事我没有同意神却先同意了，让我来补救我的过失吧。"他为这两个人证了婚，请这两个人吃了酒，还另外为他的年青朋友介绍了一个工作，让这一对新人过武汉去。

日子在那些有爱情的生活里照例过得是极快的，虽然我住在××，实在得过了他们很多的信，也给他们写了许多信。我从他们两人合写的信上，知道他们生活过得极好，我于是十分快乐，为了那个女子，为了她那种天生丽质十余年来所受的灾难，到中年后却遇到了那么一个年青、诚实、富有，一切完美无疵的男子，这份从折磨里取偿的报酬，使我相信了一些平时我决不相信的命运。

女人把上尉看得同神话中的王子，女人近来的生活，使我把过去一时所担心的都忘掉了。至于那个没有同老友商量就做了这件冒险事情的上尉呢？不必他来信说到，我也相信，在他的生活里，所得到的体贴与柔情，应当比做驸马还幸福一点。因为照我想来，一个年纪十九岁的公主，在爱情上，在身体上，所能给男子的幸福，会比那个三十五岁的女人更好更多点，这理由我还找寻不出的。

可是这个神话里的王子，在武汉地方，一个夜里，却忽然被人把眼睛用药揉坏了。这意外不幸事件的来源，从别的方面探听是毫无结果的。有些人以为由于妒忌，有些人又以为由于另一种切齿。女人则听到这消息后晕去过几次。把那个不幸者抬到天主堂医院以后，请了好几个专家来诊治，皆因为所中的毒极猛，瞳仁完全已失了它的能力。得到这消息，最先赶到武汉去的，便是那个上校。上校见到他的朋友，躺在床上，毫无痛苦，但已经完全无从认识在他身边的人。女人则坐到一旁，连日为忧愁与疲倦所累，显得清瘦了许多。那时正当八点左右，本地的报纸送到医院来了，因为那几天××正发生事情，长沙更见得危迫，故我看了报纸，就把报纸摊开看了一下。要闻栏里无什么大事足堪注意，在社会新闻栏内，却见到一条记载，正是年青上尉所受的无妄之灾一线可以追索的光明，报纸载"九江捉得了一个行使毒药的人，只须用少许自行秘密制的药末，就可以使人双眼失明。说者谓从此或可追究出本市所传闻之某上尉被人暗算失明案。"上校见到了这条新闻，欢喜得踊跃不已，赶忙告给失明的年青朋友。可是不知为什么，女人正坐在一旁调理到冷罨纱布，忽然把磁盘掉到地下，脸色全变了。不过在这报纸消息前，谁都十分吃惊，所以上校当时并没有觉得她神色的惨怛不宁处，另外还潜伏了别的惊讶。

武汉眼科医生，向女人宣布了这年青上尉，两只眼睛除了向施术者寻觅解药，已无可希望恢复原来的状态。女人却安慰到她的朋友，只告他这里医生已感到束手，上海还应当有较好医生，可以希望有方法能够复元。两人于是过上海去了。

整整的诊治了半年，结果就只是花了很多的钱还是得不到小小结果。两夫妇把上海眼科医生全问过了，皆不能在手术上有何效果。至于谋害者一方面的线索，时间一久自然更模糊了。两人听到大连有一个医生极好，又跑到大连住了两个月，还是毫无办法。

那双眼睛看来已绝对不能重见天日，两人决计回家了。他们从大连回到上海，转到武汉。又见到了那个老友，那个上校。那时节，上校已升任了少将一年零三个月。

三

上面那个故事，少将把它说完时，便接着问我："你想想，这是不是一个离奇的事情？尤其是那女人，……"

我说："为什么眼睛会为一点药粉弄坏？为什么药粉会揉到这多力如虎的青年人眼睛中去？为什么近世医学对那点药物的来源同性质，也不能发现它的秘密？"

"这谁明白？但照我最近听到一个广西军官说的话看来，瑶人用草木制成的毒药，它的力量是可惊的，一点点可以死人，一点点也可以失明。这朋友所受的毒，我疑心就是那方面得来的东西。因为汉口方面，直到这时还可以买到那古怪的野蛮的宝物。至于为什么被人暗算，你试想想，你不妨从较近的几个人去……"

我实在就想不出什么人来。因为这上尉我并不熟习，也不大明白他的生活。

少将在我耳边轻轻地说："你为什么不疑心那个女人，因为爱她的男子，因为自己的渐渐老去，恐怕又复被弃，做出这件事情？"

我望到那少将许久说话不出，我这朋友的猜想，使我说话滞住了。"怎么，你以为会……"

少将大声地说："为什么不会？最初那一次，我在医院中念报纸上新闻时，我清清楚楚，看到她把手上的东西掉到地下去，神气惊惶失措。三天前在太平洋饭店见到了他们，我又无意中把我在汉口听人说'可以从某处买瑶人毒药'的话告给两夫妇时，女人脸即刻变了色，虽勉强支持到，不至于即刻晕去，我却看得出'毒药'这两个字同她如何有关系了。一个有了爱的人，什么都做得出，至于这个女人，她做这件事，是更合理而近情的！"

我不能对我朋友的话加上什么抗议，因为一个军人照例不会说谎，而这个军人却更不至于说谎的。我虽然始终不大相信这件事情，就因为我只见到这个妇人一面。可是为什么这妇人给我的印象，总是那么新鲜，那么有力，一年来还不消灭？也许我所见到的妇人，都只像一只蚱蜢，一粒甲虫，生来小小的，伶便的，无思无虑的。大多数把气派较大，生活较宽，性格较强，都看成一种罪恶。到了春天或秋天，都能按照时季换上它们颜色不同的衣服，都会快乐而自足的在阳光下过它们的日子，都知道选择有利于己有媚于己的雄性交尾。但这些女子，不是极平庸，就是极下贱，没有什么灵魂，也没有什么个性。我看到的蚱蜢同甲虫，数量可太多了一点，应当向什么方向走去，才可以遇到一种稍稍特别点的东西，使回忆可以润泽光辉到这生命所必经的过去呢？

那个妇人如一个光华炫目的流星，本体已向不可知的一个方向流去毁灭多日了，在我眼前只那一瞥，保留到我的印象上，就似乎比许多女人活到世界上还更真实一点。

油坊

　　若把江南地方当全国中心，有人不惮远，不怕荒僻，不嫌雨水瘴雾特别多，向南走，向西走，走三千里，可以到一个地方，是我在本文上所说的地方。这地方有一个油坊，以及一群我将提到的人物。

　　先说油坊。油坊是比人还占雅的，虽然这里的人也还学不到扯谎的事。

　　油坊在一个坡上，坡是泥土坡，像馒头，名字叫圆坳。同圆坳对立成为本村东西两险隘的是大坳。大坳也不过一土坡而已。大坳上有古时峒楼，用四方石头筑成，峒楼上生草生树，表明这世界用不着军事烽火已多年了。在坳峒上，善于打岩的人，一岩打过去，便可以打到圆坳油坊的旁边。原来这乡村，并不大。圆坳的油坊，从大坳方面望来，望这油坊屋顶与屋边，仿佛这东西是比峒楼还更古。其实油坊是新生后辈。峒楼是百年古物，油坊年纪不过一半而已。

　　虽说这地方平静，人人各安其生业，无匪患无兵灾，革命也不到这个地方来，然而五年前，曾经为另一个大县分上散兵扰过一次，给了地方人教训，因此若说村落是城池，这油坊已似乎关隘模样的东西了。油坊是本村关隘这话不错的。地方不忘记散兵的好处，增加了小心谨慎，练起保卫团是五年了。油坊的墙原本也是石头筑成，墙上打了眼，可以打枪，预备风声不好时，保卫团就来此放枪放炮。实际上是等于零，地方不当冲不会有匪，地方不富，兵不来。这时正三月，是油坊打油当忙的时候，山桃花已红满了村落，打桃花油时候已到，工人换班打油，还是忙，油坊日夜不停工，热闹极了。

虽然油坊忙，忙到不开交，从各处送来的桐子，还是源源不绝，桐子堆在油坊外面空坪简直是小山。

来送桐子的照例可以见到油坊主人，见到这个身上穿了满是油污邋邋衣衫的汉子，同他的帮手，忙到过斛上簿子，忙到吸烟，忙到说话，又忙到对年青女人亲热，谈养猪养鸡的事情，看来真是担心到他一到晚就会生病发烧。如果如此忙下去，这汉子每日吃饭睡觉有没有时间，也仿佛成了问题。然而成天这汉子还是忙。大概天生一个地方一个时间，有些人的精力就特别惊人，比如另一地方另一种人的懒惰一样。所以关心这主人的村中人，看到主人忙，也不过笑笑，随即就离了主人身边，到油坊中去了。

初到油坊才会觉得这是一个怪地方！单是那圆顶的屋，从屋顶透进的光，就使陌生人见了惊讶。这团光帮我们认识了油坊的内部一切，增加了它的神奇。

先从四围看，可以看到成千成万的油枯。油枯这东西，像饼子，像大钱，架空堆码高到油坊顶，绕屋全都是。其次是那屋正中一件东西，一个用石头在地面砌成的圆碾池，直径至少是三丈，占了全屋四分之一空间，三条黄牛绕大圈子打转，拖着那个薄薄的青钢石碾盘，碾盘是两个，一大一小，碾池里面是晒干了的桐子，桐子在碾池里，经碾盘来回的碾，便在一种轧轧声音下碎裂了。

把碾碎了的桐子末来处置，是两个年轻人的事。他们是同在这屋里许多做硬功夫的人一样，上衣不穿，赤露了双膊。他们把一双强健有力的手，在空气中摆动，这样那样非常灵便的把桐子末用一大块方布包裹好，双手举起放到一个锅里去，这个锅，这时则正沸腾着一锅热水。锅的水面有凸起的铁网，桐末便在锅中上蒸，上面还有大的木盖。桐末在锅中，不久便蒸透了，蒸熟了。两个年轻人，看到了火色，便赶快用大铁钳将那一大包桐子末取出，用铲铲取这原料到预先扎好的草兜里，分量在习惯下已不会相差很远，大小则有铁箍在。包好了，用脚踹，用大的木槌敲打，把这东西捶扁了，于是抬到榨上去受罪。

油榨在屋的一角，在较微暗的情形中，凭了一部分屋顶光同灶火光，大的粗的木桩纵横的岁列，铁的皮与铁的钉，发着青色的滑的反光，使人想起古代故事中说的处罚罪人的"人榨"的威严。当一些包以草束以铁，业已成饼的东西，按一种秩序放到架上以后，打油人，赤着膊，腰边围了小豹之类的兽皮，挽着小小的发髻，把大小不等的木楔依次嵌进榨的空处去，便手扶了那根长长的悬空的槌，唱着简单而悠长的歌，訇的撒了手，尽油槌打了过去。

反复着，继续着，油槌声音随着悠长歌声荡漾到远处去。一面是屋正中的石碾盘，在三条黄牯牛的缓步下转动，一面是熊熊的发着哮吼的火与沸腾的蒸汽弥漫的水，一面便是这长约三丈的一段圆而且直的木在空中摇荡；于是那从各处远近村庄人家送来的小粒的桐子，便在这样行为下，变成稠粘的，黄色的，半透明的流黄，流进地下的油槽了。

这油坊，正如一个生物，嚣杂纷乱与伟大的谐调，使人认识这个整个的责任是如何重要。人物是从主人到赶牛小子，一共数目在二十以上。这二十余人在一个屋中，各因了职务的不同做着各样事情，在各不相同的工作上各人运用着各不相同的体力，又交换着谈话，表示心情的暇裕，这是一群还是一个，也仿佛不是用简单文字所能解释清楚。

但是，若我们离开这油坊一里两里，我们所能知道这油坊是活的，是有着人一样的生命，而继续反复制作一种有用的事物的，将从什么地方来认识？一离远，我们就不能看到那如山堆的桐子仁，也看不到那形势奇怪的房子了。我们也不知道那怪屋里是不是有三条牯牛拖了那大石磨盘打转。也不知灶中的火还发吼没有。也不知那里是空洞死静的还是一切全有生气的。是这样，我们只有一个办法，就是听那打油人唱歌，听那跟随歌声起落仿佛为歌声作拍的宏壮的声音。从这歌声，与油槌的打击的闷重声音上，我们就俨然看出油坊中一切来了。这歌声与打油声，有时五里以外还可以听到，是山中庄严的音乐，庄严到比佛钟还使人感动，能给人气力，能给人静穆与和平。从这声音可以使人明白严冬的过去，一个新的年份的开始，因为打油是从二月开始。且可以知道这地方的平安无警，人人安居乐业，因为地方有了警戒是不能再打油的。

油坊是简单约略介绍过了。与这油坊有关系的，还有几个人。

要说的人，并不是怎样了不得的大人物。我们已经在每日报纸上，把一切历史上有意义的阔人要人脸貌、生活、思想、行为看厌了。对于这类人永远感生兴趣的，他不妨去做小官，设法同这些人接近。所以我说的人只是那些不逗人欢喜，生活平凡，行为庸碌，思想扁窄的乡下人。然而这类人，是在许多人生活中比起学问这东西一样疏远的。

领略了油坊，就再来领略一个打油人生活，也不为无意义——我就告你们一个打油的一切吧。

这些打油人，成天守着那一段悬空的长木，执行着类乎刽子手的职务，手干摇动着，脚步转换着，腰儿钩着扶了那油槌走来走去，他们可不知那一天所做的事是出了油出了汗以外还出了什么。每天到了换班时节，就回家。人一离开了打油槌，歌也便离开口边了。一天的疲劳，使他觉得非喝一杯极浓的高粱酒不可，他于是乎就走快一点。到了家，把脚一洗，把酒一喝，或者在灶边编编草鞋，或者到别家打一点小牌。有家庭的就同妻女坐到院坝小木板凳上谈谈天，到了八点听到岩上起了更就睡。睡，是一直到第二天五更才作兴醒的，醒来了，天还不大亮，就又到上工时候了。

一个打油匠生活，不过如此如此罢了。不过照例这职业是一种专门职业，所以工作所得，较之小乡村中其他事业也独多，四季中有一季工作便可以对付一年生活，因此这类人在本乡中地位也等于绅士，似乎比考秀才教书还合算。

可是这类人，在本地方真是如何稀少的人物啊！

天黑了，在高空中打团的鹰之类也渐渐的归林了，各处人家的炊烟已由白色变成紫色了，什么地方有妇人尖锐声音拖着悠长的调子喊着阿牛阿狗的孩子小名回家吃饭了，这时圆坳的油坊停工了，从油坊中走出了一个人。这个人，行步匆匆像逃难，原来后面还有一个小子在追赶。这被追赶的人跄跄踉踉的滑着跑着在极其熟习的下坡路上走着，那追赶他的小子赶不上，就在后面喊他。

"四伯，四伯，慢走一点，你不同我爹喝一杯，他老人家要生气了。"

他回转头望那追赶他的人黑的轮廓，随走随大声地说："不，道谢了。明天来。五明，告诉你爹，我明天来。"

"那不成，今天炖得有狗肉！"

"你多吃一块好了。五明小子你可以多吃一块，再不然帮我留一点明早我来吃。"

"那他要生气！"

"不会的。告你爹，我有点小事，要到西村张裁缝家去。"

说着这样话的这个四伯，人已走下圆坳了，再回头望声音所来处的五明，所望到的是轮廓模糊的一团，天是真黑了。

他不管五明同五明爹，放弃了狗肉同高粱酒，一定要急于回家，是因为念着家中的女儿。这中年汉子，惟一的女儿阿黑，正有病发烧，躺在床不能起来，等他回家安慰的。他的家，去油坊上半里路，已属于另外一个村庄了，所以走到家时已经是五筒丝烟的时候了。快到了家，望到家中却不见灯光，这汉子心就有点紧。老老远，他就大声喊女儿的名字。他心想，或者女儿连起床点灯的气力也没有了。不听到么，这汉子就更加心急。假若是，一进门，所看到的是一个死人，那这汉子也不必活了。他急剧的又忧愁的走到了自己家门前，用手去开那栅栏门。关在院中的小猪，见有人来以为是喂料的阿黑来了，就群集到那边来。

他暂时就不开门，因为听到屋的左边有人走动的声音。

"阿黑，阿黑，是你吗？"

"爹，不是我。"

故意说不是她的阿黑，却跑过来到她爹的身边了，手上拿的是一些仿佛竹管子一样的东西。爹见了阿黑是又欢喜又有点埋怨的。

"怎么灯也不点，我喊你又不应？"

"饭已早煮好了。灯我忘记了。我没听见你喊我，我到后面园里去了。"

经过作父亲的用手摸过额角以后的阿黑，把门一开，先就跑进屋里去了，不久这小瓦屋中有了灯光。

又不久，在一盏小小的清油灯下，这中年父亲同女儿坐在一张小方桌边吃晚饭了。

吃着饭，望到脸上还是发红的病态未尽的阿黑，父亲把饭吃过一碗也不再添。被父亲所系念的阿黑，是十七八岁的人了，知道父亲发痴的理由，就说："一点儿病已全好了，这时人并不吃亏。"

"我要你规规矩矩睡睡，又不听我说。"

"我睡了半天，因为到夜了天气真好，天上有霞，所以起来看，就便到后园去砍竹子，砍来好让五明作箫。"

"我担心你不好，所以才赶忙回来。不然今天五明留我吃狗肉，我那里就来。"

"爹你想吃狗肉我们明天自己炖一腿。"

"你哪里会炖狗肉？"

"怎么不会？我可以问五明去。弄狗肉吃就是脏一点，费事一点。"

爹你买来拿到油坊去，要烧火人帮烙好刮好，我必定会办到好吃。"

"等你病好了再说吧。"

"我好了，实在好了。"

"发烧要不得！"

"发烧吃一点狗肉，以火攻火，会好得快一点。"

乖巧的阿黑，并不怎么想吃狗肉，但见到父亲对于狗肉的倾心，所以说自己来炖。但不久，不必自己亲手，五明从油坊送了一大碗狗肉来了。被他爹说了一阵怪他不把四伯留下，退思补过，所以赶忙送了一大青花海碗红焖狗肉来。虽说是来送狗肉，其实还是为另外一样东西，比四伯对狗肉似乎还感到可爱。五明为什么送狗肉一定要亲自来，如同做大事一样，不管天晴落雨，不管早夜，这理由只有阿黑心中明白！

"五明，你坐。"阿黑让他坐，推了一个小板凳过去。

"我站站也成。"

"坐，这孩子，总是不听话。"

"阿黑姐，我听你的话，不要生气！"

于是五明坐下了。他坐到阿黑身边驯服到像一只猫。坐在一张白木板凳上的五明，看灯光下的阿黑吃饭，看四伯喝酒夹狗肉吃。若说四伯的鼻子是为酒糟红，使人见了仿佛要醉，那么阿黑的小小的鼻子，可不知是为什么如此逗人爱了。

"五明，再喝一杯，陪四伯喝。"

"我爹不准我喝酒。"

"好个孝子，可以上传。"

"我只听人说过孝女上传的故事，姐，你是传上的。"

"我是说你假，你以为你真是孝子吗？你爹不许你做许多事，似乎都背了爹做过了，陪四伯吃杯酒就怕爹骂，装得真俨然！"

"冤枉死我了，我装了些什么？"

四伯见五明被女儿逼急了，发着笑，动着那大的酒糟鼻，说阿黑应当让五明。

"爹，你不知道他，人虽小，顶会扯谎。"

大约是五明这小子的确在阿黑面前扯过不少的谎，证据被阿黑拿到手上了，所以五明虽一面嚷着冤枉了人，一面却对阿黑瞪眼，意思是告饶。

"五明，你对我瞪眼睛做什么鬼？我不明白。"说了就纵声笑。五明真急了，大声嚷。

"是，阿黑姐，你这时不明白，到后我要你明白呀！"

"五明，你不要听阿黑的话，她是顶爱窘人的，不理她好了。"

"阿黑，"这汉子又对女儿说，"够了。"

"好，我不说了，不然有一个人眼中会又有猫儿尿。"

五明气突突地说："是的，猫儿尿，有一个人有时也欢喜吃人家的猫儿尿！"

"那是情形太可怜了。"

"那这时就是可笑——"说着，碗也不要，五明抽身走了。阿黑追出去，喊小子。

"五明，五明，拿碗去！要哭就在灯下哭，也好让人看见！"

走去的五明不做声，也不跑，却慢慢走去。

阿黑心中过意不去，就跟到后面走。

"五明，回来，我不说了。回来坐坐，我有竹子，你帮我做箫。"

五明心有点动就更慢走了点。

"你不回来，那以后就……什么也完了。"

五明听到这话，不得不停了脚步。他停顿在大路边，等候赶他的阿黑。阿黑到了身边，牵着这小子的手，往回走。这小子泪眼婆娑，仍然进到了阿黑的堂屋，站在那里对着四伯勉强作苦笑。

"坐，当真就要哭了，真不害羞。"

五明咬牙齿，不作声。四伯看了过意不去，帮五明的忙，说阿黑："阿黑，你就忘记你被毛朱伯笑你的情形了。让五明点吧，女人家不可太逞强。"

"爹你祖护他。"

"怎么祖护他？你大点，应当让他一点才对。"

"爹以为他真像是老实人，非让他不可。爹你不知道，有个时候他才真不老实！"

"什么时候？"做父亲的似乎不相信。

"什么时候么？多咧多！"阿黑说到这话，想起五明平素不老实的故事来，就笑了。

阿黑说五明不是老实人，这也不是十分冤枉的。但当真若是不老实人，阿黑这时也无资格打趣五明了。说五明不老实者，是五明这小子，人虽小，却懂得许多事，学了不少乖，一得便，就想在阿黑身上撒野，那种时节五明决不能说是老实人的，即或是不缺少流猫儿尿的机会。然而到底不中用，所以不规矩到最后，还是被恐吓收兵回营，仍然是一个在长者面前的老实人。这真可以说，既然想不老实，又始终做不到，那就只有尽阿黑调谑一个办法了。

五明心中想的是报仇方法，却想到明天的机会去了。其实他不知不觉用了他的可怜模样已报仇了。因为模样可怜，使这打油人有与东家作亲家的意思，因了他的无用，阿黑对这被虐待者也心中十分如意了。

五明不作声，看到阿黑把碗中狗肉倒到土钵中去，看到阿黑洗碗，看到阿黑……到后是把碗交到五明手上，另外塞了一把干栗子在五明手中，五明这小子才笑。

借口说怕院坝中猪包围，五明要阿黑送出大门，出了大门却握了阿黑的手不放，意思还要在黑暗中亲一个嘴，算抵销适间被窘的账。把阿黑手扯定，五明也觉得阿黑是在发烧了。

"姐，干吗，手这么热？"

"我有病，发烧。"

"怎不吃药？"

"一点儿小病"

"一点儿，你说的！你的全是一点儿，打趣人家也是，自己的事也是。病了不吃药那怎么行。"

"今天早睡点，吃点姜发发汗，明早就好了。"

"你真使人担心！"

"鬼，我不要你假装关切，我自己会比你明白点。"

"你明白，是呀，什么事你都明白，什么事你都能干，我说的就是假关切，我又是鬼……"五明小子又借此撒起赖来，他又要哭了。

听到呜咽，阿黑心软了，抱了五明用嘴烫五明的嘴，仿佛喂五明一片糖。

五明挣脱身，一气跑过一条田塍去了。

云 南 看 云

黑魇

昆明市空袭威胁，因同盟国飞机数量逐渐增多后，空战由防御转为进攻，城中空袭俨然成为过去一种噩梦，大家已不甚在意。两年前被炸被焚的瓦砾堆上，大多数有壮大美观的建筑矗起。疏散乡下的市民，于是陆续离开了静寂的乡村，重新变作"城里人"。当进城风气影响到我住的滇池边那个小乡村时，家中会诅咒猫打喷嚏的张嫂，正受了梁山伯恋爱故事刺激，情绪不大稳定，就借故说：

"太太，大家都搬进城里住去了，我们怎么不搬？城里电灯方便，自来水方便，先生上课方便，小弟读书方便，还有你，太太，要教书更方便！我看你一天来回五龙埠跑十几里路，心都疼了。"

主妇不作声，只笑笑。这个建议自然不会成为事实，因为我们实在还无做城里人资格。真正需要方便的是张嫂。

过了两个月，张嫂变更了个谈话方式。

"太太，我想进城去看看我大姑妈，一个全头全尾的好人，心真好！总不说谎，除非万不得已，不赌咒！"

"五年不见面，托人带了信来，想得我害病！我陪她去住住，两个月就回来。我舍不得太太和小弟，一定会回来的！你借我一个月薪水，我发誓……小弟真好！"

平时既只对于梁山伯婚事关心，从不提起过这位大姑妈。不过叙述到另外一个女用人进城后，如何嫁了个穿黑洋服的"上海人"，直充满羡慕神气。我们如看什么象征派新诗一样，有了个长长的注解，好坏虽不大懂，内容已完全明白。昆明穿洋服的文明人可真多，我们不好意思不让她试试机会，自然一切同意。于是不多久，张嫂就换上那件灰线呢短袖旗袍，半高跟旧皮鞋，带上那个生锈的洋金手表，脸上还敷了好些白粉，打扮得香喷喷的，兴奋而快乐，骑马进城看她的抽象姑妈去了。

我仍然在乡下不动。若房东好意无变化，即住到战争结束亦未可知。温和阳光与清爽空气，对于孩子们健康既有好处，寄居了将近×年，两个相连接的雕花绘彩大院落，院落中的人事新陈代谢，也使我觉得在乡村中住下来，比城里还有意义。户外看长脚蜘蛛在仙人掌间往来结网，捕捉蝇蛾，辛苦经营，不惮烦劳，还装饰那个彩色斑驳的身体，吸引异性，可见出简单生命求生的庄严与巧慧。回到住处时，看看几个乡下妇人，在石臼边为唱本故事上的姻缘不偶，从眼眶中浸出诚实热泪，又如何用发誓诅愿方式，解脱自己小小过失，并随时说点谎话，增加他人对于一己信托与尊重，更可悟出人类生命取予形式的多方。我事实上也在学习一切，不过和别人所学的不大相同罢了。

在腹大头小的一群官商合作争夺钞票局面中，物价既越来越高，学校收入照例不敷日用。我还不大考虑到"兼职兼差"问题，主妇也不会和乡下人打交道做"聚草屯粮"计划。为节约计，用人走后大小杂务都自己动手。磨刀扛物是我二十年老本行，做来自然方便容易。烧饭洗衣就归主妇，这类工作通常还与校课衔接。遇挑水拾树叶，即动员全家人丁，九岁大的龙龙，六岁大的虎虎，一律参加。来去传递，竞争奔赴。一面工作一面也就训练孩子，使他们从服务中得到劳动愉快和做人尊严。干的湿的有什么吃什么，没有时包谷红薯当饭吃，有时尽量，有时又听小的吃饱，大人稍稍节制。孩子们欢笑歌呼，于家庭中带来无限生机与活力。主妇的身心既健康而素朴，接受生活应付生活俱见出无比的勇气和耐心，尤其是共同对于生命有个新的态度，过下去似乎再困难，即便过三五年似乎也担当得住并不如何灰心。一般人要生活，从普通比较见优劣，或多有件新衣和双鞋子，照例即可感到幸福。日子稍微窘迫，或发现有些方面不如人，设法从社交方式弥补，依然还不大济事时，因之许多高尚脑子，到某一时自不免又会悄悄的做些不大高尚的打算；许多人的聪明才智，倒常常表现成为可笑行为。环境中的种种见闻，恰作成我们另外一种教育，既不重视也并不轻视。正好让我们明白，同样是人生，可相当复杂，具体的猥琐与抽象的庄严，它的分歧虽极明显，实同源于求生，各自想从生活中证实存在意义。生命受物欲控制，或随理想发展，只因取舍有异，结果自不相同。

我凑巧拣了那么一个古怪职业，照近二十年社会习惯称为"作家"。工作对社会国家也若有些微作用，社会国家对本人可并无多大作用。虽早已名为"职业"，然无从靠它"生活"。情形最为古怪处，便是这个工作虽不与生活发生关系，却缚住了我的生命，且将终其一生，无从改弦易辙。另一方面又必然迫使我超越通常个人爱憎，充满兴趣鼓足勇气去明白"人"，理解"事"，分析人事中那个常与变，偶然与凑巧，相左或相仇，将种种情形所产生的哀乐得失式样，用来教育我，折磨我，营养我，方能继续工作。

千载前的高士，抱着单纯的信念，因天下事不屑为而避世，或弹琴赋诗，或披裘负薪，隐居山林，自得其乐。虽说不以得失荣利婴心①，却依然保留一种愿望，即天下有道，由高士转而为朝士的愿望。做当前的候补高士，可完全活在一个不同心情状态中。生活简单而平凡，在家事中尽手足勤劳之力打点小杂，义务尽过后，就带了些纸和书籍，到有和风与阳光草地上，来温习温习人事，思索思索人生。先从天光云影草木荣枯中，有所会心。随即由大好河山的丰腴与美好，和人事上的无章次处两相对照，慢慢的从这个不剪裁的人生中，发现了"堕落"二字真正的意义。又慢慢的从一切书本上，看出那个堕落因子，又慢慢的从各阶层间，看出那个堕落因于传染浸润现象。尤其是读书人倦于思索、怯于怀疑、苟安于现状的种种，加上一点为贤内助谋出路的打算，如何即形成一种阿谀不自重风气。这种失去自己可能为民族带来一种什么形式的奴役，仿佛十分清楚。我于是逐渐失去了原来与自然对面时应得的谧静。我想呼喊，可不知向谁呼喊。

"这不成！这不成！人虽是个动物，希望活得幸福，但是人究竟和别的动物不同，还需要活得尊贵！如果少数人的幸福，原来完全奠基

---

① 婴心：关心，挂心。

于一种不义的习惯，这个习惯的继续，不仅使多数人活得卑屈而痛苦，死得胡涂而悲惨，还有更可怕的，是这个现实将使下一代堕落的更加堕落，困难的越发困难，我们怎么办？如果真正的多数幸福，实决定于一个民族劳动与知识的结合，从极合理方式中将它的成果重作分配，在这个情形下，民族中的一切优秀分子，方可得到更多自由发展的机会。在争取这个幸福过程时，我们实希望人先要活得尊贵些！我们当前便需要一种'清洁运动'，必将现在政治的特殊包庇性，和现代商业的驵侩^①气，以及三五无出息的知识分子所提倡的变相鬼神迷信，于年青生命中所形成的势利，依赖，狡猾，自私诸倾向完全洗涮干净，恢复了二十岁左右头脑应有的纯正与清明，来认识这个世界，并在人类驾驭钢铁征服自然才智竞争中，接受这个民族一种新的命运。我们得一切重新起始：重新想，重新作，重新爱和恨，重新信仰和怀疑。……"

我似乎为自己所提出的荒谬问题愣住了。试左右回顾，身边只是一片明朗阳光，漂浮于泛白枯草上。更远一点，在阳光下各种层次的绿色，正若向我包围，越来越近。虽然一切生命无不取给于绿色，这里却不见一个人。一个有勇气将社会人生如一副牌摊散在面前，一一重新捡起来排列一下的人。

到我重新来检讨影响到这个民族正当发展的一切抽象原则以及目前还在运用它作工具的思想家或统治者，被它所囚缚的知识分子和普通群众时，顷刻间便俨若陷溺到一个无边无际的海洋里，把方向也迷失了。只到处见用出各式各样材料做成满载"理想"的船舶，数千年来永

---

① 驵侩：市侩。

远于同一方式中，被一种卑鄙自私形成的力量所摧毁，剩下些破帆与碎桨在海面漂浮。到处见出同样取生命于阳光，繁殖大海洋中的简单绿色荇藻，正唯其异常单纯，随浪起伏动荡，适应现实，便得到生命悦乐。还有那个寄生息于荇藻中的小鱼小虾，亦无不成群结伴，悠然自得，各适其性。海洋较深处，便有一群种类不同的鲨鱼，皮韧而滑，能顺波浪，狡狠敏捷，锐齿如锯，于同类异类中有所争逐，十分猛烈。还有一只只黑色鲸鱼，张大嘴时万千细小蛤蚧和乌贼海星，即随同巨口张阖作成的潮流，消失于那个深渊无底洞口。庞大如山的鱼身，转折之际本来已极感困难，躯体各部门，尚可看见万千有吸盘的大小鱼类，用它吸盘紧紧贴住，随同升沉于洪波巨浪中。这一切生物在海面所产生的漩涡与波涛，加上世界上另外一隅寒流暖流所产生的变化，卷没了我的小小身子，复把我从白浪顶上抛起。试伸手有所攀援时，方明白那些破碎板片，正如同经典中的抽象原则，已腐朽到全不适用。但见远外仿佛有十来个衣冠人物，正在那里收拾海面残余，扎成一个简陋筏子。仔细看看，原来载的是一群两千年未坑尽腐儒，只因为活得寂寞无聊，所以用儒家的名分，附会谶纬星象征兆，预备做一个遥远跋涉，去找寻矿产熔铸九鼎。这个筏子向我慢慢漂来，又慢慢远去，终于消失到烟波浩淼中不见了。

　　试由海面向上望，忽然发现蓝穹中一把细碎星子，闪烁着细碎光明。从冷静星光中，我看出一种永恒，一点力量，一点意志。诗人或哲人为这个启示，反映于纯洁心灵中即成为一切崇高理想。过去诗人受牵引迷惑，对远景凝眸过久，失去条理如何即成为疯狂，得到平衡如何即成为法则：简单法则与多数人心汇合时如何产生宗教，由迷惑，疯狂，到个人平衡过程中，又如何产生艺术。一切真实伟大艺术，都无不可见出这个发展过程和终结目的。然而这目的，说起来，和随地可见蚊蚋集团的翁翁营营要求的效果终点，距离未免相去太远了。

微风掠过面前的绿原，似乎有一阵新的波浪从我身边推过。我攀住了一样东西，于是浮起来。你攀住的是这个民族在忧患中受试验时的一切活人素朴的心；年青男女入社会以前对于人生的坦白与热诚，未恋爱以前对于爱情的腼腆与纯粹。还有那个在城市，在乡村，在一切边陬僻壤，埋没无闻卑贱简单工作中，低下头来的正直公民，小学教师或农民，从习惯中受侮辱，受挫折，受牺牲的广泛沉默。沉默中所保有的民族善良品性，如何适宜培养爱和恨的种子！

强烈照眼阳光下，蚕豆小麦作成的新绿，已掩盖了远近赭色田亩。面对这个广大的绿原，一端衔接于泛银光的滇池，一端却逐渐消失于蓝与灰融合而成的珠色天际，我仿佛看到一些种子，从我手中撒去，用另外一种方式，在另外 ·时同样 ·片蓝天下形成的繁荣。

有个脆弱而充满快乐情感的声音，在高大仙人掌丛后锐声呼唤：

"爸爸，爸爸，快回来，不要走得太远，大家提水去！"我知道，我的心确实走得太远，应当回家了。我似乎也快迷路了。

原来那个六岁大的虎虎，已从学校归来，准备为家事服务了。

孩子们取水的溪沟边，另外一时，每当晚饭前后，必有个善于弹琴唱歌聪明活泼的女子，带了他到那个松柏成行的长堤上去散步，看滇池上空一带如焚如烧的晚云，和镶嵌于明净天空中梳子形淡白新月，共同笑乐。这个亲戚走后，过不久又来了一个生活孤独性情淳厚的朋友，依然每天带了他到那里去散步。脚印践踏脚印，取同一方向来回，朋友为娱乐自己并娱乐孩子，常把绿竹叶片折成的小船，装上一点红白野花，一点玛瑙石子，以及一点单纯忧郁隐晦的希望，和孩子对于这个行为的痴愿与祝福，乘流而去。小船去不多远，必为溪中洑流或岸旁下垂树枝作成的洑涡搅翻。在诗人和孩子心中，却同样以为终有一天会直达彼岸。生命愿望凡从星光虹影中取决方向的，正若随同一去不复返的时间，渐去渐远，纵想从星光虹影中寻觅归路，已不可能。在另一方面，朋友走了，有所寻觅的远远走去，可是过不久，孩子或许又可以和那个远行归来的姨姨，共同到溪边提水了。玩味及这种人事倏忽相差相左无可奈何光景时，不由得人轻轻地叹一口气。

晚饭时，从主妇口中才知道家中半天内已来过好些客人。甲先生叙述一阵贤明太太们用变相高利贷"投资"的故事，尽了广播义务，就走了。乙太太叙述一阵家庭小纠纷问题，为自己丈夫作了个不美观画像也走了。丙小姐和丁博士又报告……

主妇笑着说："他们让我知道许多事情，可无一个人知道我们今天卖了一升麦子一家四人才能过年。"

我说："我们就活到那么一个世界中，也是教育，也是战争！"

"我倒觉得人各有好处，从性情上看来，这些朋友都各有各的好处。……"

"这个话从你口中说出时，很可以增加他们一点自尊心，若果从我笔下写出，可就会以为是讽刺了。许多人平常过日子的方法，一生的打算，以至于从自己口中说出的话语，都若十分自然，毫不以为不美不合式。且会觉得在你面前如此表现，还可见出友谊的信托和那点本性上的坦白天真。可是一到由另一个人照实写下来，就不免成为不美观的讽刺画了。我容易得罪人在此。这也就是我这支笔常常避开当前社会，去写传奇故事的原因。一切场面上的庄严，从深处看，将隐饰部分略作对照，必然都成为漫画。我并不乐意做个漫画家！实在说来，对于一切人的行为和动机，我比你更多同情。我从不想到过用某一种标准去度量一般人，因为我明白人太不相同。不幸是它和我的工作关系又太密切，所以间或提及这个差别时，终不免有点痛苦，企图中和这点痛苦，反而因之会使这些可爱灵魂痛苦。我总以为做人和写文章一样，包含不断地修正，可以从学习得到进步。尤其是读书人，从一切好书取法，慢慢的会转好。事实上可不大容易。真如×说的'蝗虫集团从海外飞来，还是蝗虫。'如果是虎豹呢，即或只剩下一牙一爪，也可见出这种山中猛兽的特有精力和雄强气魄！不幸的现代文化便培养了许多蝗虫。在都市高级知识分子中，特别容易发现蝗虫，贪得而自私，有个华美外表，比蝗虫更多一种自足的高贵。"

主妇一遇到涉及人的问题时，照例只是微笑。从微笑中依稀可见出"察见渊鱼者不祥"一句格言的反光，或如另一时论起的，"我即使觉得他人和我理想不同，从不说；你一说，就糟了。在自以为深刻的，可想不到在人家容易认为苛刻，为的是人总是人，是异于兽和神之间的东西，他们从我的沉默中，比由你文章中可以领会更多的同情。每个人既有不同的弱点，同情却覆盖了那个不愉快！"

我想起先前一时在田野中感觉到的广大沉默，因此又说："沉默也是一种难得的品德，从许多方面可以看得出来。因为它在同情之外，还包含容忍、保留否定。可是这种品德是无望于某些人的。说真话，有些人不能沉默的表现上，我倒时常可以发现一种爱娇，即稍微混和一点儿做作亦无关系。因为大都本源于求好，求好心太切，又缺少自信自知，有时就不免适得其反。许多人在求好行为上摔跤，你亲眼看到，不作声，就称为忠厚；我看到，充满善意想用手扶一扶，反而不成！虎虎摔跤也不欢喜人扶的！因为这伤害了他的做人自尊心！"

主妇说："你知道那么多，却自己做不到这不难得到的品德。你即不扶也成，可是事实上你有时却说我恐怕伤你自尊心，虽然你并不十分自尊，人家怎么不难受！"孩子们见提到本质问题，龙龙插嘴说："妈妈，奇怪，我昨天做了个梦，梦到张嫂已和一个人结婚，还请我们吃酒。新郎好像是个洋人。她是不是和×伯母一样，都欢喜洋人？"

小虎虎说："可是洋人说她身体长得好看，用尺量过？洋人要哄张嫂，一定也去做官。×伯母答应借巴老伯大床结婚，借不借给张嫂？张嫂是只煮不烂的小鸡，皮毛厚厚的，费火费水。做梦只想金钏子，××太太就有一双金钏子。"

龙龙的好奇心转到报纸上："报上说大嘴笑匠到昆明来了，是个什么人？是不是在联大演讲逗人发笑的林语堂？"

虎虎还想有所自见："我也做了个怪梦，梦见四姨坐只大船从溪里回来，划船的是个顶熟的人。船比小河大。诗人舅舅在堤上，拍拍手，口说好好，就走开了。我正在提水，水桶上那个米老鼠也看见了。当真的。"

虎虎的作风是打趣争强，使龙龙急了起来，"唉咦！小弟，你又乱来。你就只会捣乱，青天白日也睁了双大眼睛做梦，不分真假自己相信！"

"一切愿望都神圣庄严，一切梦想都可能会实现。"我想起许多事情。好像前面有了一幅涂满各种彩色的七巧板，排定了个式子，方的叫什么，长的象征什么，都已十分熟习。忽然被孩子们四只小手一搅，所有板片虽照样存在，部位秩序可完全给弄乱了。原来情形只有板片自己知道，可是板片却无从说明。

小虎虎果然正睁起一双大眼睛，向虚空看得很远。海上复杂和星空壮丽，既影响我一生，也会影响他将来命运，为这双美丽眼睛，我不免稍稍有点忧愁。因此为他说个佛经上驹那罗王子①的故事。

"……那王子一双极好看的眼睛，瞎了又亮了，就和你眼睛一样，黑亮亮的，看什么都清清楚楚；白天看日头不眨眼，夜间在这种灯光下还看得见屋顶上小疟蚊。为的是做人正直而有信仰，始终相信善。他的爸爸就把那个紫金钵盂，拿到全国各处去。全国各地年青美丽女孩子，听说王子瞎了眼睛，为同情他受的委屈，都流了眼泪。接了大半钵这种清洁眼泪，带回来一洗，那双眼睛就依旧亮光光的了！"

主妇笑着不作声，清明目光中仿佛流注一种温柔回答："从前故事上说，王子眼睛被恶人弄瞎后，要用美貌女孩子纯洁眼泪来洗，才可重见光明。现在的人呢，要从勇敢正直的眼光中得救。"

我因此补充说："小弟，一个人从美丽温柔眼光中，也能得救！譬如说……"

孩子的心被故事完全征服了，张大着眼睛，对他母亲十分温顺地望着：

"姆妈，你的眼睛也亮得很，比我的还亮！"

---

① 驹那罗王子：耐阿育王的太子达磨婆陀那之别名；以太子之眼酷似鸠那罗鸟，故名之。又称拘那罗，俱那罗。阿育王，古印度摩揭陀国孔雀王朝国王。

云南看云

　　云南是因云而得名的，可是外省人到了云南一年半载后，一定会和本地人差不多，对于云南的云，除了只能从它变化上得到一点晴雨知识，就再也不会单纯的来欣赏它的美丽了。

　　看过卢锡麟先生的摄影后，必有许多人方俨然重新觉醒，明白自己是生在云南，或住在云南。云南特点之一，就是天上的云变化得出奇。尤其是傍晚时候，云的颜色，云的形状，云的风度，实在动人。

　　战争给了许多人一种有关生活的教育，走了许多路，过了许多桥，睡了许多床，此外还必然吃了许多想象不到的苦头。然而真正具有深刻教育意义的，说不定倒是明白许多地方各有各的天气，天气不同还多少影响到一点人事。云有云的地方性：中国北部的云厚重，人也同样那么厚重。南部的云活泼，人也同样那么活泼。海边的云幻异，渤海和南海云又各不相同，正如两处海边的人性情不同。河南河北的云一片黄，抓一把下来似乎就可以做窝窝头，云粗中有细，人亦粗中有细。湖湘的云一片灰，长年挂在天空一片灰，无性格可言，然而桔子辣子就在这种地方大量产生，在这种天气下成熟，却给湖南人增加了生命的发展性和进取精神。四川的云与湖南云虽相似而不尽相同，巫峡峨眉夹天耸立，高峰把云分割又加浓，云有了生命，人也有了生命。

论色彩丰富，青岛海面的云应当首屈一指。有时五色相渲，千变万化，天空如展开一张张图案新奇的锦毯。有时素净纯洁，天空只见一片绿玉，别无它物，看来令人起轻快感，温柔感，音乐感。一年中有大半年天空完全是一幅神奇的图画，有青春的嘘息，煽起人狂想和梦想，海市蜃楼即在这种天空下显现。海市蜃楼虽并不常在人眼底，却永远在人心中。

秦皇汉武的事业，同样结束在一个长生不死青春常住的美梦里，不是毫无道理的。云南的云给人印象大不相同，它的特点是素朴，影响到人性情，也应当是挚厚而单纯。

云南的云似乎是用西藏高山的冰雪，和南海长年的热浪，两种原料经过一种神奇的手续完成的。色调出奇的单纯。惟其单纯反而见出伟大。尤以天时晴明的黄昏前后，光景异常动人。完全是水墨画，笔调超脱而大胆。天上一角有时黑得如一片漆，它的颜色虽然异样黑，给人感觉竟十分轻。在任何地方"乌云蔽天"照例是个沉重可怕的象征，云南傍晚的黑云，越黑反而越不碍事，且表示第二天天气必然顶好。几年前中国古物运到伦敦展览时，记得有一个赵松雪[①]作的卷子，名《秋江叠

---

① 赵松雪：即赵孟頫，元书画家。

嶂》，净白的澄心堂纸上用浓墨重重涂抹，给人印象却十分秀美。云南的云也恰恰如此，看来只觉得黑而秀。

可是我们若在黄昏前后，到城郊外一个小丘上去，或坐船在滇池中，看到这种云彩时，低下头来一定会轻轻的叹一口气。具体一点将发生"大好河山"感想，抽象一点将发生"逝者如斯"感想。心中可能会觉得有些痛苦，为一片悬在天空中的沉静黑云而痛苦。因为这东西给了我们一种无言之教，比目前政治家的文章，宣传家的讲演，杂感家的讽刺文都高明得多，深刻得多，同时还美丽得多。觉得痛苦原因或许也就在此。那么好看的云，教育了在这一片天底下讨生活的人，究竟是些什么？是一种精深博大的人生理想？还是一种单纯美丽的诗的激情！若把它与地面所见、所闻、所有两相对照，实在使人不能不痛苦！

在这美丽天空下，人事方面，我们每天所能看到的，除了官方报纸虚虚实实的消息，物价的变化，空洞的论文，小巧的杂感，此外似乎到处就只碰到"法币"。大官小官商人和银行办事人直接为法币而忙，教授学生也间接为法币而忙。最可悲的现象，实无过于大学校的商学院，近年每到注册上课时，照例人数必最多。这些人其所以热衷于习经济、学会计，可说对于生命无任何高尚理想，目的只在毕业后能入银行做事。"熙熙攘攘，皆为利往，挤挤挨挨，皆为利来。"教务处几个熟人都不免感到无可奈何。教这一行的教授，也认为风气实不大好。社会研究的专家，机会一来即向银行跑。习图书馆的，弄古典文学的，学外国文学的，工作皆因此而清闲下来，因亲戚、朋友、同乡……种种机会，不少人也像失去了对本业的信心。有子女升学的，都不反对子弟改业从实际出发，能挤进银行或金融机关做办事员，认为比较稳妥。大部分优秀脑子，都给真正的法币和抽象的法币弄得昏昏的，失去了应有的灵敏与弹性，以及对于"生命"较深一层的认识。

其余平常小职员、小市民的脑子，成天打算些什么，就可想而知了。云南的云即或再美丽一点，对于那个真正的多数人，还似乎毫无意义可言的。

近两个月来本市连续的警报，城中二十万市民，无一不早早的就跑到郊外去，向天空把一个颈脖昂酸，无一人不看到过几片天空飘动的浮云，仰望结果，不过增加了许多人对于财富得失的忧心罢了。"我的越币下落了"，"我的汽油上涨了"，"我的事业这一年发了五十万财"，"我从公家赚了八万三"，这还是就仅有十几个熟人口里说说的。此外说不定还有三五个教授之流，终日除玩牌外无其他娱乐，想到前一晚上玩麻雀牌输赢事情，聊以解嘲似的自言自语："我输牌不输理。"这种教授先生当然是不输理的，在警报解除以后，不妨跑到老伙伴住处去，再玩个八圈，证明一下输的究竟是什么。

一个人若乐意在地下爬，以为是活下来最好的姿势，他人劝他不妨站起来试走走看，或更盼望他挺起脊梁来做个人，当然是不会有什么结果的。

就在这么一个社会这么一种精神状态下，卢先生却来昆明展览他在云南的摄影，告给我们云南法币以外还有些什么值得注意。即以天空的云彩言，色彩单纯的云有多健美，多飘逸，多温柔，多崇高！观众人数多，批评好，正说明只要有人会看云，就能从云影中取得一种诗的感兴和热情，还可望将这种可贵的感情，转给另外一种人。换言之，就是云南的云即或不能直接教育人，还可望由一个艺术家的心与手，间接来教育人。卢先生摄影的兴趣，似乎就在介绍这种美丽感印给多数人，所以作品中对于云物的题材，处理得特别好。每一幅云都有一种不同的性情，流动的美。不纤巧，不做作，不过分修饰，一任自然，心手相印，表现得素朴而亲切，作品取得的成功是必然的。可是我以为得到"赞美"还不是艺术家最终的目的，应当还有一点更深的意义。我意思是如果一种可怕的庸俗的实际主义正在这个社会各组织各阶层间普遍流行，腐蚀我们多数人做人的良心做人的理想，且在同时还像是正在把许多人有形无形市侩化，社会中优秀分子一部分所梦想所希望，也只是糊口混日子了事，毫无一种较高尚的情感，更缺少用这情感去追求一个美丽而伟大的道德原则的勇气时，我们这个民族应当怎么办？大学生读书目的，不是站在柜台边做行员，就是坐在公事房做办事员，脑子都不用，都不想，只要有一碗饭吃就算有了出路。甚至于做政论的，作讲演的，写不高明讽刺文的，习理工的，玩玩文学充文化人的，办党的，信教的，……特别是当权做官的，出路打算也都是只顾眼前。大家眼前固然都有了出路，这个国家的明天，是不是还有希望可言？我们如真能够像卢先生那么静观默会天空的云彩，云物的美丽景象，也许会慢慢的陶冶我们，启发我们，改造我们，使我们习惯于向远景凝眸，不敢堕落，不甘心堕落，我以为这才像是一个艺术家最后的目的。正因为这个民族是在求发展，求生存，战争已经三年，战争虽败北，虽死亡万千人民，牺牲无数财富，可并不气馁，相信坚持抗战必然翻身。就为的是这战争背后还有个壮严伟大的理想，使我们对于忧患之来，在任何情形下都能忍受。我们其所以能忍受，不特是我们要发展，要生存，还要为后来者设想，使他们活在这片土地上更好一点，更像人一点！我们责任那么重，那么困难，所以不特多数知识分子必然要有一个较坚朴的人生观，拉之向上，推之向前，就是做生意的，也少不了需要那么一分知识，方能够把企业的发展与国家的发展放在同一目标上，分途并进，异途同归，抗战到底！

举一个浅近的例来说说：我们的眼光注意到"出路"、"赚钱"以外，若还能够估量到在滇越铁路的另一端，正有多少鬼蜮成性阴险狡诈的敌人，圆睁两只鼠眼，安排种种巧计阴谋，预备把劣货倾销到昆明来，且把推销劣货的责任，派给昆明市的大小商家时，就知道学习注意远处，实在是目前一件如何重要的事情！照相必选择地点，取准角度，方可望有较好效果。做人何常不是一样。明分际，识大体，"有所不为"，敌人即或花样再多，敌货在有经验商家的眼中，总依然看得出，取舍之间是极容易的。若只图发财，见利忘义，"无所不为"，把劣货变成国货，改头换面，不过是翻手间事！劣货推销不过是若干有形事件中之一种。此外统治者中上层和知识阶级中不争气处，所作所为，实有更甚于此者。哪一件事、哪一种行为不影响到整个国家前途命运！哪容许我们松劲！

所以我觉得卢先生的摄影，不仅仅是给人看看，还应当给人深思。

一九四零年，昆明

虹桥

　　一九四一年十月十七，云南省西部，由旧大理府向××县入藏的驿路上，运砖茶、盐巴、砂糖的驮马帮中，有四个大学生模样的年轻人，各自骑着一匹牲口，带了点简单行李，一些书籍、画具，和满脑子深入边地创造事业的热情梦想，以及那点成功的自信，依附队伍同行，预备到接近藏边区域去工作。就中有三个国立美术学校出身，已毕业了三年。

　　刚入学校做一年级新生时，战事忽然爆发，学校所在地的北平首先陷落，于是如同其他向后方流注转徙的万千青年一样，带着战争的种种痛苦经验，以及由于国家组织上弱点所得来的一切败北混乱印象，随同学校退了又退，从国境北端一直退到南部最后一省，才算稳定下来。学校刚好稳定，接着又是太平洋各殖民地的争夺，战争扩大到印缅越南。敌人既一时无从再进，因之从空间来扰乱，轰炸接续轰炸，几个年轻人即在一面跑警报一面作野外写生情形中毕了业。战争还在继续进行中，事事需人工作，本来早已定下主意，一出学校就加入军队，为国家做点事。谁知军队已过宣传时期，战争不必再要图画文字装点，一切都只像是在接受事实，适应事实，事实说来也就是社会受物价影响，无事不见出腐化堕落的加深和扩大。因此几个人进入了一个部队不到三个月，不能不失望退出，别寻生计。但是后方几个都市，全都在疲劳轰炸中受试验，做不出什么事业可想而知。既已来到国境南端不远，不如索性冒险向更僻区域走走。一面预备从自然多学习一些，一面也带着点儿奢望，以为在那个地方，除作画以外终能为国家做点事。几个年轻人于是在一个地图上画下几道记号，用大理作第一站，用××作第二站，决定一齐向藏边跑去。三年前就随同一个马帮上了路，可是原来的理想虽同，各人兴趣却不一致，正因为这个差别，三个人三年来的发展，也就不大相同。各自在这片新地上，适应环境克服困难，走了一条不同的路，有了点不同的成就。

就中那个紫膛脸、扁阔卜颌、肩膊宽厚、身体结实得如一头黑熊，说话时带点江北口音，骑匹大白骡子的，名叫夏蒙，算是一行四人的领队。本来在美术学校习图案画，深入边疆工作二年，翻越过三次大雪山，经过数回职业的变化，广泛的接触边地社会人事后，却成了个西南通。现在是本地武装部队的政治顾问，并且是新近成立的边区师范学校负责人之一。

另外一个黑而瘦小、精力异常充沛、说话时有中州重音，骑在一匹蹦来跳去的小黑叫骡背上的，名叫李粲。二年前来到大雪山下，本预备好好的作几年风景画，到后不久即明白普通绘画用的油蜡水彩颜料，带到这里实毫无用处。自然景物太壮伟，色彩变化太复杂，想继续用一支画笔捕捉眼目所见种种恐近于心力白用，绝不会有什么惊人成就。因此改变了计划，用文字代替色彩，来描写见闻，希望把西南边地徐霞客不曾走过的地方全走到，不曾记述过的山水风土人情重新好好叙述一番。那么工作了一年，到写成的《西南游记》，附上所绘的速写，在国内几个大报纸上刊载，得到相当成功后，自己方发现，所经历见闻的一切，不仅用绘画不易表现，即文字所能够表现的，也还有个限度。到承认这两者都还不是理想工具时，才又掉换工作方式，由描绘叙述自然的一角，转而来研究在这个自然现象下生存人民的爱恶哀乐，以及这些民族素朴热情表现到宗教信仰上和一般文学艺术上的不同形式。在西南边区最大一个喇嘛庙中，就曾住过相当时日，又随同古宗族游牧草地约半年。这次回到省中，便是和国立博物馆负责人有所接洽，拟回到边区去准备那个象形文字词典材料搜集工作的。

还有一个年轻人，用牧童放牛姿势，稳稳的伏在一匹甘草黄大骒马后胯上，脸庞比较瘦弱，神气间有点隐逸味，说话中有点洛下书生味，与人应对时有点书呆子味，这人名叫李兰。在校时入国画系，即以临仿宋元人作品擅长。到大雪山勾勒画稿一年后，两个同伴对面前景物感到束手，都已改弦更张，别有所事，惟有他倒似乎对于环境印象刚好能把握得住，不仅未失去绘画的狂热，还正看定了方向，要做一段长途枯寂的探险。上月带了几十幅画和几卷画稿到省中展览，得到八分成功后，就把所有收入全部购买了纸张绢素笔墨颜色，打量再去金沙江上游雪山下去好好的画个十年，给中国山水画开个崭新的学习道路。

第四个年纪最轻，一眼看去不过二十二三岁，身材硕长挺拔，眉眼间却带点江南人的秀气。这人离开学生生活不过两个月，同伴都叫他

"小周"。原本学了二年社会学，又转从农学院毕业。年事既极轻，入世经验也十分浅，这次向西部跑且系初次，因之志向就特别荒唐和伟大。虽是被姓夏的朋友邀来教书，在他脑子里，打量到的却完全近于一种抒情诗的生活梦。一些涉及深入边地冒险开荒的名人传记，和一些美国电影故事，在他记忆中综合而成的气氛，扩大加深了他此行奇遇的期待。他的理想竟可说不仅只是到边区去做知识开荒工作，还准备要完成许多更大更困难的企图。

一行中三个人既都能作画，对风景具高度鉴赏力，几个人一路谈谈笑笑，且随时随处都可以停留下来画点画。领头的夏蒙，又因一种特殊身分，极得马帮中的信仰，大家生活习惯，又能适应这个半游牧方式。更重要的是雨季已到尾声，气候十分晴朗，所以上路虽有了四天，大家可都不怎么觉得寂寞辛苦。照路程算来，还要三天半，他们才能达到第二个目的地。

时间约摸在下午三点半钟，一行人众到了××县属一个山冈边，地名"十里长松"。那道向西斜上的峻坂①，全是黑色磐石的堆积。从石罅间生长的松树，延缘数里，形成一带茂林。峻坂逐渐上升，直到岭尽头，树木方渐渐稀少。旧驿路即延缘这个长坂，迎着一道干涸的沟涧而上，到达分水岭时方折向北行，新公路却在冈前即转折而东绕山脚走去。当二百个马驮随着那匹负毦②带铃领队大黑骡，迤逦进入松林中，沿涧道在一堆如屋如坟奇怪突兀磐石间盘旋，慢慢的上山时，紫膛脸阔下巴的夏蒙，记忆中忽重现出一年前在此追猎黄麂的快乐旧事，鞭着胯

---

① 峻坂：又作"峻坂"，意指陡坡。

② 毦（ěr），用羽毛做的饰品。

下的白骡，离开了队伍，从斜刺里穿越松林，一直向那个山冈最高处奔去。到上面停了一会儿，举目四瞩，若有所见，随即用着马帮头目"马锅头"制止马驮进行的招呼声……

站，站，站，咦……呷！制止那个队伍前进。那个领队畜牲，一听这种熟习呼声，就即刻停住不再走动，张着两个大毛耳朵等待其他吩咐。照习惯，指挥马驮责任本来完全由"马锅头"作主，普通客人无从越俎代庖。但这位却有个特别原因。既是当地知名某司令官的贵客，又是中央机关的委员，更重要处是他对当地凡事都熟习，不仅上路规矩十分在行，即过国境有些事得从法律以外办点特别交涉的，他也能代为接头处理。几个同伴既得随地留连，因此几天来路上的行止，就完全由他管理。马锅头正以能和委员对杯喝酒为得意，路上一切不过问，落得个自在清闲，在马背上吹烟管打盹，自己放假。其时队伍一停止，这头目才从半睡盹中回醒。看看大白骡已离群上了山，赶忙追到上面去，语气中带着一分抗议三分要好攀交亲神情：

"委员，你可又要和几个老师画风景？这难道是西湖十景，上得画了吗？我们可就得在这个松树林子大石堆堆边过夜？地方好倒好，只是天气还老早啊！你看，火炉子高高的挂在那边天上，再走十里还不害事！"

话虽那么说，这个头目真正意思倒像是："委员，你说歇下来就歇下来，你是司令官，一切由你。你们拣有山有水地方画画，我们就拣地方喝酒，松松几根穷骨头。树林子地方背风，夜里不必支帐篷，露天玩牌烧烟，不用担心灯会吹熄！"

夏蒙却像全不曾注意到这个，正把一双宜于登高望远的黄眼睛，凝得小小的，从一株大赤松树老干间向西南方远处望去。带着一种狂热和迷惑情绪，又似乎是被陈列在面前的东西引起一点混和妒忌与崇拜的懊恼，微微的笑着，像预备要那么说：

"嘻，好呀！你个超凡入圣的大艺术家，大魔术家，不必一个观众在场，也表演得神乎其神，无时无处不玩得兴会淋漓！"

又若有会于心的点点头，全不理会身边的那一位。随即用手兜住嘴边，向那几个停顿在半山松石间的同伴大声呼喊：

"大李，小李，密司特周，赶快上山来看看，赶快！这里有一条上天去的大桥，快来看！"

三匹坐骑十二个蹄子，从松林大石间一阵子翻腾跑上了山岗。到得顶上时，几个人一齐向朋友指点处望去，为眼目所见奇景，不由得不同声欢呼起来：

"嘻，上帝，当真是好一道桥！"

呼声中既缺少宗教徒的虔信，却只像是一种艺术家的热情和好事者的惊讶混合物。那个马帮头目，到这时节，于是也照样向天边看看，究竟是什么桥。

"嘻，我以为什么桥，原来是一条扁担形的短虹，算哪样！"

可是知道这又是京城里人的玩意儿，这一来，不消说必得在此地宿营了。对几个年轻人只是笑着，把那个蒲扇手伸出四个指头，向天摇着，"少见多怪！四季发财。你们好好画下来，赶明天打完了仗，带到北京城里去，逗人看西洋景！"接着也轻轻地叫了一声"耶稣"，意思倒是"福音堂的老米，耶稣大爹我认得！"借作对于那声不约而同的"上帝"表示理会与答复。不再等待吩咐，吐一撮口沫在手上搓一搓，飞奔跑下了山冈，快快乐乐的去指挥同伙卸除马驮上的盐茶货物，放马吃草，准备宿营去了。

四个年轻人骑在马背上，对着那近于自然游戏，惟有诗人或精灵可用来做桥梁的垂虹，以及这条虹所镶嵌的背景发怔时，几个人真不免有点儿呆相。还是顶年青活泼快乐的小周，提醒了另外三个。

"你们要画下来，得赶快！你看它还在变化！"

几个人才一面笑着一面忙跳下马，从囊中取出速写册子和画具，各自拣选一个从土石间蟠屈而起的大树根边去，动手勾勒画稿。年青的农学士无事可作，看见大石间那些紫茸茸的苔类植物，正开放白花和蓝花，因此走过去希望弄点标本。可是不一会，即放弃了这个计划，傍近同伴身边来了。他看看这一个构图，看看那一个傅彩，又从朋友所在处角度去看看一下在变化中的山景，作为对照。且从几个朋友神色间，依稀看出了同样的意见：

"这个哪能画得好？简直是毫无办法。这不是为画家准备的，太华丽，太幻异，太不可思议了。这是为使人沉默而皈依的奇迹。只能产生宗教，不会产生艺术的！"于是离开了同伴，独自走到一个大松树下去，抱手枕头，仰天躺下，面对深蓝的晴空，无边际的泛思当前的种种，以及从当前种种引起的感触。

"这不能画，可是你们还在那么认真而着急，想捕捉这个景象中最微妙的一刹那间的光彩。你即或把它保留到纸上，带进城里去，谁相信？城市中的普通人，要它有什么用？他们吃维他命丸子，看美国爱情电影，等待同盟国装备中国军队，从号外听取反攻胜利消息，就已占据了生命的大部分。凡读了些政治宣传小册子的，就以为人生只有'政治'重要，文学艺术无不附属于政治。文学中有朗诵诗，艺术中有讽刺画，就能够填补生命的空虚而有余，再不期待别的什么。具有这种窄狭人生观的多数灵魂，哪需要这个荒野、豪华而又极端枯寂的自然来滋润？现代政治惟一特点是嘈杂，政治家的梦想即如何促成多数的嘈杂与混乱，因之而证实领导者的伟大。第一等艺术，对于人所发生的影响，却完全相反，只是启迪少数的伟大心灵，向人性崇高处攀援而跻的勇气和希望。它虽能使一个深沉的科学家进一步理解自然的奥秘与程序，可无从使习惯于嘈杂的政治家以及多数人，觉得有何意义。因之近三十年来，从现代政治观和社会观培育出来的知识分子，研究农村，认识农村，所知道的就只是农村生活贫苦的一面。一个社会学者对于农村言改造，言重造，也就只知道从财富增加为理想。一个政治家也只知道用城市中人感到的生活幸或不幸的心情尺度，去测量农民心情，以为刺激农民的情感，预许农民以土地，即能引起社会的普遍革命。全想不到手足贴近土地的生命本来的自足性，以及适应性。过去宗教迷信对之虽已无多意义，目前政治预言对之也无从产生更多意义。农民的生活平定感，心与物实两相平衡。增加财富固所盼望，心安理得也十分重要。城市中人既无望从文学艺术对于人生做更深的认识，也因之对农民的生命自足性，以及属于心物平衡的需要，永远缺少认识。知识分子需要一种较新的觉悟，即欲好好处理这个国家的多数，得重新好好的认识这个多数。明白他们生活上所缺乏的不够，并需明白他们生活上还丰富的是些什么。这也就是明日真正的思想家，应当是个艺术家，不一定是政治家的原因。政治家的能否伟大，也许全得看他能否从艺术家方面学习认识'人'为准……"

无端绪的想象，使他自己不免有点吓怕起来了。其时那个紫膛脸的夏蒙，也正为处理面前景物感到手中工具的拙劣，带着望洋兴叹的神气，把画具抛开，心想：

"这有什么办法？这哪是为我们准备的？这应当让世界第一流音乐作曲家，用音符和旋律来捉住它，才有希望！真正的欣赏应当是承认它的伟大而发呆，完全拜倒，别无一事可以做，也别无任何事情值得做。我若向人说，两百里外雪峰插入云中，在太阳下如一片绿玉，绿玉一旁还镶了片珊瑚红，鞣鞡紫，谁肯相信？用这个远景相衬，离我身边不到两里路远的松树林子那一头，还有一截被天风割断了的虹，没有头，不见尾，只直杪杪的如一个彩色药杵，一匹悬空的锦绮，它的存在和变化，都无可形容描绘，用什么工具来保留它，才能够把这个印象传递给别一个人？还有那左侧边一列黛色石坎，上面石竹科的花朵，粉红的、深蓝的、鸽桃灰的、贝壳紫的，完全如天衣上一条花边，在午后阳光下闪耀。阳光所及处，这条花边就若在慢慢的燃烧起来，放出银绿和银红相混的火焰。我向人去说，岂不完全是一种疯话或梦话？"

小周见到夏蒙站起身时，因招呼他说：

"夏大哥，可画好了！成不成功？"

夏蒙一面向小周走来，一面笑笑的回答说：

"没有办法，不成功！你看这一切，哪是为我们绘画准备的？我正想，要好好表现它，只是找巴赫或贝多芬来，或者有点办法。可是几个人到了这里来住上半年，什么事不曾做，倒只打量到中甸喇嘛庙去做和尚，也说不定——巴赫的诚实和谦虚，很可能只有走这条路，因为承认输给自然的伟大，选这条路表示十分合理。至于那个大额角竖眉毛的贝多芬，由于骄傲不肯低头，或许会自杀。因为也只有自杀，方能否定个人不曾被自然的庄丽和华美征服。至于你我呢？我画不好，简直生了自己的气，所以两年前即放弃了作大画家的梦，可是间或还手痒痒的，结果又照例付之一叹而完事！你倒比我高明，只是不声不响的用沉默表示赞叹！"

"你说我？我想得简直有点疯！我想到这里来，表示对于自然的拜倒，不否认，不抵抗，倒不一定去大庙中做喇嘛出家，最好还是近人情一点，落一个家，有了家，我还可以为这片土地做许多事！'认识'若有个普遍的意义，居住在这地方的人，受自然影响最深的情感，还值得我们多留点心！我奇怪，你到了这里那么久，熟人又多，且预备长远工作下去，怎不选个本地女人结婚？"

"哈哈，那你倒当真是更进一步，要用行动来表示了。机会倒多的是，不过也不怎么容易！因为这不止需要克服自己的勇气，还要一点别的。"

"你意思是不是说对于他人的了解？我刚才一个人就正在胡思乱想，想到中国当前许多问题。中国地方实在太大，人口虽不少，可是分布到各地方，就显得十分隔离。这个地域的隔离还不怎么严重，重要的还是情绪的隔离。学政治经济的，简直不懂得占据这大片土地上四万万手足贴近泥土的农民，需要些什么，并如何来实现它，得到它。由于只知道他们缺少的是什么，全不知道他们充足的是什么，一切从表面认识，表面判断，因此国家永远是乱糟糟的。三十年革命的结果，实在只做成一件事，即把他们从田中赶出，训练他们学习使用武器，延长内战下去，流尽了他们的血，而使他们一般生活更困难，更愚蠢。我以为思想家对于这个国家有重新认识的必要。这点认识是需要从一个生命相对原则上起始，由爱出发，来慢慢完成的。政治家不能做到这一点，一个文学家或一个艺术家必需去好好努力。"

"老弟，你年龄比我们小，你理想可比我们高得多！理想的实证，不是容易事。可是我相信是能用行为来实证理想的。到有一天你需要我帮忙时，我一定用行为来拥护你！"

"好，我们拍个巴掌。说话算数。"

另外两个还在作画的，其中一个李粲，本来用水彩淡淡的点染到纸上山景，到头来不能不承认失败，只好放下这个拙劣的努力，回转身对松林磐石黑绿错杂间卸除马驮的眼前景象，随意勾几幅小品，预备作游记插图。但是这个工作平日虽称擅长，今天却因为还有那个马串铃在松林中流宕的情韵，感到难于措手。听到两人拍手笑语，于是放下画具向两人身边走来。

"不画了，不画了，真是一切努力都近于精力白费！我们昨天赶街子，看到那个乡下妇人，肩上一扇三十斤大磨，找不到主顾，又老老实实的背回家去，以为十分可笑。可是说得玄远一点，那个行为和风景环境多调和！至于我们的工作？简直比那乡下婆子更可笑。我们真是勉强得很！"

小周说："可是你和小李这次在省里开的写生展览会，实在十分成功，各方面都有极好批评！"

李粲说："这个好批评就更增加我们的惭愧。我们的玩意儿，不过是骗骗城里人，为他们开开眼界罢了。就像当前你见到的，我是老早就放弃了做画家的。去年四五月间，我和一群本地人去中甸大庙烧香，爬到山顶上一望，有十个昆明田坝大的一片草原，郁郁青青完全如一张大绿毯子，到处点缀上一团团五色花簇，和牛群羊群。天上一道曲虹如一道桥梁，斜斜的挂到天尽头，好像在等待一种虔诚的攀援。那些进香的本地人，连两个小学校长在内，一路作揖磕头，我先还只觉得可笑，到后才忽然明白一件事情，即这些人比我们活得谦卑而沉默，实在有它的道理。他们的信仰简单，哀乐平凡，都是事实。但那些人接受自然的状态，把生命谐合于自然中，形成自然一部分的方式，比起我们来赏玩风景搜罗画本的态度，实在高明得多！我们到这里来只有四个字可说，即少见多怪。这次到省里，×教授问我为什么不专心画画，倒来写游记文章。文章不好好的写下去，又换了个方向，弄民俗学，不经济！我告他说，×先生，你若到那儿去一年半载，你的美术史也会搁下了。我们引为自夸的艺术，人手所能完成的业绩，比起自然的成就来，算个什么呢？你若到大雪山下看到那些碗口大的杜鹃花，完全如彩帛剪成的一样，粘在合抱粗三尺高光秃的矮桩上，开放得如何神奇，神奇中还到处可见出一点诙谐，你才体会得出'奇迹'二字的意义。在奇迹面前，最聪敏的行为，就只有沉默，崇拜。因为仿拟只能从最简陋处着手，一和自然大手笔对面，就会承认自己能做到的，实在如何渺小不足道了。故宫所藏宋人花鸟极有个性的数林桩，那个卷子可算得是美术史的瑰宝，但比起来未免可笑！"

紫膛脸的夏蒙，见洛下书生还不曾放下他的工作，因此向小周说："我们都觉得到这里来最好是放弃了做画家的梦，学学本地人把本身化成自然一部分。生活在一幅大画图中，不必妄想白用心力。可是李大哥呢，他先是说颜色不够用，我来写吧，来把徐霞客当年不曾到过的，不曾记下的，补写一本西南游记吧。虽承认普遍颜色不够用，可并不知道文字也不大济事！到后来游记也不写了，学考古了。上次到剑山去访古，来回八天，回丽江时，背上扛了个沉甸甸的包袱，告人说是得了宝物。我先也还以为他是到土司处得了个大金碗银藏轮。解开一看，原来是一块顽石！只因为上面刻了一个象形文字的咒语，就扛了这石头跋涉近十天。他的麽些文字辞典的工作，就正是从这个经验始的！这比我们昨天看到那个扛磨石妇人，自然大不相同……至于那位呢，总还不死心。你看他那个神气，就可知一定还在……"

说得三个人都不免笑将起来。在远处的李兰，知道几个人说的话与他必有关，因此舞着手中那个画册子应答说：

"你们又认输了，是不是？我可还得试一试！你们要的是成功，所以不免感觉到失败。我倒只想尽可能来从各方面做个试验。"

话虽那么说，但过不多久，走过几个朋友身边时，大家争来看他的画稿，才知道他勾勒的十几幅画稿，还只是一些大树，树林中一些散马，原来那个不着迹象的远景捕捉，他也早放弃了。

大家把先前一时所作的几十幅山景速写整理出来，相互交换欣赏时，认为李兰一幅全用水墨涂抹，只在那条虹上点染了一缕淡红那张小景为最成功。其余凡用色彩表现色彩的，都近于失败。却以为这是他的一种发现，一种创见。

李兰却表示他的意见说：

"这就是我说的经验！不是发明，是摹仿！我记得在学校讲南北宋时，××先生总欢喜称引旧话，以为画鬼容易，画人难。画奇禽异兽容易，画哈巴狗和毛毛虫难。写天宫梦境容易，写日常事物困难。人人都说××先生是当代论画权威，都极相信他的意见。若带他来这地方逛一年，他的讲义可就得完全重写：因为他会觉得所见到的事事物物，都完全不能和画论相合。若写实，反而都成了梦境，更可知道任何色彩的表现都有个限度。而限度还异常狭小，山水中的水墨画，且比颜色反而更容易表现某种超真实的真实印象。当年顾陆王吴号称大手笔，对于墨色的使用，一定即比彩色更多理解，从他们的遗迹上即可见出。都明白色彩的重要，像是不敢和自然争胜，却将色彩节约到吝啬程度，到重要处才使用那么一点儿。顾吴人物的脸颊衣彩那点儿淡赭浅绛，即足证明对于彩色虽不能争胜，还可出奇。以少许颜色点染，即可取得应有效果。我知道摹仿自然已无可望，因此试学吴生画衣缘方法涂抹一线浅红，居然捉住了它……"

洛下书生正把画论谈得津津有味时，小周一面听下去一面游目四瞩，忽然间，看到山冈下面松树林中，扬起一缕青烟，这烟气渐上渐白，直透松林而上，和那个平摊在脚下松林作成的绿海，以及透出海面大小错落的乌黑乱石，两相对比，完全如一种带魔术性的画面。因此突然说：

"你们看这个是什么！一片绿，一团团黑，一线白，一点红，大手笔来怎么办？在画上，可看过那么一线白烟成为画的主题？有颜色的虹，还可有方法表现，没有颜色的虹，可容易画？"

那个出自马帮炊食向上飏起的素色虹霓，先是还只一条，随即是三条五条，大小无数条，负势竞上一直向上升腾，到了一个高点时，于是如同溶解似的，慢慢的在松树顶梢摊成一张有形无质的乳白色窈窕，缘着淡青的边，下坠流注到松石间去。于是白的、绿的、黑的，一起逐渐溶成一片，成为一个狭而长的装饰物，似乎在几个年轻人脚下轻轻的摇荡。远近各处都镀上夕阳下落的一种金粉，且逐渐变成蓝色和紫色。日

头落下去了，两百里外的一列雪岫上十来个雪峰，却转而益发明亮，如一个一个白金锥，向银青色泛紫的净洁天空上指。

四个人都为这个入暮以前新的变化沉默了下来，尤其是三个论画的青年，觉得一切意见一切成就都失去了意义。

昆明冬景

　　新居移上了高处，名叫北门坡，从小晒台上可望见北门门楼上用虞世南体写的"望京楼"的匾额。上面常有武装同志向下望，过路人马多，可减去不少寂寞。住屋前面是个大敞坪，敞坪一角有杂树一林。尤加利树瘦而长，翠色带银的叶子，在微风中荡摇，如一面一面丝绸旗帜，被某种力量裹成一束，想展开，无形中受着某种束缚，无从展开。一拍手，就常常可见圆头长尾的松鼠，在树枝间惊窜跳跃。这些小生物又如把本身当成一个球，在空中抛来抛去，俨然在这种抛掷中，能够得到一种快乐，一种从行为中证实生命存在的快乐。且间或稍微休息一下，四处顾望，看看它这种行为能不能够引起其他生物的注意。或许会发现，原来一切生物都各有它的心事。那个在晒台上拍手的人，眼光已离开尤加利树，向天空凝眸了。天空一片明蓝，别无他物。这也就是生物中之一种，"人"，多数人中一种人对于生命存在的意义，他的想象或情感，目前正在不可见的一种树枝间攀援跳跃，同样略带一点惊惶，一点不安，在时间上转移，由彼到此，始终不息。他是三月前由沅陵独自坐了二十四天的公路汽车，来到昆明的。

敞坪中妇人孩子虽多，对这件事却似乎都把它看得十分平常，从不曾有谁将头抬起来看看。昆明地方到处是松鼠。许多人对于这小小生物的知识，不过是把它捉来卖给"上海人"，值"中央票子"两毛钱到一块钱罢了。站在晒台上的那个人，就正是被本地人称为"上海人"，花用中央票子，来昆明租房子住家工作过日子的。住到这里来近于凑巧，因为凑巧反而不会令人觉得稀奇了。妇人多受雇于附近一个小小织袜厂，终日在敞坪中摇纺车纺棉纱。孩子们无所事事，便在敞坪中追逐吵闹，拾捡碎瓦小石子打狗玩。敞坪四面是路，时常有无家狗在树林中垃圾堆边寻东觅西，鼻子贴地各处闻嗅，一见孩子们蹲下，知道情形不妙，就极敏捷的向坪角一端逃跑。有时只露出一个头来，两眼很温和的对孩子们看着，意思像是要说："你玩你的，我玩我的，不成吗？"有时也成。那就是一个卖牛羊肉的，扛了个木架子，带着官枰，方形的斧头，雪亮的牛耳尖刀，来到敞坪中，搁下架子找寻主顾时。妇女们多放下工作，来到肉架边讨价还钱。孩子们的兴趣转移了方向，几只野狗便公然到敞坪中来。先是坐在敞坪一角便于逃跑的地方，远远的看热闹。其次是在一种试探形式中，慢慢的走近人丛中来。直到忘形挨近了肉架边，被那羊屠户见着，扬起长把手斧，大吼一声"畜生，走开！"方肯略略走开，站在人圈子外边，用一种非常诚恳非常热情的态度，略微偏着颈，欣赏肉架上的前腿后腿，以及后腿末端那条带毛小羊尾巴，和搭在架旁那些花油。意思像是觉得不拘什么地方都很好，都无话可说，因此它不说话。它在等待，无望无助的等待。照例妇人们在集群中向羊屠户连嚷带笑，加上各种"神明在上，报应分明"的誓语，这一个证明实在赔了本，那一个证明买了它家用的秤并不大，好好歹歹做成了交易，过了秤，数了钱，得钱的走路，得肉的进屋里去，把肉挂在悬空钩子上。孩子们也随同进到屋里去时，这些狗方趁空走近，把鼻子贴在先前一会搁肉架的地面闻嗅闻嗅。或得到点骨肉碎渣，一口咬住，就忙匆匆向敞坪空处跑去，或向尤加利树下跑去。树上正有松鼠剥果子吃，果子掉落地上。"上海人"走过来拾起嗅嗅，有"万金油"气味，微辛而芳馥。

早上六点钟，阳光在尤加利树高处枝叶间敷上一层银灰光泽。空气寒冷而清爽。敞坪中很静，无一个人，无一只狗。几个竹制纺车瘦骨伶精的搁在一间小板屋旁边。站在晒台上望着这些简陋古老工具，感觉"生命"形式的多方。敞坪中虽空空的，却有些声音仿佛从敞坪中来，在他耳边响着。

"骨头太多了，不要这个腿上大骨头。"

"嫂子，没有骨头怎么走路？"

"曲蟮①有不有骨头？"

"你吃曲蟮？"

"哎哟，菩萨。"

"菩萨是泥的木的，不是骨头做成的。"

---

① 曲蟮：蚯蚓。

"你毁佛骂佛，死后入三十三层地狱，磨石碾你，大火烧你，饿鬼咬你。"

"活下来做屠户，杀羊杀猪，给你们善男信女吃，做赔本生意，死后我会坐在莲花上，直往上飞，飞到西天一个池塘里洗个大澡，把一身罪过一身羊臊血腥气洗得干干净净！"

"西天是你们屠户去的？做梦！"

"好，我不去让你们去。我们做屠户的都不去了，怕你们到那地方肉吃不成！你们都不吃肉，吃长斋，将来西天住不下，急坏了佛爷，还会骂我们做屠户的不会做生意。一辈子做赔本生意，不光落得人的骂名，还落个佛的骂名。肉你不要我拿走。"

"你拿走好！肉臭了看你喂狗吃。"

"臭了我就喂狗吃，不很臭，我把人吃。红焖好了请人吃，还另加三碗包谷烧酒，怕不有人叫我做伯伯、舅舅、干老子。许我每天念《莲花经》一千遍，等我死后坐朵方桌大金莲花到西天去！"

"送你到地狱里去，投胎变一只蛤蟆，日夜呱呱呱呱叫。"

"我不上西天，不入地狱。忠贤区区长告我说，姓曾的，你不用卖肉了吧，你住忠贤区第八保，昨天抽壮丁抽中了你，不用说什么，到湖南打仗去。你个子长，穿上军服排队走在最前头，多威武！我说好，什么时候要我去，我就去。我怕无常鬼，日本鬼子我不怕。派定了我，要我姓曾的去，我一定去。"

"××××××××"

"我去打仗，保卫武汉三镇。我会打枪，我亲哥子是机关枪队长！他肩章上有三颗星，三道银边！我一去就要当班长，打个胜仗，我就升排长。打到北平去，赶一群绵羊回云南来做生意，真正做一趟赔本生意！"

接着便又是这个羊屠户和几个妇人各种赌咒的话语。坪中一切寂静。远处什么地方有军队集合、下操场的喇叭声音，在润湿空气中振荡。静中有动。他心想："武汉已陷落三个月了。"

屋上首一个人家白粉墙刚刚刷好，第二天，就不知被谁某一个克尽厥职的公务员看上了，印上十二个方字。费很多想象把意思弄清楚了。只中间一句话不大明白，"培养卫生"。好像是多了两个字或错了两个字。这是小事。然而小事若弄得使人糊涂，不好办理，大处自然更难说了。

一会，带着小小铜项铃的瘦马，驮着粪桶过去了。

一个猴子似瘦脸嘴人物，从某个人家小小黑门边探出头来，喊"娃娃，娃娃"，娃娃不回声。他自言自语说道："你哪里去了？吃屎去了？"娃娃年纪已经八岁，上了学校，可是学校因疏散下了乡，无学校可上，只好终日在敞坪煤堆上玩。

"煤是哪里来的？""地下挖来的。""做什么用？""可以烧火。"

娃娃知道的同一些专门家知道的相差并不很远。那个上海人心想："你这孩子，将来若可以升学，无妨入矿冶系。因为你已经知道煤炭的出处和用途。好些人就因那么一点知识，被人称为专家，活得很有意义！"

娃娃的父亲，在儿子未来发展上，却老做梦，以为长大了应当做设治局长，督办。照本地规矩，当这些差事很容易发财。发了财，买下对门某家那栋房子。上海人越来越多，租房子肯出大价钱，押租又多。放三分利，利上加利，三年一个转。想象因之丰富异常。

做这种天真无邪好梦的人恐怕正多着。这恰好是一个地方安定与繁荣的基础。

提起这个会令人觉得痛苦是不是？不提也好。

因为你若爱上了一片蓝天，一片土地，和一群忠厚老实人，你一定将不由自主的嚷："这不成！这不成！天不辜负你们这群人，你们不应当自弃，不应当！得好好的来想办法！你们应当得到的还要多，能够得到的还要多！"

于是必有人问："先生，你这是什么意思？在骂谁？教训谁？想煽动谁？用意何在？"

问的你莫名其妙，不特对于他的意思不明白，便是你自己本来意思，也会弄糊涂的。话不接头，两无是处。你爱"人类"，他怕"变动"。你"热心"，他"多心"。

"美"字笔画并不多，可是似乎很不容易认识。"爱"字虽人人认识，可是真懂得它的意义的人却很少。

一九三九年二月

夜 的 空 间

（一个平面的记录）

晚潮静悄悄的涨着。

江面全是一抹淡牛奶色薄雾。江中心，泊了无数从沿海各地方驶来，满载了货物同木料的大船，在雾里，巨大的船体各画出一长条黑色轮廓。船桅上所系的红的风灯，一点一点，忽隐忽现，仿佛如在梦里。一切声音平息了，只镇上电灯厂的发电机，远到五里外也能听到它很匀称的蓬蓬作响。

潮向上涨，海水逆流入江，在汉港极多的××附近，肮脏的江水，到时候皆从江逆流入港。每日皆取同一的体裁，静静的，温柔的，谦驯的，流满了各处，届退潮时又才略显匆忙样子急急地溜去，留下一些泥泞，一个锈烂了的铁盒，一些木片或一束草。江潮一满，把小船移到离江已有两里以上，退潮时皆仿佛搁船到旱地，到了这时大小船只皆浸在水里了。知道了潮的高度，到什么地方为止，汉港边另外还有人把棺木搁到那稍高地方的事。因此在这些不美观的地方，一些日晒雨淋腐烂无主的棺材，同到一些比棺材差不多破烂的船只，皆在一处，相距不到二十步远近。一些棺材同一些小船，像是一个村庄样子，一点也不冲突，过着日子下来，到潮涨时则棺木同船的距离也似乎更近了。

大白天，船上住的肮脏妇人，见到天气太好了，常常就抱了瘦弱多病的孩子到船边岸上玩，向太阳取暖。或者站到棺材头上去望远处，看男子回来了没有。又或者用棺材作屏障，另外用木板竹席子之类堵塞其另一方，尽小孩子在那棺木间玩，自己则坐到一旁大石条子上缝补敝旧衣裤。到夜里，船中草荐上，小孩子含着母亲柔软的奶头，伏在那肮脏胸脯上睡了，母亲们就一面听着船旁涨潮时江水入港的汨汨声音，一面听着远处电灯厂马达丝厂机械的声音，迷迷糊糊做一点生活所许可的梦，或者拾到一块值一角钱分量的煤，或者在米店随意撮了一升米，到后就为什么一惊，人醒了。醒转来时，用手摸摸，孩子还在身边，明白是好梦所骗了，轻轻地叹着气。到后是孩子冷哭了，这些妇人就各以脾气好坏，把孩子拥抱取暖，或者重重地打着，用极粗糙的话语辱骂孩子，尽孩子哭到声音嘶哑为止。潮水涨到去棺木三尺时就不再流动，望到晚潮的涨落，听到孩子们的哭声，很懂得妇人们在寒夜中做梦的，似乎就只有这些睡到荒田里十年八年的几具无主棺材。

镇上到半夜，是一切人皆睡静了。只余下一家棉花铺拨拨的弹弓声音，一家成衣铺缝衣机密集的声音，以及一家铜器铺黑脸小铜匠用钢锤敲打蜡烛台的声音。从这些屋里门罅间或露出一点灯光，这灯光便成一线横画在街上。

在日里鱼呀肉呀的热闹街上无一个人。静静的一条石子路小街，就只是一些狗互相追逐互相啮咬。在铺子里案桌上把被盖摊开睡觉的屠户，皆打着大的鼾声，或者就从狗的声音上，做着肆无忌惮的奇梦。梦到把刀飞去，砍去了一只猪脚，这猪脚比平时不同，有了知觉，逃走到浜里去了。又或者梦到被警佐拘留到衙门，一定要罚五元，理由则是因为忘了把猪蹄上的外壳除去，妨碍了公众卫生。又或者梦到一个兵士买肉，用十元的钞票，只说要肉四两，把肉得到后就拿去了，不要找零钱，不挑剔皮骨，完全与其他时节兵士两样。凡是这些在日里做不到的，常有的，幸福与灾难，这些人都得在梦里重新铺排一次。还有其他做生意的人呢，也各以其方便在梦里发财赔本，因为这些人，都是在小数目上计算过日子的人！

还有江边做短工过日子，用力气兑换一饱的愚蠢人，不拘在一个破船上面，不拘在其他地方，这些人，只要是还能在那个地方迷迷糊糊睡去，能够做梦，大多数总不外梦到江边有一只五桅船失了火这样一件事。这几天大的船泊到江中，实在是太多了，每一只船上皆不缺少一种失火的机会。用任何理由：船主因为冷烤火，伙计赌博吵架打翻了灯，客人吸烟不小心把烟头丢到木花里去，都得实现那希望中的事情。就不用任何理由，船上也不妨忽然起了火。火一起，于是热闹了。一只极其体面的大船，宽阔的帆，向天空直矗的高桅，以及绘有花藻雕饰的后艄，新上油漆的舱篷，一切一切皆引了火，生气样子的任性燃烧，不可挽救。火光照到江面，水上皆成金波。船主人站到舵楼嘶喊着，有时上下衣还忘记穿到身上。地保沿江跑去，像疯子一样乱嚷乱打锣。江面全是货物，水上浮满了各样东西，成束的干鱼，用铁皮打包的大捆洋布，有狮头为记的花纱，横直皆牵红线的新棉絮，帽子，大衣，皮鞋，美观的磁盆，柔软的皮毛袍褂，凡是这些平常见到过的皆在江中漂浮，各人皆随意在忙乱中掠取，很奋勇把在平时一个人气力所不胜的货物扛到肩上飞奔。消防队来了，地保也来了，水保也来了，各处抓人。但船上的火越多，大家救火，公务人员也各以其方便捞取所欢喜的东西去了，掠取江面的货物再无人禁止，因此一来各人皆把所有欲望满足，只等候天明一件事了。他们皆各以其方便做着这一类适宜于冬天的好梦，有些得了一篓油或一捆布，有些则是一束干鱼，有些又是一套极其称身的布棉衣服。平时胆子太小，吃过水上保正同警察的亏的汉子，梦到把所需的东西得到手后，总同时还梦到仍然为巡警抓住领子，拉到江边去，预备吊到那卧在江边的废钢烟筒上去，打鞭子示众，于是就使狡滑的计策图逃，脚一登人却醒了。还有些不缺少坐牢经验的人，则一直梦到第二次仍然到宝山县又臭又湿的监狱里去做苦工，仍然在梦中挨挞，仍然说谎话赌咒，求大人施恩取保开释。

这地方的这些人，因为他们全是那么穷，生长到这大江边，住到这些肮脏船上或小屋里，大家所有的欲望，全皆的那么平凡到觉得可笑了。他们的盼望得一条裤子或一条稍为软和的棉絮，也是到了这快要落雪的十二月才敢作的遐想，平时是没有这胆量的。然而这欲望的寄托，却简直没有，"善人"这名字只是书上的东西，偷抢也很不方便，所以梦的依据，一切人皆不外这庞大的海舶了。但是这船呢？从海上驶来，大的帆孕满了风日夜的奔跑，用铁皮包身的船舱时时刻刻的转，高的桅子负了有力气的帆从不卸责，船上的伙计们与大浪周旋，吃干菜臭鱼一月两月，到了地，一切皆应当休息，所以船的本身停泊在江中，也朦朦胧胧像睡了。

退潮时，江中船只皆稍稍荡动，像梦里在大洋中与风争持帆取斜面风驶去情形，因为退潮的缘故，伙计有披衣起身，摸到铁链在船边大便的了。这人望天中一个小小月亮，贴到高空，又看星，这里那里，全是航海人所熟习的朋友，一一在心中数着这些星的名字，天降了霜，因为寒冷，就想几千里外的家中人，日子在这类粗汉子脑中生出意义来了，时间是十月还是十一月？想要明白了。把货卸了再装上一些货，成束的，成桶的，方的，长的，以及发臭味的，可以偷吃的，莫名其妙的到了舱里，乘晚潮下落开了船……但什么时候到那老地方？也在心上来估计了。过年这件事，应当是在船上拉篷吃干鱼同劣米所煮的饭，还是应当在家中同老婆在床的一头谈笑话睡觉？也想起了。到后却因为远远的神往，终不能抵抗近身的严霜，从小小舱门，钻进气味熏蒸的内舱，挤到一个正在梦里赢了很多洋钱的同伴身边睡下。听到同伴荒谬绝伦的呓语，说着平常时节不敢说的数目，三百元，五百元，像很不在乎似的，就把在舱面已冻冷了的大腿，不大规矩地插到那热被里去。

梦做不成了，用船上人脾气，说话以前先骂祖宗：

"狗同你娘好，把我的钱全丢了？"

"你说五百三百，我知道你是牌九正热闹，我就来压你一腿。"

"你这杂种莫闹我，我快赢一千了。"

"我冲你的屁股，说大话，做梦！"

"落雨了么？"

"是退潮，天气好极了。"

两人若是不说话，于是就听到系船的铁链呕呕轧轧的声音。

　　另外船上是当真有赌博的，就七八个人蹲到铺上，在一盏小小煤油灯下，用一副天九牌作数目不等的输赢。从一些有毛胡子的嘴巴中，喊出离奇不经的口号，又从另外一种年轻人的口里，愤恨中说出各样野话。因为是夜静，本来是话说得很轻，也似乎非常宏大了，到同伙之一觉得太不像样时，就仍然用辱骂作命令，使这声音缩小，莫让船主之类生气。因争持一毛两毛，揪打成一堆的事也有过。因赌输了钱，保守骨牌的主人，赌气把那三十二张一起丢到江里，且赌咒不再玩牌的事也有过，赌博尽兴了，收场了，各人走到舱面，扯脱了裤头哗哗地撒着热尿，见了星月，也同样生出点家乡何处的感想。他们也常常梦到与妇人有关系的那类事情，肆无所忌的，完全不为讲礼教的人着想那种神气，没有美，缺少诗，只极单纯的，物质的，梦到在一个肥壮的妇人面前，放荡地做一切事。梦醒了，就骂娘，以为妇人这东西，到底狡滑，就是在梦里也能骗到男子一种东西。

　　也有不愿意做点梦就以为满足的汉于，一到了不必拉篷摇橹的时节，必须把所有气力同金钱完全消费到一个晚上这样事情的，江边的小屋，汉港里的小船，就是所要到的地方了。这些地方可以使这些愚蠢的人得到任性后安静的睡眠，也可以产生记忆留到将来做梦。

　　不做梦，不关心潮涨潮落，只把二毛六分钱一个数目看定，做十三点钟夜工，在黄色薄明的灯光下，站在机车边理茧，是一些大小不一的女孩子。这些贫血体弱的女孩子，什么也不明白的就活到这世界上了。工作两点钟就休息五分，休息时一句话不说，就靠在乱茧堆边打盹。到后时间到了，又仍然一句话不说到机车边做事。

江潮落尽时，这些肮脏的孩子，计算到休息已经四次了，她们于是想起世界快要光明，以为天明就可以休息，工作也更勤快了许多。曾被人说到那是狗一类东西，同是没有睡觉没有做梦的监察工人，从机车的排列里走过，平时不轻易在小孩子面前发笑的脸，可以看得出高兴的神气了。

　　孩子们自己不会做梦，却尽给了家中父母们在长夜里做梦的方便。两块钱一个夜晚的生活，是有住到江边小乌篷船上穿红衣打水粉的年青女人才能享受的。这些父母，完全知道得住江船女人那么清楚，且知道上等人完全不明白的"人的行市"，自己的女儿已能在厂里做二毛八分钱的夜工，每一个日子往后退去，人就长大成年，冬天的夜虽然很长，总不会把梦做到穷尽了。

十九年八月改